Heide-Marie Lauterer

Mörderischer Galopp

Reiterkrimi

spiritbooks

Das Werk, einschließlich aller seiner Teile, ist urheberrechtlich geschützt. Jede Verwertung ist ohne Zustimmung des Verlages und des Autors unzulässig. Dies gilt insbesondere für Vervielfältigungen, Übersetzungen, Mikroverfilmungen und die Einspeicherung und Verarbeitung in elektronischen Systemen.

© 2011 spiritbooks, 73230 Kirchheim/Teck
Verlag: spiritbooks, www.spiritbooks.de
Autor: Heide-Marie Lauterer
Herausgeber: Ulrike Dietmann
Coverfoto: Abramova Kseniya
Autorenporträt: Gülay Keskin
Grafik: vectors seamartini
Druck und Verlagsdienstleister: tredition
Printed in Germany
ISBN: 978-3-9814714-0-3

Personen und Handlung sind frei erfunden. Ähnlichkeiten mit lebenden Personen sind rein zufällig.

Die Autorin
Heide-Marie Lauterer, langjährige Schriftführerin des Heidelberger Reitvereins und Pferdebesitzerin kennt sich aus in den Höhen und Tiefen des Reiterlebens. Sie veröffentlicht Kurzkrimis und ist Mitglied der Autorenvereinigung "Mörderische Schwestern".

Für Hans-Jürgen, meinen Mann

1

„Wie heißt sie denn?"

„Nine-Days-Wonder", sagte er. „Eine Nerwa-Tochter."

Der Name gefiel mir, er klang geheimnisvoll und schön, aber Nerwa sagte mir gar nichts. Natürlich wusste ich, dass es sich um ihre Abstammung handelte – aber da kannte ich mich überhaupt nicht aus. Glücklicherweise schien der Händler meine Verlegenheit gar nicht zu bemerken. „Ihr Vater war der Vollblüter Aggregat und ihre Mutter war die schwarzbraune Trakehnerstute Nerwa. Ihre Töchter sind ihr wie aus der Rippe geschnitten – Namibia, Narcisse, Nexe, – und wie sie alle heißen – haben es im großen Sport zu beachtlichen Meriten gebracht."

Ich schluckte. So ein Pferd war für mich bestimmt zu teuer. Ich hatte mir eine Grenze gesetzt, über die ich auf keinen Fall hinaus gehen durfte, als Berufsanfängerin konnte ich nicht gleich in die Vollen gehen. Ich hatte gerade meine Doktorprüfung bestanden und gleich darauf eine Stelle gefunden. Mitten in der Heidelberger Altstadt, zum Universitätsplatz und zu meinem Lieblingscafé war es nur ein Katzensprung, die Bibliothek lag um die Ecke und meine Chefin hatte mir ein eigenes Büro im Institut in Aussicht gestellt. Vertraglich geregelte Arbeits- und Urlaubszeiten, ein regelmäßiges Einkommen und eine interessante Aufgabe, die mir genug Zeit ließ, meinem Hobby nachzugehen. So jedenfalls hatte ich mir meine neue Arbeit vorgestellt, denn sonst wäre ich wohl kaum auf die Idee mit dem Pferd gekommen. Seit meiner Kindheit hatte ich von einem eigenen Pferd geträumt und jetzt sah ich mich plötzlich in der Lage, mir diesen Traum zu erfüllen. Doch dieses Pferd kam für mich nicht in Frage, ich traute mich nicht einmal nach dem Preis zu fragen.

Der Händler schien mein Zögern gar nicht zu bemerken. Er öffnete die Boxentür, streifte der Stute ein Stallhalfter über und zog sie ziemlich unsanft aus ihrem Stall auf den Hof hinaus. Dort band er sie an einem Geländer fest. Doch die Stute, die widerwillig und schläfrig hinter ihm hergetrottet war, ließ plötzlich das Weiße in ihren Augen blitzen, stampfte mit ihrem Vorderhuf so zornig auf den Steinboden, dass die Funken sprühten, verlagerte dann ihr ganzes Gewicht auf die Hinterhand, sodass sich der Anbindestrick bis zum Äußersten spannte und nur nicht zerriss, weil der Panikhaken im letzten Augenblick nachgab. Doch jetzt war das Pferd frei und galoppierte mit donnerndem Hufgetrappel davon.

„Verdammt", entfuhr es dem Händler und ich hatte den Eindruck, dass er sich nur deshalb vor weiteren und noch schlimmeren Flüchen zurückhielt, weil er auf mich keinen noch schlechteren Eindruck machen wollte. „Irgendetwas hat sie erschreckt, sie ist sonst immer sehr brav." Aber davon war der Stute nichts anzumerken. Sie galoppierte immer noch in engen Zirkeln auf dem Hof herum und alle Versuche des Händlers und seiner Helferin, das Tier zu beruhigen, erreichten nur das Gegenteil.

„Lassen Sie mich mal", sagte ich. Ich wunderte mich über mich selbst – woher nahm ich plötzlich dieses Selbstvertrauen, ein fliehendes Pferd aufzuhalten? Bisher hatte ich doch nur Schulpferde geritten und in den Ferien manchmal das Pony meiner Freundin gepflegt. Ich weiß nicht, was mit mir geschah, ich fühlte nur, wie ich plötzlich ganz ruhig wurde. Langsam näherte ich mich der Stute. „Hoooo, hooo". Sie spitzte die Ohren, als sie meine Stimme hörte, fiel in einen leichten Trab, ging ein paar Schritte und blieb stehen. Dann drehte sie sich zu mir um und schaute mich aufmerksam an. Ich streckte die Hand aus und forderte sie auf, zu mir zu kommen. Und genau das tat sie.

„Das ist Ihr Pferd", sagte der Händler anerkennend. „Nine-Days-Wonder, die Nerwa Tochter", fügte er hinzu und es klang, als spräche er von einer Prinzessin. Doch erst als ich selbst im Sattel saß, wusste ich, was er gemeint hatte. Ich hatte das Gefühl auf einer rosa Wolke zu schweben. Noch nie hatte ich ein Pferd geritten, das so weich und feinfühlig auf alle meine Hilfen reagierte. Als ich abstieg und den Sattelgurt lockerte, drehte sich die Stute zu mir um und legte mir ihren Kopf auf die Schulter. Es war mir, als wolle sie mir etwas ins Ohr flüstern, doch ich verstand es nicht, weil der Händler im gleichen Augenblick zu reden anfing.

„Jetzt kann ich es Ihnen ja sagen – es gibt nicht viele Leute, die mit dieser Stute zurecht kommen – aber Sie beide scheinen die gleiche Wellenlänge zu haben – ich mache Ihnen einen guten Preis – Sie brauchen nur einzuschlagen."

Colorado Rocky Mountains high – ich hatte den Oldies-Sender eingestellt und dieses Lied spielten sie nur für mich. Ich fuhr durch die sanften Kraichgauhügel zurück nach Hause und sang aus vollem Herzen mit, den Text kannte ich auswendig. *He left yesterday behind him, you might say, he was born again, he found a key to every door.* Genau so ging es mir in diesen Minuten, ich kam mir vor wie neugeboren, ich fühlte mich glücklich, frei und leicht, als ob ich ohne Sattel durch die Prärie galoppierte, auf meiner Stute Nine-Days-Wonder, immer geradeaus, der Sonne nach. Alles andere lag hinter mir, die schweren Prüfungen, die Suche nach dem richtigen Pferd, und die schwierige Anfangszeit mit Gerson. Er würde jetzt daheim auf mich warten, in unserem Zuhause, begierig darauf, meine Neuigkeiten zu hören.

Wir hatten lange gezögert zusammenzuziehen, aber als wir die Entscheidung endlich getroffen hatten, ganz schnell eine Wohnung gefunden. Sie lag im Heidelberger Stadtteil Neuenheim, dem grünsten Viertel der ganzen Stadt. Die Gärten hinter den Häusern bildeten ein parkähnliches Geviert, mit alten Obstbäumen, Fliederbüschen und Rosenbeeten. Bei unserem Einzug stand der alte Kirschbaum hinter unserem Haus in voller Blüte. Von unserem Küchenbalkon sah man das Eichhörnchen, das in luftiger Höhe vom einen in den anderen Garten wechselte, oder den Buntspecht, mit seiner roten Haube, der die Rinde nach Insekten abklopfte und die gelb-grünen Sittiche, die mit aufreizenden Schreien durch die Luft schossen, aber ich war meistens so beschäftigt, dass mir für solche Musestunden die Zeit fehlte. Ich war auf Pferdesuche und in jeder freien Minute unterwegs. Gerson schüttelte über mich den Kopf: „Du tauschst einen Stall voller Pferdemist gegen ein Paradies", sagte er.

Wenn er erst einmal Nine kennen lernte, würde er mich verstehen, dachte ich. Der Name war mir beim Mitsingen eingefallen, genauso würde ich die Stute nennen. Er war keine einfache Abkürzung, ich würde ihn nämlich deutsch aussprechen, N-i-n-e, das klang wie Tine, so freundlich und rund, genauso wie sich mir das Pferd gezeigt hatte. Ihren ganzen Namen würde ich mir für offizielle Angelegenheiten vorbehalten, vielleicht gingen wir ja mal zusammen auf ein Turnier, da machte sich Nine-Days-Wonder natürlich besser. Stolz, eigensinnig und überraschend – davon hatte sie ja auch etwas. Sie sollte es gut bei mir haben. Ich würde mir alle erdenkliche Mühe geben, um sie so unterzubringen, dass sie sich richtig wohlfühlte. Sie brauchte eine Wiese, eine große, helle Box mit einem Auslauf, noch besser wäre ein Offenstall, schon wegen des Kontaktes zu anderen Pferden. Und gutes Futter natürlich, immer frisches Wasser und saubere Luft.

Ich hatte es eilig die Wohnungstür aufzuschließen, Gerson war schon zu Hause, ich hatte sein Fahrrad an der Hauswand lehnen sehen. Aber irgendetwas stimmte nicht mit meinem Schlüssel, er klemmte und ließ sich nicht mehr nach rechts und links drehen, und ich konnte ihn nicht wieder herausziehen. Aber das machte nichts, Gerson war ja da, ich konnte also klingeln. Doch niemand öffnete. Vielleicht hört er Radio, oder telefoniert gerade, dachte ich, unsere Klingel ist zu leise, wir hätten sie schon längst austauschen sollen. Also versuchte ich es noch einmal mit dem Schlüssel, ich rüttelte ein bisschen an dem widerspenstigen Objekt, und plötzlich sprang die Wohnungstür auf.

Meine Reitstiefel ließ ich im Flur in einer Ecke stehen und stürmte in die Küche. „Gerson, stell dir vor, ich habe – ", aber ich brach mitten im Satz ab. Gerson saß am Küchentisch hinter seiner Zeitung und schien mich überhaupt nicht wahrzunehmen. Es war so ruhig, dass man ein Blatt Papier zu Boden fallen hätte hören können, die Luft in der Küche schien zu Eis erstarrt, schneidend, dass mir das Atmen schwer fiel. Ich schaute ihn an, aber er las gar nicht, sondern starrte geradeaus ins Leere. Dann machte er sich umständlich und in aller Ruhe daran, die Zeitung zusammenzufalten, schob die einzelnen Teile ineinander, Ecke auf Ecke, zog den Falz in der Mitte nach, überprüfte die Seitenzahlen und klappte den Packen Papier in der Mitte zusammen. Es war als ob er alle seine Spuren verwischen wollte, warum wusste ich nicht.

„Gerson?" Ich fühlte einen Kloß in meinem Hals und meine Knie wurden auf einmal weich. Kein Wunder, ich war ja den ganzen Tag auf Achse gewesen und merkte jetzt erst, dass ich müde und hungrig war.

„Da bist du ja endlich – ich habe die ganze Zeit auf dich gewartet. Gegessen habe ich schon – ist dir eigentlich klar, dass wir in einer halben Stunde zum Kino verabredet sind?"

„Oh nein! Das habe ich völlig vergessen." Ich atmete auf, meine Schwäche verflog, jetzt war mir klar, warum Gerson so schlechter Laune war. Eine halbe Stunde würde mir gerade noch reichen, um zu duschen. Ich konnte Gerson ja auf dem Weg zum Kino von Nine erzählen, dachte ich.

„Und stell bitte deine Reitstiefel in den Keller", sagte er, als ich mich umdrehte, um unter die Dusche zu gehen.

Am nächsten Morgen wurde ich vom Klingeln des Telefons geweckt. Es war 7 Uhr und noch nicht einmal ganz hell. Gerson blinzelte durch ein halbgeöffnetes Augenlid, murmelte etwas, das so klang wie "wahrscheinlich wieder einer deiner Pferdeleute" und drehte sich genüsslich auf die andere Seite. Gähnend stand ich auf – es war spät geworden, gestern Abend, der Film hatte Überlänge gehabt und mich nicht die Bohne interessiert – aber das, was ich jetzt hörte, machte mich sofort hellwach. „Frau Roth, wir brauchen die Box, wann können Sie Ihr Pferd abholen?" Der Händler klang barsch und unfreundlich und schien überhaupt nicht bereit, mir zuzuhören.

„Aber ich habe Ihnen doch gesagt, dass ich erst einen Stall suchen muss", versuchte ich, um ihn zu beschwichtigen, doch meine Antwort brachte ihn erst richtig in Rage: „Dann schauen Sie doch mal in Ihren Vertrag und lesen das Kleingedruckte zu §3 – dort steht klipp und klar, dass das gekaufte Pferd nur solange bleiben kann, bis wir die Box brauchen. Und jetzt ist es soweit."

Leider hatte er recht, unter Punkt 3 stand alles schwarz auf weiß, so wie er es gesagt hatte. Ich hatte den Vertrag unterschrieben, ohne das Kleingedruckte zu lesen, daran gab es nichts zu rütteln. Ich weiß nicht wie es mir gelang, aber irgendwie schaffte ich es, noch zwei Tage herauszuschinden. „Ich warne Sie", sagte der Händler, „spätestens übermorgen bringe ich Ihnen die Stute, wohin ist mir egal – notfalls stelle ich sie Ihnen in den Garten."

Das waren herrliche Aussichten, aber es half alles nichts, ich musste so schnell wie möglich einen passenden Stall finden.

Die beiden Reitställe, die ich mir anschaute, verdienten ihren Namen nicht. Warum der erste nicht schon längst aus Gründen des Tierschutzes geschlossen worden war, war mir ein Rätsel. Die Anlage lag mitten im Neubaugebiet. Wo einmal Pferdekoppeln waren, taten sich jetzt gigantische Baustellen auf, hier würden in Kürze Wohnblocks und Kliniken entstehen. Die Boxen waren in einem schlimmen Zustand, dunkel, ohne Auslauf, die meisten hatten nicht einmal ein Fenster, durch das die Pferde ihren Kopf hätten stecken können. Der Stall war schlecht gemistet und die Luft stickig und feucht, ein ideales Klima, um Bakterien zu züchten. Meine Frage: „Was würde Nine dazu sagen", brauchte ich hier gar nicht erst zu stellen, sie beantwortete sich von selbst.

Der nächste Hof auf meiner Liste lag ein paar Kilometer außerhalb der Stadt. In unmittelbarer Nähe dieser Anlage befand sich ein gigantischer Müllplatz, der im Zehnminutentakt von donnernden LKWs angefahren wurde. An dieser Zufahrtsstraße lagen die Pferdekoppeln. Dennoch fuhr ich auf den Hof, um den Pächter kennenzulernen. Doch der hatte offensichtlich vergessen, dass er sich mit mir verabredet hatte, denn er ließ mich eine halbe Stunde vor verschlossenem Hoftor warten. Ein untersetzter, dickbäuchiger Mann mit einem kugelrunden Kopf und kleinen schlauen Äuglein, die mich aufmerksam taxierten. Er war das genaue Gegenbild eines Reitlehrers, wie ich ihn mir immer vorgestellt hatte.

„Was für ein Pferd haben Sie denn?", wollte er als erstes wissen. „Eine sechsjährige Stute, eine Nerwa-Tochter", sagte ich. Als hätte ich ein Zauberwort ausgesprochen, fing der Mann an auf mich einzureden. „Sie brauchen bestimmt Beritt? Und Reitstunden? Da sind Sie bei uns richtig!" Während unseres Gespräches wurde ich das Gefühl nicht los, dass er sich im Stillen überlegte, wie es auf meinem Bankkonto aussah. Die einzige freie Box, die er mir anbieten konnte, befand sich ganz hinten in einem dunklen Stallgebäude, das gleichzeitig als Heulager genutzt wurde. Als er mir den Preis für dieses Loch nannte, drehte ich mich auf dem Absatz um und verlies grußlos den Hof.

Als ich den Zündschlüssel umdrehte, musste ich an Gerson denken. Was mein Verhältnis zu Nine-Days-Wonder betraf, hatte er sich schnell eine Meinung gebildet. Er bezeichnete mich als Pferdenärrin, die wie alle Pferdefrauen von einem gefährlichen Virus befallen sei. Aber damit nicht genug, setzte er hinzu, wenn es hart auf hart käme, würde ich mich nicht für ihn, sondern für das Pferd entscheiden.

Wie sehr er mit dieser Unterstellung ins Schwarze getroffen hatte, merkte ich jetzt auf der Stallsuche. Ich konnte ja nichts dafür – es war mir, als ob man Nine-Days-Wonder und mich zu einem Paket zusammengeschnürt hätte, dessen Schnüre von Tag zu Tag fester gezurrt wurden. Diesen Druck spürte ich, denn ich sagte mir, dass ich eine große Verantwortung übernommen hätte – eine Verantwortung für ein Wesen, das mich brauchte, weil es nicht für sich selbst sorgen konnte. Es kam mir sogar vor, als ob Nine und ich so etwas wie eine Schicksalsgemeinschaft bildeten.

Mit bangem Herzen machte ich mich auf den Weg zu dem dritten Hof auf meiner Liste. Was sollte ich bloß anfangen, wenn sich auch dieser Stall als Pleite herausstellte? „Wenn alle Stricke reißen", hatte Gerson geulkt, „stellst du Nine eben in die Garage beim Nachbarn." Er hatte leicht reden, seine Surfbretter und seine beiden Mountainbikes waren leichter unterzubringen als ein Pferd.

Der Leierhof lag in Stadtnähe wie eine Insel im tosenden Verkehrsstrom, umgeben von einem dichten Netz von Straßen und Autobahnen. Aber wenn man die richtige Ausfahrt erwischte und dann noch den Schleichweg an den Ami-Kasernen vorbei über die Felder nahm, sah man überall Pferde auf grünen Wiesen grasen. Der Leierhof schien wie für einen Werbeprospekt entworfen. Ich stellte meinen Golf auf dem Parkplatz unter einem alten Nussbaum ab. Weil ich ein paar Minuten zu früh angekommen war, vertrieb ich mir die Zeit, indem ich einen passenden Text zu dem Prospekt entwarf: „Genießen Sie Ruhe und Frieden vor den Toren der Großstadt. Unsere hochqualifizierten Fachkräfte verbessern Ihr reiterliches Können und den Ausbildungsstand Ihres Pferdes. Luxuriöse Pferdeboxen machen unsere Anlage noch attraktiver", genau das war es doch, was ich suchte!

Eine junge, sympathisch wirkende Frau in Reithosen führte mich wenig später durch die Anlage. Im Stall duftete es nach Heu, die Pferdeboxen waren sauber, luftig und hell, Nine-Days-Wonder würde sich hier wohlfühlen, da war ich mir sicher.

Doch gerade, als wir den Stall verlassen wollten, hörte ich Schreie. Das Gebrüll klang beängstigend, ein Mann versuchte verzweifelt, ein Pferd zum Aufstehen zu zwingen. Vielleicht hatte sich das Tier festgelegen und er brauchte Hilfe?

„Kommen Sie", sagte die Frau zu mir und schob mich schnell dem Ausgang zu. Es schien ihr nicht recht zu sein, dass ich den Grund für die Aufregung erfuhr. Aber jetzt war ich neugierig geworden. Ich trat an die Gittertür heran, hinter der ich die Schreie gehört hatte. Mir bot sich ein schrecklicher Anblick. Im zerwühlten Stroh lag ein Pferd mit weitaufgerissenen, blutunterlaufenen Augen. Es lag auf der Seite und streckte alle Viere von sich. Das Fell klebte nass und schwarz am Körper, ich hätte nicht sagen können, ob es sich um einen Braunen oder einen Rappen handelte. Das Tier röchelte, Schaum trat vor das Maul, sein Leib hob und senkte sich, der Kopf lag flach im Stroh, es war zu schwach, um ihn zu heben. Ein großer, hünenhafter Mann mit schwarzem Vollbart traktierte das Pferd mit Fußtritten. „Steh` auf", schrie er es an, aber der Wallach verdrehte nur seine Augen und atmete immer flacher.

„Das Pferd stirbt!" Ich zitterte am ganzen Körper. Meine Begleiterin versuchte mich zu beruhigen. „Eine Kolik", sagte sie. „Das Pferd neigt dazu. Iwan, der Pfleger hat den Tierarzt gerufen. Sie brauchen sich keine Sorgen zu machen."

Mit weichen Knien und einem mulmigen Gefühl im Bauch folgte ich ihr hinaus zu den Außenplätzen. Vor der Weide lag das große Dressurviereck. Eine Frau auf einem eleganten Fuchs übte fliegende Galoppwechsel. Um das Pferd herum sprang laut bellend eine grauschwarz gesprenkelte Dogge. Der blonde Pferdeschwanz, der im Takt hin- und herwippte, ließ die Reiterin jünger aussehen, als sie vielleicht war. Mit ihren Reitkünsten würde ich mich nicht messen können, aber was Nine-Days-Wonder anging, brauchte ich mir keine Sorgen zu machen.

Alles was ich hier draußen sah – die gepflegten Reitplätze, die Reiterin, bei der es sich bestimmt um eine bekannte Turnierreiterin handelte, und die großen, mit leuchtend weisen Holzgattern umzäunten Weiden – ließen mich den traurigen Vorfall im Stall schnell vergessen. Gerade als ich mich entschlossen hatte, nach dem Preis einer Box zu fragen, sagte die junge Frau: „Im Augenblick ist unser Stall voll. Ich kann Sie aber vormerken."

Meine Enttäuschung stand mir auf der Stirn geschrieben. Endlich hatte ich einen Hof gefunden, der rundum meinen Vorstellungen entsprach und ausgerechnet hier hatten sie keinen Platz für uns! Ich hatte nur noch einen Tag Galgenfrist und morgen musste ich die anderen Höfe auf meiner Liste besichtigen. Aber wer weiß – vielleicht geschah ja ein Wunder und sie konnten mir hier doch eine Box anbieten? Ich versuchte meine Enttäuschung so gut es ging zu verbergen und ließ mich auf die Warteliste setzen.

Und tatsächlich – zu meiner größten Überraschung erhielt ich schon am nächsten Abend einen Anruf. Eine der schönsten Boxen im Stall sei gerade frei geworden, ich solle mich schnell entscheiden. Natürlich sagte ich sofort zu.

2

Am nächsten Morgen machte ich Nine mit ihrem neuen Zuhause bekannt. ‚Nine' passte gut zu ihr, wie ich fand, vor allem, wenn sie, wie gerade jetzt, am langen Strick hinter mir her trottete. Manchmal blieb sie abrupt stehen, streckte den Kopf in die Höhe und schaute sich mit großen Augen um. Besonders interessierte sie sich für die Pferdäpfel, die am Putzplatz vor der Sattelkammer lagen. Sie beschnupperte sie ausführlich. Auf der Stallgasse standen drei Mädchen in Reithosen, die sich aufgeregt unterhielten. Im Vorbeigehen hatte ich den Eindruck, dass sie über uns sprachen.

„Hast du die Neue schon gesehen?"

„Nein! Wo soll die denn stehen?"

„In Windspells alter Box."

„Oh – ausgerechnet – aber wir sind ja nicht abergläubisch."

„Meinst du etwa, dass es an der Box gelegen hat?"

In diesem Augenblick nahmen die drei uns wahr und ihr Gespräch stockte. Ich schob Nines Boxentür auf und ließ die Stute hinein.

„Hallo – willkommen auf dem Leierhof!"

Eines der Mädchen streckte mir die Hand hin: „Ich bin Carmen", sagte sie. „Wir kennen uns schon – ich habe Sie vor zwei Tagen herumgeführt!"

Die Begrüßung wurde von einem lauten Grunzen unterbrochen. Nine hatte sich ins frische Stroh geworfen und wälzte sich genüsslich. Beim Aufstehen schüttelte sie sich schnaubend. Mähne und Schweif steckten voller Strohhalme. Carmen trat einen Schritt vor und gab Nine einen Klaps auf die Schulter. Ein Ruck ging durch die Stute, sie ließ das Weiße in ihren Augen aufblitzen, fletschte die Zähne und reckte den Kopf abwehrbereit nach vorne. Geistesgegenwärtig sprang Carmen zurück und hätte beinah ihre Freundin umgeworfen, wenn nicht die Dritte des Kleeblatts: „Vorsicht, Mascha!" gerufen hätte.

„Ach du meine Güte, die sieht so aus, als ob sie zu allem fähig ist."

„Scheint ja ein heißer Ofen zu sein." Und zu der Dritten gewandt, sagte Mascha: „Penny – wir müssen die Pferde von der Koppel holen."

„Was ist denn mit Ihnen los", sagte Carmen, die neben mir stehen geblieben war. „Sie sehen ja ganz blass aus?"

Ich war ziemlich erschrocken – so wild und aggressiv hatte ich mein Pferd noch nie gesehen.

„Es war meine Schuld", beruhigte mich Carmen. „Das Pferd kennt mich ja nicht – vollkommen normal so eine Reaktion. Wie hieß sie doch gleich?"

„Nine-Days-Wonder", sagte ich. Der ganze Name war mir einfach so herausgerutscht, das freundliche „Nine" hatte mir einfach nicht über die Lippen gehen wollen.

In diesem Augenblick klingelte mein Mobiltelefon. Es war Grerson und über seine Stimmung gab es keinen Zweifel.

„Wo steckst du eigentlich den ganzen Tag? – Ich habe versucht dich anzurufen – hörst du eigentlich noch deine Mailbox ab?"

Dazu hatte ich keine Zeit gehabt. Gerson fühlte sich vernachlässigt. „Ich wollte mit dir heute Abend ausgehen," sagte er.

„Morgen gerne", sagte ich, um Schadensbegrenzung bemüht – „Für heute hab ich erst mal genug! Es war doch Nines Umzugstag – sie ist beim Händler nicht in den Hänger gegangen und ein paar mal von der Rampe gesprungen, deshalb hat alles länger gedauert. – Hörst du mir noch zu?"

Am anderen Ende der Leitung war es merkwürdig still. Das kannte ich nicht von ihm, doch ich ahnte, dass die Funkstille etwas mit Nine zu tun hatte. Sie gehörte mir noch keine Woche und schon jetzt fand er, dass ich zu viel Zeit mit der Stute verbrachte, Zeit, die ich besser ihm gewidmet hätte.

„Übrigens – ich koche gerade Spaghetti mit Tomatensauce", sagte Gerson, und es klang wie eine Schönwettermeldung nach einem grauen Regentag.

„Ich mache einen Salat dazu. In einer halben Stunde bin ich da", sagte ich erleichtert.

Ich nahm mir vor, an diesem Abend das Thema „Nines Umzug auf den Leierhof" so gut es ging zu vermeiden, auch wenn es mir schwer fiel. Aber dann fing Gerson an, von Pferden zu sprechen. Nicht direkt natürlich, wie immer nahm er den Umweg über seine Kamera. Er erzählte von den Photos, die er in der vergangenen Woche geschossen hatte und landete nach kurzer Zeit bei seinem Lieblingsthema, der alten Leica Baujahr 1939.

„Ich muss sie dir mal zeigen, du musst sie mal in der Hand halten – schon allein das Lederetui ist sehenswert."

Er hatte die Kamera in einem Secondhandladen entdeckt. Es war genau das gleiche Modell, mit dem mich mein Großvater als Kind geknipst hatte.

„Ich habe die Bilder schon entwickelt, du musst sie dir unbedingt mal anschauen!"

An anderen Tagen betrachtete ich mir seine Photos gern, aber heute fielen mir fast die Augen zu.

„Hat das nicht Zeit bis morgen?", fragte ich, doch er hielt mir die Abzüge so dicht unter die Nase, dass ich einen Blick darauf werfen musste.

„Was für ein tolles Pferd!" Ich war auf einmal hellwach. „Der geht sicher im ganz großen Sport? Ein Traumphoto! Wo hast du das geknipst?"

„Kennst du das Pferd etwa nicht? Das ist doch Windspell, der berühmte Dressurhengst, der letztes Jahr den Grand Prix auf dem Mannheimer Maimarkt gewonnen hat – ich habe ihn dort auf dem Turnier photographiert. Er stand übrigens auf dem Leierhof," fügte Gerson hinzu.

„Ja – und?" Ich verstand nicht, was er mir damit sagen wollte.

„Vera! – Das pfeifen die Spatzen doch von den Dächern – wahrscheinlich steht es schon in der Zeitung – Windspell ist vor ein paar Tagen eingegangen. Kolik, Darmverschluss, sagt man, das Übliche, zu spät in die Klinik – na ja , vielleicht war es auch was anderes."

„Wie schrecklich! Gerson! Dann war Windspell am Ende das Pferd mit der Kolik – ich hatte es völlig vergessen – er ist also doch gestorben – ich habe so etwas geahnt! Kein Wunder, dass sie für Nine so schnell eine Box frei hatten", sagte ich und ich merkte, wie sich meine Freude über Nines Umzug in Luft auflöste. Gerson schenkte mir ein Glas Rotwein ein. „Du hast Windspell sterben sehen?" sagte er voller Mitgefühl.

Ich fühlte mich müde und erschlagen und ging früh zu Bett. Aber ich schlief schlecht in dieser Nacht und träumte wirres Zeug. Nicht von dem jämmerlich eingegangenen Windspell, es ging natürlich um Nine. Sie war gewachsen, zuerst die Ohren, dann die Beine, ich würde mir zum Aufsitzen eine Trittleiter ausleihen müssen, dachte ich besorgt. Zum Schluss schoss ihr Widerrist derartig in die Höhe, dass mein alter Sattel nicht mehr passte. Nine verdrehte die Augen, bleckte die Zähne und wieherte mir zu: „Ich muss wachsen, und du musst abnehmen!"

Merkwürdigerweise konnte ich sie problemlos verstehen, doch als ich sie anflehte, endlich mit dem Wachsen aufzuhören, stellte sie sich taub. Sie tänzelte aufgeregt in ihrer Box herum und ich bekam Angst, dass sie sich den Kopf anstoßen und in Panik geraten würde. Es fehlte nicht viel und sie würde auf der Hinterhand kehrtmachen, die Stallgasse hinunter galoppieren, ausrutschen, und sich die Beine brechen. Doch im letzten Moment packte mich jemand an der Schulter und das Pferd verschwand.

„Danke, Gerson", sagte ich schlaftrunken. „Du hast uns sehr geholfen", drehte mich um und schlief traumlos bis zum Morgen.

Der erste Gedanke, der mir beim Aufwachen durch den Kopf ging, galt Nine. Ob sie der Pfleger auch ordentlich gefüttert hatte? Ich hatte nur kurz mit dem Mann gesprochen und mir war sein harter russischer Akzent aufgefallen. Aber es war nicht nur seine Aussprache, die mich verstörte. Er war von hünenhafter Gestalt und sein schwarzer Vollbart verdeckte seine Züge fast vollständig, was ihm etwas Verschlagenes gab. Nur seine eisblauen Augen stachen wie zwei kalte Sterne aus dem Gesicht hervor. Und wie er das leidende Pferd mit seinen Fußtritten traktiert hatte, wollte mir nicht aus dem Kopf. Plötzlich fiel mir ein, dass ich gestern Abend vergessen hatte, nach der Tränke zu sehen – es kam oft genug vor, dass die Pferde Stroh hineinstopften, dann waren die Tiere die ganze Nacht ohne Wasser. Ich hatte irgendwo gelesen, dass Wassermangel ein Grund für Koliken sein konnte, wenn Nine anfällig für Bauchschmerzen wäre, dann hätte ich allen Grund zur Besorgnis.

Gerson schlief noch, als ich mich anzog. Unter der dünnen Decke bildeten sich die Formen seines Körpers ab. Er lag mit angezogenen Beinen auf der Seite wie ein Kind, hatte die Finger zu einer Faust geballt und den Daumen über den Mund gelegt. Das Bild rührte mich, aber ich riss mich von diesem Anblick los – auf Zehenspitzen schlich ich in die Küche. Normalerweise frühstückten wir samstags zusammen. Frische Brötchen, Feigenmarmelade, Milchkaffee und Spiegeleier. Gerson holte die Zeitung aus dem Briefkasten, ich schnappte mir das Feuilleton, Gerson den Politikteil und wir lasen uns gegenseitig die Schlagzeilen vor. Doch dazu war heute Morgen keine Zeit.

Als Gerson noch im Pyjama in die Küche kam und sich verdutzt die Augen rieb, stellte ich gerade meine Tasse in die Spülmaschine. „Ich bin schon seit einer Ewigkeit wach", sagte ich. „Ich bin bestimmt wieder zurück, wenn du mit frühstücken fertig bist!" Ohne seine Antwort abzuwarten, packte ich meine Reitstiefel und verließ das Haus. Ich hatte das dringende Bedürfnis, nach Nine zu sehen, schließlich hatte sie die erste Nacht in einer fremden Umgebung verbracht und wer weiß, was ihr da alles hatte zustoßen können.

3

Auf dem Leierhof traute ich meinen Augen kaum. Nines Stalltür war mit einem leuchtend gelben Kranz aus Löwenzahn geschmückt, davor stand ein Sack mit frischen Karotten, in dem ein Fähnchen mit der Aufschrift „Herzlich Willkommen" steckte. Nine stand kauend vor einem riesigen Haufen duftenden Heus und lies es sich schmecken. Von mir nahm sie keine Notiz, auch dann nicht, als ich die Schiebetür öffnete und die Stute von oben bis unten musterte.

„Stockmaß einssiebzig?"

Ich sah mich um.

„ Hi!"

Vor mir stand Carmen in Reitstiefeln, engen Reithosen und einem kurzen T-Shirt, mit der Aufschrift „Leierhof". Ihr blondes kurzgeschnittenes Haar und ihre schlanke, aber kräftige Figur wirkten knabenhaft, aber ihre Oberweite erinnerte mich an Marilyn Monroe in „Misfits", wie sie hinter Clark Gable und den wilden Mustangs her war.

„Mit Ihrer Stute habe ich mich inzwischen bekannt gemacht – es scheint ihr bei uns zu gefallen."

„Ein Meter achtundsechzig", sagte ich erleichtert, „sie ist kein bisschen gewachsen."

Carmen, der die innere Logik meiner nächtlichen Gedankengänge verborgen blieb, sah mich erstaunt an. Ich entschuldigte mich bei ihr, dass ich mich gestern nicht richtig vorgestellt hatte.

„Ich bin Vera Roth und das ist Nine-Days-Wonder, oder einfach Nine. Je nachdem."

„Doch nicht etwa eine Nerwa-Tochter?"

„Genau."

„Sie hatten bestimmt schon Erfolge mit ihr?"

Ich tätschelte Nine, die mir einen schrägen Blick zuwarf, den Hals und tat so, als ob ich sie nicht gehört hätte. Wahrscheinlich war es gar nicht so sehr ihre Frage, als das „Sie". Warum duzte mich das Mädchen eigentlich nicht? Sah ich schon so alt aus, dass man mich siezen musste? Oder hatte ich mit meinem Uni-Job jetzt endgültig die Fronten gewechselt und gehörte zum Establishment? Ich siezte meine Chefin und ein paar ältere Respektspersonen, die ich an einer Hand abzählen konnte, aber auf dem Reitplatz gab es für mich kein „Oben" und „Unten". Uns verband doch alle die Liebe zu unseren Pferden, und das machte uns alle irgendwie gleich.

Aber wenn Carmen mich unbedingt siezen wollte, bitteschön – dann musste ich es auch tun.

„Und welches Pferd reiten Sie?", fragte ich.

Carmens Stirn verdüsterte sich. Ihr Pflegepferd sei leider eingegangen. Woran wusste sie nicht, die Besitzerin habe mit ihr nicht darüber gesprochen. Sie, Carmen, sei eines Tages in den Stall gekommen und habe das Pferd nicht mehr vorgefunden.

„Das war schlimm", sagte Carmen. „Aber jetzt kann ich eben wieder besser für die Schule lernen. Ich mache ja auch bald Abitur", fügte sie hinzu und wollte offenbar noch mehr von sich erzählen, als wir unterbrochen wurden.

„Hallo, ich bin Liberty."

„Ihr – ich meine dein – Name klingt amerikanisch, habe ich recht?"

Liberty lachte. „Oh, ja, ich komme aus Laramie, Wyoming. Myboy und ich sind schon seit zwei Jahren hier." Das Auffälligste an Liberty waren ihre stahlblauen Augen, die sie wie Pfeile auf mich richtete.

„Darf ich?", fragte sie mit einem Blick auf Nine. Ohne meine Antwort abzuwarten, hielt sie der Stute eine Rübe hin.

Plötzlich wirkte Liberty irgendwie abgelenkt. Ihr breites Grinsen verschwand und um ihren Mund zeigte sich ein bitterer Zug, der ihr etwas Strenges gab. „Ja, ich komme", murmelte sie, drehte sich auf dem Absatz um und verschwand in Richtung Koppeln.

Carmen verdrehte die Augen und atmete tief durch. „Wahrscheinlich hat Myboy gerufen!" sagte sie mit einem ironischen Lächeln. „Liberty ist Tierschützerin."

Sie hielt unsere Stallgenossin für nicht ganz dicht, das merkte ich deutlich – aber warum? Eigentlich fand ich sie ganz sympathisch in ihrem karierten Hemd und ihrem roten Halstuch. Ihre blonden, von grauen Strähnen durchzogenen, kinnlangen Haare, die ihr in Ponyfransen in die Stirn fielen, gaben ihr etwas Verwegenes. Sie schien sich mit Pferden auszukennen und viel Zeit auf dem Hof zu verbringen, das zeigte mir ihr sonnengegerbtes Gesicht.

„Ja", sagte Carmen, „sie geht über Leichen, wenn sie glaubt, dass ein Pferd schlecht behandelt wird. Und sie kann mit Tieren sprechen – wenigstens behauptet sie es."

„Was es nicht alles gibt." Ich schaute zerstreut auf die Uhr. Gerson war natürlich schon mit dem Frühstück fertig. Wenn ich jetzt nicht anfinge, zu satteln, würde ich nicht einmal mehr rechtzeitig zum Mittagessen kommen. Und Gerson hatte bestimmt nicht daran gedacht, einzukaufen, also musste ich auf dem Weg nach Hause noch beim Supermarkt vorbeifahren.

Doch Carmen wich mir nicht von der Seite. Sie zeigte mir die Sattelkammer und erklärte mir die wichtigsten Gebäude. Vom Putzplatz aus schaute man auf die Wohnung des Pferdepflegers Iwan. Der Reitlehrer wohnte nicht auf dem Hof, sagte Carmen, er benutzte dort nur ein Zimmer, um in der Mittagspause zu vespern.

Das Mädchen hatte sich mindestens schon eine Stunde lang mit mir beschäftigt, obwohl sie doch betont hatte, dass sie viel für die Schule lernen müsse und kaum Zeit mehr für den Reitstall habe. Carmen schien meine Gedanken erraten zu haben, denn sie sagte plötzlich: „Okay – ich habe noch etwas zu tun – wenn Sie irgendwelche Fragen haben, wenden Sie sich ruhig an mich!"

Erleichtert nickte ich. Endlich konnte ich mich in Ruhe meinem Pferd widmen. Doch gerade als ich Nine den Sattel aufgelegt hatte, sah ich mich von drei Reiterinnen umringt. Jede schwenkte ein Sektglas und auch mir wurde eines in die Hand gedrückt.

„Willkommen auf dem Leierhof!" Eine nach der anderen gab mir die Hand und nannte ihren Namen, den ich sofort wieder vergaß. Ich merkte mir nur, dass sie schon seit Ewigkeiten ihre Pferde auf dem Leierhof stehen hatten, auf dem Hof schienen sie den Ton anzugeben. Ich schätzte die drei auf Mitte vierzig, vielleicht sogar ein bisschen älter, ihre Reitwesten verdeckten vorteilhaft die ersten Fettpolster um Oberschenkel und Hüften. Plötzlich knallte ein Sektkorken – Nine zuckte zusammen, sprang zur Seite und zerrte so stark an ihrem Strick, dass er zerriss. Mit dem leeren Sektglas in der einen Hand und der anderen an Nines Halfter versuchte ich mein Pferd zu beruhigen.

„Geben Sie her", herrschte mich eine der Damen an. „So wird das nichts." Sie warf sich in die Brust, als ob sie eine ganze Abteilung Reitschüler zu kommandieren hätte. Ich kam mir vor wie eine Schauspielerin in einem fremden Stück, dessen Sprache ich nicht verstand und dessen Regeln ich nicht kannte.

„Kommen Sie doch später zu uns, wir sitzen unter der Pergola und stoßen schon einmal auf Sie an!"

Die drei drehten sich um und im Vorbeigehen hörte ich, wie eine von ihnen sagte: „Unerzogenes Tier – der Zicke würde ich`s zeigen."

Mir blieb keine Zeit darüber nachzudenken, auf welche Art und Weise ich dieses Kunststück hätte fertig bringen sollen. Meine Stute war immer noch völlig aus dem Häuschen. Sie blieb beim Aufsitzen nicht stehen und ich bekam den Fuß nur mit Mühe in den Steigbügel. Als ich schließlich im Sattel saß, drehte Nine einfach auf der Hinterhand um und tänzelte nervös auf den Pflastersteinen.

„Nehmen Sie die Gerte – energisch!" Der Hinweis kam von einem großen schlanken Mann in Reitstiefeln, der gerade aus seinem Auto stieg. Es musste der Reitlehrer sein, dachte ich, aber zu mehr kam ich nicht. Der Hinweis mit der Gerte war bestimmt gut gemeint, aber in Nines Fall leider der falsche. Plötzlich ging alles sehr schnell. Wie von einer Bremse gestochen schoss Nine mit mir ab durchs Hoftor. Draußen am Parkplatz stand Carmen und winkte. Sichtlich beeindruckt von Nines Tempo rief sie mir zu:

„Wenn Sie eine Pferdepflegerin brauchen – ich helfe Ihnen gern!" Sie hatte mich schon wieder gesiezt, es klang so förmlich, oder hatte sie vielleicht Mitleid mit mir? Der Schreck saß mir noch in den Gliedern.

„Ich komme darauf zurück!", sagte ich. Als ich die Zügel lang ließ, fiel mir auf, dass Carmen immer noch auf dem Hof war, obwohl sie sich doch schon von mir verabschiedet hatte. Ihre Schularbeiten waren wohl doch nicht so dringend, wie sie vorgegeben hatte. Vielleicht hatte sie auf den Reitlehrer gewartet, dachte ich, denn als ich aus dem Hoftor ritt, sah ich die beiden lachend unter dem Nussbaum stehen.

4

Meine Chefin war Kettenraucherin, und in ihrem Dienstzimmer roch es wie in einer Räucherkammer. Auf dem weißen Resopalschreibtisch standen zwei überquellende Aschenbecher neben Aktenstapeln und Leitzordnern. Es gab keine grüne Büropflanze, keine Ferienpostkarten von Kollegen und keine Photos von Familienangehörigen oder Haustieren. An der Wand und den Schranktüren hing kein einziges Bild, wenn man von einem Kalender der Universität absah, der das Konterfei Max Webers zeigte. Nicht einmal der Bildschirmschoner ihres Computers zeigte etwas Eigenes. In den metallenen Bücherregalen standen noch mehr Aktenordner, aus der Unibibliothek entliehene Bücher und mehrere Jahrgänge einer soziologischen Zeitschrift. In dem Zimmer fehlte das Sofa, das allen ordentlichen Professoren zustand, außer ihrem ergonomisch perfekten Schreibtischsessel gab es nur noch einen einzigen Stuhl, den sie als Ablage für Zeitungen benutzte.

Die Soziologieprofessorin stand kurz vor ihrer Emeritierung und ich hatte mir eine freundliche, ältere Dame vorgestellt, die Wissenschaft um der Wissenschaft willen betrieb, weil sie es nicht mehr nötig hatte, die eigene Karriere zu fördern. Doch Prof. Mäusler war das genaue Gegenteil einer altersweisen Gelehrten, sie wirkte auf mich überaus ehrgeizig und selbstgefällig. Alles an ihr war grau, das tadellos sitzende Schneiderkostüm und der melierte, akkurat geschnittene Pagenkopf, so grau wie die Mappen, in denen sie ihre Notizen und Kopien aufbewahrte. Sie begrüßte mich mit einem schmallippigen Grinsen und überreichte mir eine lange Aufgabenliste. Als sie mir die Hand gab, bemerkte ich den blutroten Nagellack auf den tadellos manikürten Fingernägeln, die so scharf wie Krallen eines Raubvogels wirkten und mich verunsicherten.

Ein Blick auf die Liste zeigte mir, dass ich ziemlich viel Arbeit vor mir hatte. Ich sollte ins Archiv nach Berlin fahren und Akten beschaffen, die sie für ihr großes Werk, eine historische Untersuchung über Adoptionen, benötigte. Ich hatte mich auf eine selbständige Tätigkeit gefreut, die meiner wissenschaftlichen Qualifikation entsprach, aber auf meine Fähigkeiten schien sie keinen Wert zu legen:

„Frau Roth, ich warne Sie, versuchen Sie nicht, eigene Thesen aufzustellen – beschaffen Sie mir die Papiere, die ich benötige und überlassen Sie die Theorie bitte mir," sagte sie.

Für sie war ich also nichts weiter als eine bessere Hilfskraft – dazu hätte ich eigentlich nicht promovieren brauchen, dachte ich. Und was das Reisen anging – im Vorstellungsgespräch war davon nicht die Rede gewesen. Meine Enttäuschung verbarg ich so gut es ging. Ich tröstete mich mit dem Gedanken, dass die Archivreisen ja erst der Anfang waren, bestimmt würde ich, wenn das Material erst einmal zusammen war, einen anderen Auftrag erhalten, der mich mehr forderte.

„Wann soll ich fahren?"
„Am besten schon gestern."

Unser Gespräch war nach zehn Minuten beendet. Sie hatte mir nicht einmal einen Stuhl angeboten. Und das Dienstzimmer – sie hatte es mir nicht gezeigt. Der Gedanke an ein eigenes Zimmer im Institut hatte mir von Anfang an gefallen. Bisher hatte ich entweder zu Hause oder in der Bibliothek gearbeitet, weil ich mich im Doktorandenzimmer, wo immer ein oder zwei Kollegen ihre Computertastatur bearbeiteten, nicht richtig konzentrieren konnte. Möglicherweise war es noch nicht frei, versuchte ich mir einzureden, doch überzeugen konnte ich mich nicht.

„Stell' dich nicht so an", sagte Gerson abends am Küchentisch, „Sie ist die Projektleiterin. Und wenn sie sagt, du sollst erstmal in Akten wühlen, dann gibt es nichts anderes."

Gerson spielte mal wieder seine Lieblingsrolle „Advocatus Diaboli". Was nichts anderes bedeutete, als dass er mir in den Rücken fiel.

„Sie hätte mich wenigstens fragen können," nörgelte ich, obwohl ich zugeben musste, dass er irgendwie Recht hatte.

„Ach du meine Güte", sagte Gerson, „Fahr' nach Berlin, mache im Archiv deine Augen auf und schalte deinen Verstand ein. Suche, was du finden sollst und wenn dir sonst noch was Interessantes unter die Finger kommt, musst du es ja nicht gleich herausposaunen. Als Wissenschaftlerin kannst du doch deine eigenen Projekte entwickeln – außerhalb der Dienstzeit natürlich. Und je früher du fertig wirst, desto früher bist du wieder hier und bei deiner Nine."

Fast wäre ich ein bisschen rot geworden, denn Gerson hatte den Nagel auf den Kopf getroffen – der Grund, warum ich nicht nach Berlin fahren wollte, hieß Nine. Ja, so war es, ich machte mir Sorgen wegen Nine, aber das wollte ich Gerson gegenüber nicht zugeben. Gerade noch rechzeitig fiel mir ein, dass ich für die Reise nichts Sauberes mehr anzuziehen hatte – seit ungefähr einer Woche war ich buchstäblich nicht mehr aus meinen Reithosen herausgekommen und alltägliche Arbeiten wie Wäschewaschen waren liegengeblieben.

Schnell sagte ich:

„Apropos Nine – bevor ich abreise, muss ich unbedingt noch mal in den Stall. Und Sven anrufen, dass er schon mal einen Prosecco kaltstellt."

„Wer ist eigentlich Sven?"

Wir hatten zusammen in Freiburg studiert, dieselben Vorlesungen besucht, waren zusammen in die Mensa und ins Kino gegangen und unsere Freunde hatten uns für ein Paar gehalten.

Obwohl Sven in Berlin lebte, hatten wir uns nicht aus den Augen verloren. Wenn ich in Berlin war, übernachtete ich bei ihm in Charlottenburg. Sven arbeitete halbtags an der Edition von Karl Mays Werken und schrieb einen editorischen Bericht über die Rezeption von Winnetou Bd.1. Um sein Budget aufzubessern, raste er als Fahrradkurier durch die Stadt und lieferte die verrücktesten Sachen von Haus zu Haus. Fleischfressende Pflanzen, Hormontabletten oder Blutegel. Sogar eine Vogelspinne hatte er schon mal von Charlottenburg nach Friedrichshain gebracht. Sven kannte sich in der Stadt genau so gut aus wie in der Historikerzunft und wusste immer den neuesten Klatsch aus der Archivszene zu berichten.

Mein Zug fuhr pünktlich um 7 Uhr am Heidelberger Hauptbahnhof ab. Die ganze Bahnfahrt über spielte in meinem Kopf ein MP3-Player, der auf „Nine" eingestellt war. Ich konnte ihn einfach nicht abstellen, in immer neuen Schleifen kam das Endlosband auf das Thema zurück. Carmen hatte sich angeboten, sich um Nine zu kümmern – aber würde sie mit der Stute zurecht kommen? Ich kannte das Mädchen ja überhaupt nicht – war sie wirklich so kompetent, wie sie vorgab? Aber andererseits – was hätte ich sonst tun können? Wie ich es auch drehte und wendete, mir blieb nur eines übrig – ich musste Carmen vertrauen. Es würde schon alles gut gehen, dachte ich.

Am ersten Tag wühlte ich mich durch einen Berg Geburtsurkunden von Berliner Kindern. Die Forscher saßen an langen, altmodischen Bänken, die in Zweierreihen hintereinander aufgestellt waren. Auf den Pulten lagen Stapel von Akten. Blatt für Blatt wurde in die Hand genommen, mit den Augen abgetastet und zur Seite gelegt. Hin und wieder steckten sie einen schwarzen „Reiter" zwischen die vergilbten Blätter und notierten sich die Paginierung für den Kopierauftrag. Alle Leute arbeiteten konzentriert und schnell, die Luft war staubig und verbraucht. Niemand hob den Blick über die Aktenberge, niemand sprach, nicht einmal ein Wispern war zu hören. Es war, als laufe die Zeit rückwärts. Nach getaner Arbeit verließen die meisten grußlos den Raum, so als wollten sie die Spuren der Vergangenheit so schnell wie möglich von sich abschütteln.

Wie aus einer anderen Welt hörte ich plötzlich die Melodie meines Handys. Wieder mal vergessen abzustellen! Blicke so scharf wie Pfeilspitzen trafen mich von allen Seiten, aber es waren ja keine echten und Blicke können eben doch nicht töten. Ich spürte eine angenehme Erregung und erwischte mich bei dem Gedanken, es sei der Kollege mit der gestylten Igelfrisur, der mir vorhin so aufmunternd zugelächelt hatte. Schnell stand ich auf und verließ den Saal. Auf dem Flur drückte ich die grüne Taste und hielt mir den Apparat ans Ohr. Natürlich war er es nicht – woher sollte er auch meine Handynummer haben? Alles, was ich hörte, war Pferdegewieher, nichts weiter. Auf einmal war die Leitung unterbrochen. Ich ging zurück in den Lesesaal, um meine Akten wegzuräumen und um neues Material für morgen zu bestellen. Dann machte ich mich auf den Weg zu Sven. Unterwegs versuchte ich, Gerson zu erreichen. Vielleicht konnte er sich auf das Pferdegewieher in der Telefonleitung einen Reim machen. Aber ich erreichte nur die Mail Box. Wenn er unterwegs auf Phototour war, stellte er sein Handy ab.

„Ich habe schon angefangen zu kochen", sagte er. „Es dauert nicht mehr lange." Die Tortellini köchelten vor sich hin, ich schnitt Tomaten für den Salat und sah Sven zu, wie er eine Flasche gut gekühlten Prosecco entkorkte. Svens Freundin Bina entspannte sich für drei Tage auf einem Workshop in Heiligengrabe, einem ehemaligen Stift für adlige Fräulein, das nach der Wende zu einem spirituellen Tagungszentrum umgebaut worden war, und wir hatten den ganzen Abend für uns.

Sven wirkte ausgeglichen und liebenswürdig, so wie ich ihn in Erinnerung hatte und er sah zufrieden aus. Er stellte zwei Gläser auf seinen blanken Buchenholztisch und goss ein.

„Auf deine Adoptivkinder und alle anderen Kinder und natürlich auf Nine-Days-Wonder."

Weil ich es kaum erwarten konnte, von meinem neuen Leben zu berichten, achtete ich nicht so genau auf Svens Trinkspruch, denn sonst wäre mir gleich aufgefallen, dass Sven irgendetwas von Kindern gesagt hatte – es hatte fremd geklungen, schien nicht zu Sven zu passen, Kinder hatten in Svens Leben noch nie eine Rolle gespielt. Vielleicht wollte ich nicht, dass sich an meinem Bild, das ich von ihm hatte, etwas änderte. Sven hörte mir zu, er hatte schon immer die Fähigkeit besessen, anderen zuzuhören und doch kam es mir vor, als ob er an etwas anderes dachte. Vielleicht interessierten ihn meine Pferdegeschichten nicht besonders, da wäre er nicht der einzige. Während wir aßen, trafen sich unsere Blicke. Es hatte nichts mit mir zu tun, dachte ich und ich fühlte mich wohl und geborgen. Da hob Sven sein Glas. „Ich will dir etwas verraten, obwohl Bina meint, es sei noch zu früh – wir bekommen ein Kind – ein Mädchen!"

5

"Sorry, habe bis heute Abend zu tun". Als ich Montagfrüh nach Hause kam, lag der Zettel auf dem Küchentisch. Ich hatte den Nachtzug genommen, weil ich noch vor der Arbeit zu Nine hinausfahren wollte. Der mysteriöse Anruf mit dem Pferdewiehern klang mir immer noch im Ohr, ich musste einfach so schnell wie möglich nach dem Rechten sehen.

Vor kurzem noch wäre ich enttäuscht gewesen, dass er bei meiner Ankunft nicht zuhause war, aber jetzt spürte ich so etwas wie Erleichterung, ich brauchte auf niemanden Rücksicht zu nehmen und konnte gleich in den Stall fahren. Das Büro konnte warten bis heute Nachmittag, dachte ich, schließlich hatte ich in Berlin einige Überstunden im Archiv abgesessen.

Es war kurz vor 10 Uhr, der morgendliche Stau auf der Berliner Straße und der Ernst-Walzbrücke hatte sich schon lange aufgelöst. Es war, als hätten alle Ampeln für mich eine grüne Welle eingestellt, nirgendwo musste ich anhalten. Für die touristischen Attraktionen unserer Stadt hatte ich keinen Blick, das Schloss lag ohnehin breit und behäbig wie immer auf seinem Hügel über dem Neckar und würde auch morgen nichts an seiner Lage verändert haben. Ich wollte nur eines – so schnell wie möglich zum Leierhof kommen, um Nine zu begrüßen.

Doch die Erste, die gleich, als ich aus dem Auto stieg, auf mich zukam, war Carmen

„Alles ist gut gegangen", sagte sie strahlend. „Nine-Days-Wonder" – sie betonte jedes einzelne Wort und bemühte sich um eine korrekte Aussprache – „ist richtig lieb gewesen. Echt! Du kannst öfter mal verreisen. Nine ist ein Schatz, eine süße Maus, ach Quatsch – ein Goldpferd."

Ich wusste nicht, worüber ich mich mehr wundern sollte – darüber, dass Nine angeblich so brav war, oder darüber, dass Carmen ohne irgendwelche Umstände zum „Du" übergegangen war.

„Und Nine hat mich wirklich nicht vermisst?" fragte ich vorsichtig.

„Nein", sagte sie. „Soll ich Nine gleich nach deiner Reitstunde absatteln?"

Ich schaute sie wortlos an und schüttelte den Kopf. Was sollte diese Frage? Hilfe beim Absatteln? Wofür hielt sie mich eigentlich? Da gab es nur zwei Möglichkeiten: Entweder für total vergreist oder für eine Anfängerin.

„Absatteln kann ich allein."

Gleich darauf bereute ich meinen unfreundliche Ton – was hatte Carmen mir eigentlich getan? Sie hatte mir doch nur geholfen, und geleistete Hilfe erforderte Dank.

„Ich melde mich wieder bei dir", sagte ich, aber Carmen hatte sich schon umgedreht.

Nine stand gleichgültig in ihrer Box und kaute beharrlich an ihrem Heu. Kaum hatte ich sie am Putzplatz angebunden, ließ sie beide Ohren schlapp herunterhängen, entlastete den rechten Hinterfuß und fing an zu dösen. Ich striegelte ihr Fell, es kam mir merkwürdig matt vor. Aber was war das? In der Mitte des Halses entdeckte ich ein kleines kahlgeschorenes Viereck, als hätte da einer die Schärfe seines Rasiermessers ausprobiert. Vor meiner Abreise hatte Nine diese Stelle noch nicht gehabt. Ich schaute mich nach Carmen um, aber ich sah nur ihre beiden Freundinnen Penny und Mascha rauchend in der Sonne stehen.

Als ich ihnen die Stelle zeigte, schauten sich die beiden vielsagend an und zuckten die Achseln. Immerhin ließ sich Penny dazu herab, mit dem Zeigefinger über das kleine Viereck zu streichen.

„Mindestens fünf Tage alt", sagte sie mit einem unbewegten Gesichtsausdruck, der sehr professionell wirkte.

„Wir müssen los!" Die beiden Mädchen drehten sich um und flöteten mir ein zuckersüßes ‚Tschü-üü-ss' zu. Ich kam mir ziemlich blöde vor, weil ich mir sicher war, dass die beiden etwas vor mir verbargen. Was es war, würde ich nicht herausbekommen, sie hielten doch zusammen wie Pech und Schwefel. Wo steckte eigentlich Carmen? Sie war wie vom Erdboden verschwunden, wenn ich sie einmal brauchte, war sie nicht zu finden! Ich schaute auf die Uhr und bekam einen Schreck – es war zehn Minuten vor 12 Uhr. Um 12 hatte ich eine Reitstunde mit Roberto Kraus verabredet.

Schon von weitem hörte ich die Kommandos. Ich erkannte die Reiterin sofort wieder. Sie übte die gleiche Dressuraufgabe wie bei meinem ersten Besuch auf dem Leierhof. Und genau wie damals verspannte sich das Pferd bei den fliegenden Galoppwechseln vor dem Umspringen auf die linke Seite. Auch an die Dogge, die laut bellend um das Pferd herumgesprungen war, erinnerte ich mich genau.

„Marga, den Galoppwechsel nur denken – versuch's noch ein Mal."

Sie heißt also Marga, dachte ich.

Marga ritt im versammelten Galopp durch die ganze Bahn. Kurz vor dem Wechselpunkt zögerte der Wallach.

„Genug für heute", sagte Kraus, der mich am Eingang warten sah.

„Kann man denn hier überhaupt nicht mehr in Ruhe arbeiten – dauernd kommt jemand dazwischen!" Damit war ich gemeint.

„Wo ist eigentlich Karlchen?", schrie sie und stieß einen Pfiff aus, der mir im Trommelfell schmerzte.

„Der Eingang ist frei", rief der Reitlehrer mir zu.

Marga, die ihre Runden trabte und erfolglos nach ihrem Hund Karlchen rief, warf mir giftige Blicke zu und ignorierte beharrlich mein ‚Guten Morgen'. Roberto Kraus begrüßte mich mit Handschlag und tätschelte Nine den Hals. Er sieht unverschämt gut aus, durchfuhr es mich, als ich ihm in die braunen Augen sah. Es fehlte gerade noch, dass ich rot wurde, aber glücklicherweise hatte ich dazu gar keine Zeit.

„Alles wieder in Ordnung, hoffe ich?"

Ohne meine Antwort abzuwarten, begann er mit dem Unterricht.

Nine setzte sich richtig in Szene – sie machte ihren Hals krumm, warf die Vorderbeine, dass es eine Freude war und trat mindestens zwei Handbreit unter. Roberto Kraus war begeistert.

„Eine Nerwa-Tocher, ohne Zweifel", sagte er anerkennend. Natürlich bezog ich das Lob auf mich – ich war darüber so froh, dass ich mich gar nicht fragte, woher der Reitlehrer eigentlich die Abstammung meiner Stute kannte – außer mit Carmen hatte ich doch mit niemandem sonst darüber gesprochen. Aber warum sollte ich mir unnötig den Kopf zerbrechen – wichtiger war doch, dass ich nach unserer ersten Vorstellung von ihm als Reitschülerin akzeptiert war.

„Mittwochs um neun Uhr – wenn es Ihnen passt. Oder wollen wir nicht lieber „Du" sagen? Komme bitte fünf Minuten später, du solltest es dir nicht mit Marga verderben!"

Natürlich sagte ich sofort zu allem ‚Ja'". Ich kam mir richtig geschmeichelt vor. Der Mann war ein richtiger Profi, der etwas von Pferden verstand, aber noch während ich so dachte, hörte ich eine mir wohlbekannte innere Stimme, die mich mit der Frage nervte – vielleicht versteht er nicht nur was von Pferden, sondern auch von Frauen? Glücklicherweise gelang es mir auffällig schnell, diese Stimme abzustellen. Doch dann bildete sich sofort eine neue Frage: Was hatte Kraus eigentlich mit ‚alles wieder in Ordnung' gemeint?

„Na, ob sich Nine wieder von ihrer Kolik erholt hat!"

„Von welcher Kolik?"

Roberto schüttelte ungläubig den Kopf: „Das weißt du nicht?"

„Ich war auf Dienstreise." Ich spürte ein schlechtes Gewissen, obwohl ich gar nicht wusste, warum eigentlich, aber aus Robertos Tonfall hatte ich jede Menge unausgesprochener Vorwürfe herausgehört.

„Warum hat Carmen mir nichts davon erzählt?", sagte ich ärgerlich. Roberto Kraus zuckte die Achseln: „Es ist doch alles noch mal gut gegangen", sagte er. Auf einmal schien der Reitlehrer den Vorfall nicht mehr besonders ernst zu nehmen. Nine also auch, dachte ich. Jetzt fängt es bei Nine an. Was dieses ‚es'" bedeutete, wusste ich nicht, ich fühlte nur, wie meine anfängliche Wut einer mir unbekannten Bangigkeit wich. Ich hatte doch selbst miterlebt, wie Windspell an einer Kolik zugrunde gegangen war, es war mir, als sähe ich das große Pferd wieder in seiner Box auf dem nassen, zerwühlten Stroh liegen und röcheln. Ich musste mich schütteln, um die schrecklichen Bilder loszuwerden. Doch dann sagte ich mir: Nine lebt doch und Koliken waren anscheinend gar nicht so selten wie ich bisher geglaubt hatte.

In der Sattelkammer traf ich Marga.

„Willkommen auf dem Leierhof", sagte sie mit einem frostigen Lächeln. „Sie nehmen Unterricht bei Roberto?"

„Ja", antwortete ich freudig. „Nine hat ihm gefallen, glaube ich."

Marga sah mich spöttisch an. „So? – Glauben Sie? Sie haben Glück, dass es Ihrer Stute wieder gut geht und noch mehr Glück, dass Roberto Sie als Schülerin angenommen hat. Normalerweise gibt er keinen Anfängerunterricht."

Ich schluckte, meine gute Stimmung war jetzt vollends verflogen. Ich hatte den Eindruck, dass jede X-Beliebige auf dem Leierhof über Nine besser Bescheid wusste als ich und, was noch schlimmer war, – sie hielten mich für unverantwortlich – ich war sozusagen eine Rabenmutter! Und dass Marga ‚Anfängerin' zu mir gesagt hatte, machte mich richtig wütend. Sie kannte mich doch überhaupt nicht! Ohne mich eines weiteren Blickes zu würdigen, pfiff Marga nach ihrem Hund. Sie winkte mir kurz zu: „Ich hab's eilig – wir reden ein anderes Mal miteinander!"

Carmen hatte die ganze Zeit draußen am Putzplatz gestanden und unser Gespräch mitangehört. Mein Zorn auf sie war plötzlich verflogen, ich war froh, dass ich mit ihr ein paar Worte wechseln konnte.

„Carmen, habe ich vielleicht was falsch gemacht – hätte ich Nine wirklich nicht alleine lassen sollen?"

Carmen beruhigte mich: „Vergiss es", sagte sie. Sie zeigte abwechselnd auf ihr rechtes Ohr :„Da rein" – und auf ihr linkes: Da raus", sagte sie grinsend. „Und überhaupt – Marga sollte lieber ihren Mund halten."

Ich verstand ihre Anspielung nicht und schaute sie fragend an. Darauf hatte Carmen nur gewartet.

„Hast du eigentlich mitbekommen, dass Karlchen wie von der Bildfläche verschwunden ist?"

„Nein", sagte ich. Aber dann fiel mir ein, dass Marga mehrmals erfolglos nach ihm gerufen und ich seinen Ungehorsam insgeheim auf Margas inkonsequente Erziehung geschoben hatte.

„Im Stall gibt es die wildesten Gerüchte", fuhr Carmen fort. „Es geht um Iwan. Nichts gegen Russen, aber Iwan kann Hunde nicht leiden – irgendwie verständlich, denn schließlich muss er die Anlage sauber halten und Hundekot stinkt. Er soll Kontakte zu der Hundefängermafia haben. Sie fangen Rassehunde, betäuben sie und verkaufen sie dann für teures Geld übers Internet. Oder – noch schlimmer – wenn sie sich nicht verkaufen lassen, kommen sie in den Fleischwolf – Tierfutter!"

Carmen redete so schnell, dass ich überhaupt nicht dazu kam, mein eigentliches Anliegen zur Sprache zu bringen – warum Nine eigentlich diese Kolik bekommen hatte, wollte ich sie fragen – da gab es doch sicherlich einen Grund? Oder war ich doch die Schuldige, vielleicht hätte ich wirklich nicht so lange wegfahren dürfen? Gerade als ich meinen Mund aufmachen wollte, sagte Carmen: „Vera, ich muss los – wir sehen uns später", und verschwand in Richtung Reiterstübchen.

Für mich wurde es auch höchste Zeit, dass ich fort kam. Ich wollte nur noch einmal bei Nine vorbeischauen, um mich von ihr zu verabschieden. Als ich gerade die Boxentür zurückschieben wollte, hörte ich auf der Stallgasse ein Geräusch, als ob jemand ein Gitter aufgemacht und schnell wieder zugeschoben hätte. Ich drehte mich um, konnte aber niemanden entdecken, das kam mir irgendwie merkwürdig vor. Ich ging zu Taxos Box hinüber und blieb abrupt stehen. Mitten in der Box stand Iwan. Offensichtlich hatte ich ihn daran gehindert, die Box zu verlassen. Doch er wirkte überhaupt nicht verlegen. Wie eine Art Trophäe hielt er ein paar Schlaufzügel und einen Gurt in die Höhe: „Unglaublich, was die Leute alles in ihrer Box vergessen!", sagte er. „Sogar sogenannte Turnierreiterinnen", fügte er mit einem unverschämten Lächeln hinzu und verschwand in Richtung Sattelkammer.

Er meinte Marga, das war mir klar, aber ich hatte sie immer als ausgesprochen ordentlich empfunden. Sie achtete auf ihr Sattelzeug wie auf ihren Augapfel, es kam mir merkwürdig vor, dass sie ihre Hilfszügel im Stall liegen ließ. Und seit wann ritt Marga überhaupt mit Schlaufzügeln? Ob ihr Roberto empfohlen hatte, sie einzuschnallen? Nachdenklich ging ich zu Nine zurück. Sie brummelte mir freundlich zu, mit ihr schien alles in Ordnung zu sein. Ich atmete auf, jetzt aber durfte ich wirklich keine Zeit mehr verlieren und musste mich schnell auf den Heimweg machen.

6

Meine Reisetasche stand nachmittags noch immer unausgepackt im Flur, in der Küche quoll der Müll aus dem Plastikeimer und in den Kaffeetassen hatte sich der Milchschaum zu einer bräunlichen Kruste eingedickt. Von Gerson fehlte jede Spur. Meine Laune war so mies, dass ich beschloss, erst einmal zu duschen. Ich ließ mir das heiße Wasser über Kopf und Schultern rinnen und dachte an Sven – ob er mit seiner Bina glücklich war? Er hatte überhaupt nichts von ihr erzählt, aber ich hatte ihn ja auch gar nicht nach ihr gefragt. Wo hatten sie sich eigentlich kennen gelernt? Bestimmt nicht im Kino, wie Gerson und ich.

Wir hatten uns ein paar Mal bei Bekannten gesehen, kannten uns aber nicht so gut, dass wir uns zum Kino verabredet hätten. Und dann saßen wir zufällig nebeneinander in: „All die schönen Pferde", von Billy Bob Thornton. Ich hatte den Roman von Cormack Mc Carthy gelesen und war neugierig auf die Verfilmung – dass Gerson sich für diesen Film interessierte, hätte ich nie gedacht. Ungefähr in der Mitte, an der Stelle, als John Grady die Ausritte mit Alejandra beginnt, und sie Seite an Seite durchs weiße Mondlicht reiten, ohne Sattel und nur mit Strickhalfter, hatte ich meinen Kopf unwillkürlich zu Gerson gedreht und sein Gesicht von der Seite angeschaut. Im Gegenlicht sah ich sein markantes Profil, seine scharf geschnittene Nase und seine schöngeformten Lippen. In diesem Augenblick hatte er nach meiner Hand gegriffen und sie den ganzen Film über nicht mehr losgelassen.

Meine Gedanken schweiften wieder zu Sven – ob ich mir demnächst in Berlin ein neues Quartier würde suchen müssen? Als ich mir die Haare fönte, hörte ich den Anrufbeantworter und erkannte die Stimme von Prof. Mäuslers Sekretärin.

„Frau Roth, melden Sie sich sofort! Frau Prof. Mäusler hat nach Ihnen gefragt. Es ist dringend." Die Sekretärin sprach von unserer Chefin immer mit vollem Titel, während sie meinen Doktorgrad natürlich nie erwähnte. Ich benötigte noch die Imprimatur, hatte sie mir kürzlich von oben herab verkündet. Und dafür war meine Chefin zuständig, erst wenn sie ihr Placet gab, konnte ich meine Diss. aufs Netz legen und ein Dr. vor meinen Namen setzen. Aber das war mir eigentlich ziemlich einerlei. Im Grunde bedeutete dieser Titel doch nur, dass jemand länger als andere Menschen kostbare Lebenszeit hinter Büchern vertan hatte, dachte ich patzig.

Mit dem Fahrrad brauchte ich nur eine Viertelstunde bis in die Altstadt. Ich radelte die Ziegelhäuserlandstraße entlang, ein frischer Wind fuhr mir in die Haare, die Sonnenstrahlen tauchten den Sandstein der Alten Brücke in ein tiefes Orange, am liebsten wäre ich einfach weiter geradeaus den Fluss entlang geradelt, aber ich gab diesem Impuls nicht nach und bog auf die Brücke ab.

Wenig später saß ich in Prof. Mäuslers Büro und berichtete über meine Berliner Archiv-Funde – sage und schreibe 50 Adoptionsurkunden. Doch wenn ich geglaubt hatte, dass meine Chefin ein Wort des Lobes oder der Anerkennung für mich bereit hatte, dann hatte ich mich getäuscht. Sie interessierte sich für die Akten, das war alles – wann und wo die Urkunden ausgestellt worden seien, jede einzeln. Prof. Mäusler steckte sich eine Zigarette an und blies mir geistesabwesend den Rauch in die

Nase. Ich hustete, aber die Mäusler inhalierte noch tiefer und atmete genüsslich aus. Ich vertröstete sie auf die Kopien, die ich in Auftrag gegeben hatte und die uns demnächst zugeschickt würden.

„Beim nächsten Mal machen Sie sich genaue Notizen", sagte sie. „Stellen Sie sich vor, die Post geht verloren oder die Sendung fällt einem Unbefugten in die Hände."

Ich versuchte, mich aus der Qualmwolke zu drehen und zuckte bedauernd die Schultern.

Prof. Mäusler wandte sich dem Poststapel auf ihrem Schreibtisch zu. „Wir sprechen uns, sobald mir die Akten vorliegen." Unsere Unterredung war beendet.

Auf dem Flur traf ich Helmut. Er promovierte seit kurzem auf einer halben Stelle als geprüfte Hilfskraft und betrachtete sich als rechte Hand unserer Chefin. Er verbrachte die meiste Zeit an seinem Schreibtisch im Büro oder in der Bibliothek, war blass wie ein Leintuch und ungefähr einen Zentimeter kleiner als ich, obwohl ich mit meinen 1,68 cm auch nicht gerade zu den Bohnenstangen gehörte. Aber seitdem er die Stelle hatte, schien er gewachsen zu sein. Wenigstens kam es mir gerade heute so vor.

„Warum hast du dich eigentlich nicht zurückgemeldet?"

Ob Helmut anfangen wollte mir hinterher zu spionieren? Es ging ihn doch überhaupt nichts an, ob und wann ich nach einer Dienstreise im Büro auftauchte, dachte ich. Eine andere Angewohnheit von ihm war noch störender – die Gespräche mit ihm zwischen Tür und Angel oder auf dem zugigen Institutsflur hatten die Tendenz sich auszudehnen. Für einen kleinen Schwatz war er immer zu haben, während ich Fluchtgedanken entwickelte, sobald ich ihn sah.

„Ich muss ganz schnell ins Uniarchiv – ans Lesegerät", log ich.

Aber Helmut stellte sich mir in den Weg. „Einen Augenblick", sagte er. Er nahm seine Brille ab, die er sich ins Haar geschoben hatte und schaute mich triumphierend an.

„Ich weiß nicht, ob es dir Prof. Mäusler schon gesagt hat?"

Ich brauchte nicht lange herumzurätseln, die Botschaft war klar – die Chefin hatte nicht mir die Neuigkeit mitgeteilt, sondern Helmut.

„Was hat sie gesagt?"

„Dass wir zusammen ein Arbeitszimmer bekommen – genau gegenüber von Frau Norden, ihrer Sekretärin."

„Oh nein!", entfuhr es mir.

Aber Helmut war viel zu begeistert, als dass er meinen entsetzten Aufschrei gehört hätte.

„Ist das nicht toll – ein Zimmer nur für uns – wir müssen uns nur noch einigen, wie wir die Schreibtische aufteilen."

„Gut! Helmut, wir sehen uns", sagte ich ziemlich kurz.

„Aber willst du dir das Zimmer nicht erst mal ansehen?"

Ich winkte ab. „Später, Helmut."

Ich brauchte frische Luft und zwar sofort. Draußen vor der Tür empfing mich gleißendes Licht. Es dauerte ein paar Sekunden, bis sich meine Augen nach dem dusteren Licht im Flur des Institutgebäudes an die Helligkeit gewöhnten. Kein Wunder, dachte ich, dass die Mäusler mir mein Dienstzimmer nicht gezeigt hatte. Sie hatte es Helmut versprochen, obwohl er nur Hiwi war und für Hiwis am Institut ein eigener Raum zur Verfügung stand. Eine Frechheit, dachte ich, immerhin bin ich die wissenschaftliche Angestellte. In diesem Augenblick hätte ich viel darum gegeben, wenn ich mich von Helmut mit meinem Titel hätte ansprechen lassen können, aber nicht einmal damit konnte ich punkten! Und außerdem – was hätte er sagen sollen – Dr. Vera etwa? Wir duzten uns doch! Ich kam mir betrogen vor und mein Kopf fühlte sich an wie von einer dicken Watteschicht umgeben. Auf dem Universitätsplatz drehte sich ein auf antik getrimmtes Karussell mit Pferden, Wägelchen und einem weißen Elefanten, aber meine Stimmung hellte sich davon nicht auf. Ich lief zwischen den Buden, die Zuckerwatte und gebrannte Mandeln verkauften, Richtung Hauptstraße. An der Ecke lag mein Lieblingscafé, das „Starcafé". Gerson wartete bestimmt schon auf mich, aber jetzt brauchte ich erst einmal einen Cappucino.

7

Glücklicherweise hatte ich am nächsten Tag frei, doch die Stimmung auf dem Leierhof war auch nicht dazu angetan, meine Laune zu verbessern. Immerhin betraf das Gerede diesmal nicht mich.

Als ich nachmittags mit Sattel und Trense überm Arm aus der Sattelkammer kam, versperrten mir Carmen und Liberty den Weg. Sie standen vor der Tür und palaverten so hitzig, dass sie mich überhaupt nicht wahrnahmen. Liberty schien ganz besonders geladen zu sein.

„Ich wundere mich überhaupt nicht – das hätte doch jeder hier passieren können!", sagte sie.

Carmen schüttelte heftig ihren Bubikopf – alles, was von Liberty kam, regte ihren Widerspruchsgeist an, das hatte ich schon einmal beobachtet.

„Quatsch – so einfach wirft dich ein Pferd nicht ab."

„Natürlich nicht!" Mit jedem Wort wurde Liberty zorniger.

„Ich stimme dir zu – buckeln hat immer einen Grund – eine Verspannung, ein Schmerz, eine harte, unnachgiebige Hand zum Beispiel."

Aber Carmen, die die unausgesprochene Kritik hinter Libertys Worten fühlte, widersprach heftig: „Du hast gut reden – Taxos macht auf der linken Hand immer Taktfehler – soll sie da etwa die Zügel wegwerfen?"

„Ich habe sie gewarnt, warum setzt sie sich immer wieder auf ein buckelndes Pferd?"

Jetzt erst bemerkten mich die beiden, sie nickten mir kurz zu, ohne mir auch nur einen Zentimeter auszuweichen.

„Es ist die Dressurreiterei", sagte Liberty erregt. Sie mühte sich mit den „Rs" ab, was ihrer forsch vorgetragenen Behauptung etwas Gequältes gab.

„Ihr macht es doch alle gleich – zerrt eurem Pferd im Maul, haltet es vorne fest und traktiert es mit den Sporen. Schrecklich! Jedenfalls hat Taxos erst mal Ruhe."

Merkwürdigerweise widersprach Carmen jetzt nicht mehr. „Marga hat Glück gehabt – bei diesem Sturz hätte sie sich das Genick brechen können", sagte sie nachdenklich. „Eigentlich tut sie mir leid – sie hat nur Pech gehabt in letzter Zeit. Übermorgen wollte sie auf dem Turnier die Dressurprüfung gewinnen!"

„Hat sie sich verletzt?", fragte ich. Plötzlich spürte ich ein flaues Gefühl im Magen – ich wusste nicht recht, ob es mit Marga zu tun hatte, ich kannte sie ja kaum und hatte bisher nur ein paar Worte mit ihr gewechselt. Ob ich vielleicht selbst Angst hatte, abgeworfen zu werden?

„Nein – Marga geht es gut – aber Taxos hat sich eine Sehne gezerrt", sagte Liberty, aber außer Mitleid mit dem Pferd schwang auch noch ein anderer Ton mit, den ich nicht so recht zu deuten wusste. Freundlich kam er mir jedenfalls nicht vor, eher verächtlich und arrogant. Liberty gab sich den Anschein, als habe sie das ganze Unglück kommen sehen, aber da niemand auf sie hören wollte, hatten die Dinge ihren Lauf nehmen müssen.

„Du hast Glück, Vera!"

Carmen hatte Recht – Taxos Verletzung brachte mir tatsächlich einen Vorteil: Roberto Kraus war ganz für mich da – oder vielmehr – für Nine war er da. Gleich nach der ersten Reitstunde hatte Roberto mir angeboten, meine Stute in Beritt zu nehmen. Er wolle ihr einige Grundlagen beibringen, aber dazu müsse er sie mindestens zwei Mal die Woche reiten. Natürlich hatte ich eingeschlagen – etwas Besseres hätte mir gar nicht passieren können.

Anscheinend hatte Carmen heute Morgen auch frei, dachte ich, als sie wenig später mit mir und Liberty am Viereck stand. Sie könne die erste Schulstunde einfach ausfallen lassen, sagte sie, die Note im Wahlfach stehe ohnehin fest. Marga ließ sich nicht blicken. Wahrscheinlich hatte sie genug mit Taxos zu tun, vermutete ich, aber Carmen grinste nur und flüsterte mir ins Ohr:

„Ich glaube, sie ist eifersüchtig!"

Auf wen denn? Etwa auf Nine? – das kam mir merkwürdig vor. Oder etwa auf mich? Wer weiß, dachte ich, vielleicht hat Marga mitbekommen, dass mir Roberto das „Du" angeboten hatte und Nine auf dem großen Maimarkt Turnier in Mannheim vorstellen wollte. Dort tummelten sich alle, die in der Dressurszene Rang und Namen hatten – richtig große Namen wie Isabell Werth und Anky van Grunsven zum Beispiel. Im letzten Jahr hatte Marga eine Schleife mit nach Hause gebracht. Dieses Mal würde sie nicht mehr starten können, war das etwa kein Grund für Eifersucht?

„Wenn Roberto Nine reitet, kann die Stute endlich mal zeigen, was in ihr steckt!" Wollte Carmen etwa damit sagen, dass ich unfähig sei, das Potential meines Pferdes selbst herauszureiten?

Ich wusste nicht so recht, was ich sagen sollte, aber Liberty schüttelte den Kopf. „Passt nur auf, dass Euer Roberto Nine nicht überfordert", sagte sie spitz. Sie gab mir den Rat, beim Beritt zuzuschauen. „Roberto muss das Gefühl haben, dass du aufpasst – denn sonst macht er es so, wie damals mit Windspell –

er ist nach dem Reiten immer gleich abgestiegen und hat das schwitzende Pferd Iwan überlassen."

„Vielleicht musste er noch Unterricht geben?", wandte ich ein.

Liberty grinste.

„Wo denn – etwa in seinem Reiterstübchen? – Wenn du von da oben Radio Regenbogen hörst, dann weißt du Bescheid. Bis vor kurzem hat Karlchen vor der Tür Wache gehalten."

Ich schaute hinauf zu dem geschlossenen Fenster. Irgendjemand – Carmen vielleicht – hatte mir erzählt, dass Roberto dort in der Mittagspause seine Butterbrote verspeiste – ob er dazu das Radio anstellte? Na und? Ich konnte mir nicht vorstellen, dass Roberto Nine vernachlässigte, nur um irgendwelche dubiosen Radiosendungen zu hören. Mir schien, als ob hinter Carmens Lob und den Bedenken und Ratschlägen Libertys etwas anderes stand. Irgendetwas schien ihnen nicht zu passen – Carmen nicht und Liberty auch nicht, von Marga ganz zu schweigen. Alle drei hielten sich für perfekte Reiterinnen und gaben vor, das Beste für ihre Pferde zu tun, aber jede von ihnen hatte andere Vorstellungen vom Reiten und der Pferdepflege. Aber da gab es auch noch was anderes. Carmen zum Beispiel bewunderte nicht nur Robertos Reitkunst, sondern hatte sich wie alle Mädchen auf dem Leierhof bis über beide Ohren in unseren attraktiven Reitlehrer verknallt. Und was steckte hinter Libertys angeblicher Tierliebe? Ihre Ansichten kamen mir ziemlich verschroben vor und sie setzte sie nicht zuletzt dazu ein, um mich zu maßregeln.

„Dein Pferd ist Erholung für dich – aber fragst du auch, ob du Erholung für dein Pferd bist?"

Wie kam sie eigentlich darauf, dass Nine Erholung für mich sei? Seitdem das Pferd auf dem Leierhof stand, hatte ich keine Minute Freizeit mehr, ich vernachlässigte Gerson und hatte keine Seite in einem guten Buch mehr gelesen, geschweige denn, einen Film gesehen.

Aber andererseits machte mir der Umgang mit Nine richtig Spaß. Unter Robertos Beritt lernte sie schnell und ging nach kurzer Zeit sämtliche Lektionen wie am Schnürchen. Was war falsch daran? Durfte ich nicht stolz auf mein Pferd sein? Und wer sagte eigentlich, dass nicht auch mein Pferd stolz auf mich sei, dachte ich trotzig. Dass Liberty immer so genau zu wissen schien, was im Kopf der Pferde vor sich ginge, kam mir wie eine Anmaßung vor. Genau wie ihre feste Überzeugung mit Pferden sprechen zu können. Darüber hatte mich Carmen aufgeklärt.

„Sie übt mit Myboy, wenn es im Stall noch ruhig ist, früh morgens, oder spät in der Nacht. Konzentration ist alles", hatte sie gesagt, „tiefe Atmung, Entspannung – und wenn das alles stimmt, dann sendet sie ihre Botschaft und wartet auf eine Antwort. Dafür muss der Kopf vollkommen leer sein, sagt Liberty. Keine Ahnung, wie sie das macht – hast du etwa schon mal einen leeren Kopf gehabt?" Ich hatte an das bekannte Endlosband denken müssen, das sich automatisch einstellte, sobald ich alleine war, von Leere war da keine Spur, es ging im Gegenteil ziemlich turbulent zu.

„Worüber redet sie denn eigentlich mit Myboy?"

„Das ist mir auch nicht ganz klar", hatte Carmen zugegeben. „Sie sagt, dass man mit Tieren nur über Naheliegendes sprechen kann. Weil sie keinen Unterschied zwischen Gegenwart und Vergangenheit kennen. Also zum Beispiel über das Futter, aber sie sagt ja nicht Futter, sie sagt: Essen. Liberty spinnt," hatte Carmen kurz und bündig ihre Ansicht zusammengefasst.

Als wir wenig später mit Nine im Schlepptau zum Stall schlenderten, benutzte Liberty die Gelegenheit, mir Roberto madig zu machen. Sie stieß mich mit ihrem Ellbogen an:

„Hast du gehört – Radio Regenbogen."

„Ja ...?" Ich wusste nicht, worauf sie hinaus wollte, bis mir einfiel, dass sie die Radiostation meinte, mit der sich Roberto die Mittagspause versüßte.

„Sperr doch mal die Ohren auf."

Richtig - aus Robertos Zimmer drang laute Popmusik. Ein Ohrwurm aus dem vorigen Jahrhundert, zum Mitsingen, aber dazwischen ziemlich eindeutige Laute, die sicher nicht aus dem Äther kamen.

„Das also ist Radio Regenbogen?"

Libertys Gesicht verfinsterte sich.

„Du weißt genau, was ich meine! So naiv bist du auch wieder nicht. Statt sich um Taxos zu kümmern," Liberty zögerte, als suche sie nach den richtigen Worten, „schieben sie da oben eine Nummer – so sagt man doch – oder?"

„Ach", sagte ich, „Du meinst, dass Marga mit Roberto .... ?"

Ich hatte eine Lawine losgetreten.

„Ja, Marga!" brach es aus ihr heraus. „Jeden Morgen schleicht sie in aller Herrgottsfrühe hinauf. Sie ist verheiratet – aber das ist mir völlig egal. Jeder kann machen was er will, oder? Nur – Roberto bringt Marga auf dumme Gedanken. Er hat ihr damals den Floh ins Ohr gesetzt, Windspell sei zu alt fürs große Viereck! Aber es nicht das Alter, er war ja erst 16 – da geht es um was anderes. Nach dem letzten Turnier hat er keine Erfolge mehr gehabt, das ist es. Und dann ist er an einer Kolik eingegangen – einfach so – ein vollkommen gesundes Pferd! Und schon am nächsten Tag haben sie dir eine freie Box vermietet."

Ich stand da und wusste nicht, was ich sagen sollte. Und wieder hatte ich dieses flaue Gefühl – aber ging es da wirklich um Marga – was wollte Liberty mir eigentlich sagen? Was war denn dabei, dass sie uns Windspells Box vermietet hatten – das Pferd hatte doch keine ansteckende Krankheit gehabt – oder?

Ich war richtig froh, dass gerade in diesem Augenblick mein Handy summte. Gerson hatte wieder ein paar präzise Aufträge für mich. Ich sollte Rotwein, Spagetti, Espressobohnen und eine Flasche Limoncello von Pronto, dem italienischen Supermarkt, mitbringen. Er läge doch auf meinem Weg zum Stall, da könne ich mich nützlich machen, es sei ja kein Umweg für mich. Es war schon das zweite Mal, dass er mich auf dem Nachhauseweg dort vorbei geschickt hatte. Gersons neue Leidenschaft galt unverkennbar Italien.

„Ciao Liberty, ich muss schnell los", rief ich, „sonst vergesse ich meinen Einkaufszettel!"

8

Die weißen Plastiktüten mit den italienischen Luxusgütern waren schwer und die Henkel schnitten mir beim Treppensteigen ins Fleisch. Gerson, der mich schon erwartet hatte, öffnete mir die Tür und nahm mir die Last ab.

„Es hat jemand für dich angerufen", sagte Gerson. „Deine Chefin, glaube ich, sie wollte dich dringend sprechen." Langsam packte ich meine Einkaufstasche aus, Stück für Stück, füllte die Spagettis in das hohe Einmachglas, die Kaffeebohnen in die Dose, den Rotwein legte ich in das Weinregal.

„Und wo ist der Limoncello?" Den hatte ich vergessen. „Bring ich das nächste Mal mit", sagte ich. Gerson hatte mir die ganze Zeit beim Aufräumen zugesehen. „Willst du nicht endlich bei deiner Chefin anrufen?"

„Ja, gleich", sagte ich und stellte die Espressomaschine an. „Willst du auch einen?" Ich wollte das Gespräch mit Mäusler so lange wie möglich hinauszögern, weil ich ahnte, dass Arbeit auf mich wartete. Ich hatte heute frei, dass hätte sie doch wissen müssen!

„Du hast ihr doch hoffentlich nicht gesagt, wo ich war?" Aber in dieser Hinsicht konnte ich mich auf Gerson verlassen. Er hatte ihr nicht einmal meine Handynummer verraten. Ich machte mich auf ein längeres Gespräch gefasst und setzte mich mit dem

Hörer in der Hand an meinen Schreibtisch. Vielleicht würde ich mir Notizen machen müssen, dachte ich. Doch wie so oft, wenn ich versuchte, mich auf meine Chefin einzustellen, reagierte sie völlig anders. Kurz und bündig teilte sie mir mit, dass ich sobald wie möglich die Archivarbeiten in Berlin fortsetzen solle. Und nach meiner Rückkehr solle ich mich sofort bei ihr melden. Das Gespräch dauerte höchstens eine halbe Minute.

Als ich den Apparat zurück in die Basisstation im Flur stellte, hörte ich aus der Küche seltsame Laute. Auf Zehenspitzen ging ich durch den Flur. Durch die Glastür sah ich Gerson am Küchentisch sitzen mit einem Diktiergerät und einem Stapel Arbeitsblätter. „Il gnomi de la bosca anno habito fatto delle folie e parlano con ..." Er schaute zu mir her und übersetzte lachend: „Die Zwerge des Waldes tragen Gewänder aus Blättern und sprechen mit den Nachtigallen."

„Klingt sehr plausibel", sagte ich.

Der Satz war für die nächste Stunde zu übersetzen und auszusprechen ohne Fehler.

„Nachtigallen?" Gerson blätterte in seinem Langenscheidt und fing noch einmal von vorne an. „Il gnomi de la bosca."

„Cool – oder? Die Übungssätze erfindet sie alle selbst. Nachtigallen – usignioni – einfach genial!"

„ Und wer bitteschön ist ‚sie'?"

„Guilia, meine Italienischlehrerin. Was willst du sonst noch wissen? Wie sie aussieht? Zierlich, nicht zu groß, schwarzhaarig, wie eine Italienerin eben. Wollen wir wetten", sagte Gerson während er seine Unterlagen einpackte, „dass ich in derselben Zeit, die du im Stall verbringst, perfekt italienisch lernen werde?"

„Gut möglich." Ich bemühte mich, seine unausgesprochenen Vorwürfe, die ich so gut kannte, einfach nicht an mich heranzulassen. „Solange du dich mit mir weiterhin in unserer Muttersprache unterhältst, habe ich nichts dagegen!"

„Bene," sagte er und: „Ciao."
„Wohin gehst du?"
„Zu Giulia – wir haben Unterricht."

Il gnomi de la bosca! Da war er wieder, dieser Spruch, er würde sich sicher in meinem Kopf festsetzen.

„Einen Augenblick," rief ich gerade noch rechtzeitig. „Wo hast du die Photos von Windspell einsortiert, die du neulich geschossen hast?"

„Schon eingescannt – Datei ‚Windspell' im Ordner ‚Eigene Bilder'", rief er und knallte mit einem „Ciao Bella" die Tür hinter sich zu, aber er kam noch einmal zurück: „Ich habe dir was zum Mittagessen übrig gelassen."

In der Küche stand eine offene Flasche Chianti, im Brotkorb lag ein halbes Ciabatta und daneben in einem Schälchen ein paar Oliven. Bestimmt gab es auch noch ein paar Tomaten. Und wenn ich Glück hatte, war das Basilikum auf dem Balkon noch nicht vertrocknet; vielleicht würde sich auch noch etwas Parmesankäse finden. Den gab es doch in jedem besseren italophilen Kühlschrank.

Nach dem Essen öffnete ich die Datei ‚Windspell' auf Gersons Laptop. Die Photos waren gestochen scharf, die Lichtverhältnisse stimmten und brachten das Pferd in seiner ganzen Pracht zur Geltung. Sie mussten vor ungefähr einem Jahr, kurz vor dem Mai-Markt aufgenommen worden sein. Nach diesem Turnier hatte Windspell keine Schleife mehr gewonnen, es war, als habe er sich völlig verausgabt. Auch auf den nächsten Bildern fehlte es dem Pferd an Ausdruck, seine Bewegungen erschienen mir nicht mehr so spektakulär. Woran das lag, war schwer zu sagen, Bilder können täuschen, das war klar. Ich erinnerte mich an meinen ersten Tag auf dem Leierhof und meine erste und letzte Begegnung mit Windspell. Angeblich hatte er schon öfter Koliken gehabt, hatte es geheißen – ob sich in der Mattigkeit ein neuer Anfall angekündigt hatte? Als ich das letzte Photo anklickte, stutzte ich. Windspell wurde von einer Person geführt, die ich nicht erkennen konnte, weil ihre rechte Körperhälfte abgeschnitten war. Das Einzige was mir auffiel, waren blonde Locken, die unter einer Schirmmütze hervorquollen. Das Pferd stand auf dem Rasen vor der Buchsbaumhecke, wo die Pflegemädchen manchmal nach dem Training ihre Pferde grasen ließen. Windspell hatte die Schnauze in die Hecke gesteckt und knabberte genüsslich die saftigen grünen Blättchen. Il gnomi de la bosca! La bosca! Das hieß zwar nicht Buchsbaum, es klang aber so ähnlich! Ich schaute auf das Datum des Photos. Am selben Tag war Windspell an einer Kolik eingegangen. In größeren Mengen genossen war Buchsbaum für Pferde giftig, so viel wusste sogar ich. Mich ergriff eine merkwürdige Unruhe – wer hatte Windspell da an die Hecke geführt? Warum wusste ich nicht, aber ich hatte das Gefühl, dass ich diese Person finden müsse. Windspell war tot, aber wer weiß, vielleicht war dieser Jemand immer noch auf dem Leierhof, ein Pflegemädchen oder ein Pferdepfleger – ich konnte ja nicht einmal erkennen, ob es sich um einen jungen Mann oder um eine Frau handelte. Und möglicherweise war Nine in Gefahr, hatte vielleicht sogar schon einmal zu viel von diesem Grünzeug gegessen und deshalb eine Kolik bekommen. Bevor sich die trüben Gedanken weiter in mir ausbreiteten, klappte ich den Laptop zu.

Nachmittags fuhr ich ins Institut, um meine Unterlagen für's Archiv einzupacken. Das ging schnell, und da mir Mäusler keine anderen Arbeitsaufträge gegeben hatte und auch Helmut nicht hinter seinem Schreibtisch saß, ging ich auf einen Cappucino im „Starcafé" vorbei. In der Altstadt waren solche Cafés wie Pilze aus dem Boden geschossen, aber das Starcafé gefiel mir am besten, vielleicht weil sich die lockere Atmosphäre so wohltuend von unserem Büro abhob. Es waren vor allem Studierende, die hier saßen, man konnte Zeitung lesen, einen Plausch mit dem Barkeeper halten oder im Internet surfen. Am Anfang hatte ich geglaubt, dass einige Leute hinter ihren Cafétassen Selbstgespräche führten, aber da sie ziemlich laut vor sich hinredeten, merkte ich schnell, dass sie nur telephonierten. Ich schnappte mir meistens die Lokalzeitung und setze mich mit meiner Tasse auf einen Hochstuhl hinter der großen Panoramascheibe. Dann schaute ich in dem Menschenstrom auf der Hauptsraße nach Bekannten. Aber außer ein paar japanischen Touristen, die vermutlich den Studentenkarzer suchten und einem älteren Professor, der Arm in Arm mit einer jüngeren Frau Richtung Heilig-Geist-Kirche schlenderte – es war ein offenes Geheimnis, dass es sich nicht um seine Tochter handelte –, erspähte ich niemanden, außer Helmut. Mein Kollege steuerte direkt auf mich zu, wich aber zurück, als er mich erkannte und winkte mir im Vorbeigehen verlegen zu. Gerade als ich überlegte, ob ich mir einen Karottenkuchen bestellen sollte – ich hatte mich vorsichtshalber noch nicht nach der Kalorienmenge dieses Gebäcks erkundigt, tippte mir jemand auf die Schulter.

„Hallo Vera."

Ich drehte mich um und war so überrascht, dass ich mich beinah verschluckt hätte – vor mir stand Carmen. Ich konnte nicht einmal Hallo sagen, da fing sie schon zu reden an. Aufgeregt erzählte sie mir, dass sie gerade einen neuen Job angefangen hatte.

„Stell dir vor – es gab fünf Bewerbungen, und Mike hat mich genommen."

Ich kannte niemanden, der Mike hieß – vermutlich handelte es sich um den Geschäftsführer – aber Carmen redete wie immer so schnell, dass ich gar nicht zu Wort kam.

„Ich habe den coolsten Job, den du dir vorstellen kannst", sagte sie. „Die Arbeit ist locker, hinterm Tresen stehen, die Maschinen in Gang halten, Bestellungen aufnehmen, Milch aufschäumen, Espresso zapfen, Treuekarten abstempeln. Und das Beste: Ich bekomme alles mit!" Es klang so, als ob das Starcafé die Mitte darstellte, um die sich alles drehte, und Carmen war ein Teil davon.

„Und Mike weiß über alles Bescheid, welche Klausurthemen dran kommen oder wie man am schnellsten das Latinum schafft und welcher Professor die besten Noten gibt. Und wo man Hausarbeiten runterladen kann, die noch nicht hundertmal abgegeben wurden. Und was sonst so läuft", setzte sie hinzu. Was das bedeutete, war mir klar – wer sich frisch verliebt oder schon wieder getrennt hatte und wer hinter wem her war – Carmen würde all das aus erster Hand erfahren. Aber hinter Carmens Geplapper spürte ich noch etwas anderes – ich hätte schwören können, dass sie sich gerade in jemanden verknallt hatte! Und dabei hatte ich gedacht, Roberto sei ihr Schwarm! Carmen hielt inne, um Atem zu schöpfen, diese Pause nutzte ich geschickt aus:

„Carmen – ich muss wieder auf Dienstreise." Aber ich brauchte meine Bitte gar nicht auszusprechen.

„Klar, kein Problem. Mach' ich gerne", sagte sie. Ihre Antwort kam so schnell, dass ich noch einmal nachfragte:

„Aber hast du denn auch wirklich Zeit – mit deinem neuen Job und der Schule?"

„Kein Thema", sagte Carmen, „das schriftliche Abi ist doch gelaufen – wir haben doch beinah schon Ferien." Für das ‚Mündliche' zu lernen hielt sie offenbar für Zeitverschwendung, aber ich hütete mich, sie darauf anzusprechen – schließlich war sie erwachsen und musste wissen, was sie tat.

„Und außerdem reite ich ja auch noch Taxos!"

„Wirklich? Marga gibt Taxos aus der Hand?"

Carmen sah sich erschrocken um, als sehe sie Margas Gespenst zur Tür hereinkommen, dann ging sie zur Theke und sagte etwas zum Barkeeper – da handelte es sich wohl um diesen Mike. Sie kam zurück und zog mich von meinem Hochstuhl am Fenster.

„Setzen wir uns – wir können ein bisschen reden, es ist gerade nicht so viel los." Sie ließ sich auf ein Polster im hinteren Teil des Lokals fallen. Mit dem Zeigefinger vor den gespitzten Lippen flüsterte sie mir zu: „Psst – erzähle aber niemandem im Stall etwas."

Ich kam mir vor wie in einer Verschwörung, nickte aber trotzdem.

„Du hast es bestimmt gemerkt", sagte sie „Marga ist vollkommen frustriert. Taxos macht bei den Fliegenden Galoppwechseln nicht mit. Und dann hat sie Probleme mit Roberto." Carmen beugte sich zu mir, als wolle sie mir ein Geheimnis verraten:

„Und sie denkt, dass du dahinter steckst."

„Nicht möglich!" Ich konnte es kaum fassen! War es meine Schuld, dass Roberto sich in Nine vernarrt hatte? Und überhaupt, wer war diese Marga eigentlich? Immer mehr bekam ich den Eindruck, dass sich hinter der Fassade der erfolgreichen Dressurreiterin nur eine Frau versteckte, nach der sich die Männer umdrehten, mit ihren knallrot geschminkten Lippen, und diesem schrillen, burschikosen Lachen. Pferde waren für sie Nebensache oder Mittel zum Zweck, ihren krankhaften Ehrgeiz zu befriedigen, genau wie es Liberty behauptete.

Carmen schien meine Gedanken lesen zu können, denn sie fing an, mir alle möglichen Einzelheiten aus Margas Privatleben zu erzählen. „Du hast recht, wenn du Marga für so was wie einen heißen Ofen hältst!", grinste Carmen. „Für Ende Dreißig mit zwei Kindern ist sie ziemlich flott. Sie hat die beiden Mädchen in einem Schweizer Internat untergebracht. Benno Lundt, ihr Mann, ist Banker und viel unterwegs – in China, Japan, Russland und den USA. Das stört Marga nicht besonders, denn sie verbringt ihre Zeit im Stall. Benno hat sie unterstützt, wo er nur konnte, vor allem beim Pferdekauf, da blättert er die nötigen Scheine auf den Tisch. Er macht sogar den TT – sorry", sagte

Carmen, „Insidersprache – den Turniertrottel. Wartet am Abreiteplatz mit Zylinder und Jackett überm Arm auf Margas Auftritt und nimmt ihre Vorstellung auf Video auf. Die beiden verstehen sich wirklich gut", setzte sie sarkastisch hinzu, aber sie war noch nicht fertig mit ihrem Charakterbild einer Dressurreiterin.

„Ich sollte besser sagen – sie haben sich gut verstanden – denn seit diesem Frühjahr ist Benno nicht mehr bei den Turnieren aufgetaucht. Und weißt du warum?", fragte Carmen flüsternd. Ohne meine Antwort abzuwarten, sagte sie: „Er hat eine andere – das erzählen sie sich auf dem Leierhof – aber ist es ein Wunder – wenn Benno von seinen Geschäftsreisen nach Hause kommt, ist Marga immer im Stall – da ist sie doch selber schuld."

Carmen schien sich ihrer Sache sehr sicher zu sein und schien auf einen Kommentar von mir zu warten. Doch ich verspürte wenig Lust, weitere Einzelheiten aus Margas Eheleben zu erfahren und auf keinen Fall wollte ich Margas Verhalten vorschnell verurteilen. Was ging mich das alles an, dachte ich, doch ich musste mir eingestehen, dass ich eine gewisse Sympathie für Marga empfand. Diese Vorwürfe kannte ich doch auch von Gerson, wie oft schon hatte ich seine Eifersucht gespürt und mich über sein Unverständnis meiner Stute gegenüber geärgert. Weil ich immer noch schwieg, setzte Carmen zu einem Resumée an:

„Marga muss im Mittelpunkt stehen, Langeweile erträgt sie nicht. Und außerdem ist sie ziemlich ehrgeizig. Sie hat ihre Stelle in der Bank wegen der Kinder aufgegeben – und jetzt, wo sie weg sind, ist Reiten ihre Hauptbeschäftigung. Alles, was Marga anpackt, macht sie richtig."

In diesem Augenblick winkte der Barkeeper zu Carmen herüber und deutete auf die Gäste, die an der Theke Schlange standen.

„Kundschaft", sagte ich. „Ich verlass' mich auf dich!"

9

Ich hatte die ganze Woche über in Berlin zu tun. Als ich am Freitagabend aus dem Zug stieg, stand Gerson am Bahnsteig. Schon vom Zugfenster aus hatte ich ihn gesehen, wie er nach mir Ausschau hielt. Eigentlich war das gegen unsere Abmachung: Keiner holt den anderen am Bahnhof ab, so hatte es Gerson vorgeschlagen. Aber an diesem Frühlingsabend war alles anders. Gerson legte den Arm um meine Schultern und wir gingen zum Auto. Wie
 ein vollendeter Kavalier geleitete er mich zum Beifahrersitz und hielt mir die Wagentür auf. Als wir über die Theodor-Heuss-Brücke nach Neuenheim fuhren, stand die Sonne wie ein Feuerball über dem Fluss. Ihre letzten Strahlen tauchten das Schloss und die Alte Brücke in ein leuchtendes Orange. Es überraschte mich immer wieder, wie schön dieser Postkartenblick war. Ich schaute zu Gerson hinüber und der Anblick seines Profils im Gegenlicht trieb mir Freudentränen in die Augen. Gerson, der meine Stimmung fühlte, legte ohne etwas zu sagen seine Hand auf mein Knie.
 Wenig später saßen wir an einem wunderschön gedeckten Tisch. Gerson hatte sich selbst übertroffen. Es gab gelbe Servietten, ein weißes Tischtuch und eine Efeugirlande als Tischschmuck. Aber das war noch nicht alles. Auf dem Tisch stand

eine Schüssel mit selbstgemachter Pasta und einer Steinpilzsoße, die einem Einsterne-Koch alle Ehre gemacht hätte.

„Gerson, gibt es irgendwas, das ich wissen sollte?"

Gerson entkorkte eine Flasche Pinot-Grigot, meinem Lieblingswein.

„Trink erst mal einen Schluck – was hat Sven denn gekocht?"

Ich musste grinsen. „Sven war fürchterlich im Stress und musste die ganze Zeit durch Berlin sausen um irgendwelche Vogelspinnen abzuliefern, oder vielleicht waren es exotische Marienkäfer, die Blattläuse fressen. Eine biologische Kampfwaffe! Aber warum lasse ich mich ablenken – deine Steinpilze schmecken köstlich!"

Ich fühlte mich wohl und behaglich. Gerade stellte ich mir den weiteren Verlauf des Abends vor, wir würden noch ein Weilchen plaudern, Musik hören und dann, da klingelte im Wohnzimmer das Telefon. Gerson stand auf und kam mit dem Hörer in der Hand zurück.

„Liberty."

„Hallo Vera, hoffentlich störe ich nicht."

Und wie sie störte – aber irgendetwas in ihrer Stimme hielt mich davon ab, es ihr zu sagen. Etwas Schreckliches musste passiert sein.

„Ein Notfall! Es geht um Nine, sie liegt in der Box, will nicht aufstehen. Kannst du Dr. Abnemer verständigen, oder soll ich es machen?"

„Ich komme sofort!"

Gerson hatte mein Gespräch mit gerunzelter Stirn verfolgt.

„Was? Du willst wegfahren – jetzt noch? "

„Von ‚wollen' kann keine Rede sein – es geht um Nine, sie ist krank!"

„Aber Liberty ist doch bei ihr – das reicht doch...?" Gerson kam nicht dazu, seinen Satz zu Ende zu bringen.

„Du glaubst doch nicht im Ernst, dass ich mir mit dir einen gemütlichen Abend mache, wenn mein Pferd an einer Kolik eingeht!" sagte ich gequält, stand auf und zog mir schnell meine Stallklamotten an.

Irgendwie hatte ich gehofft, dass Gerson noch etwas zu mir sagte, ‚wird schon nicht so schlimm sein', oder ‚ich freue mich, wenn du wieder zurück bist' oder wenigstens ‚tschüss, ich warte auf dich', aber er starrte nur mit versteinertem Gesicht zum Fenster hinaus. Es dämmerte bereits, kein Vogel zwitscherte mehr, nur die Fledermäuse jagten im Tiefflug durch den Garten.

Liberty hatte mich vorgewarnt – Dr. Abnemer sei so gut wie nie pünktlich. Und genauso war es. Voller Ungeduld lief ich von der Stallgasse zum Hoftor und wieder zurück und fragte jede, die mir über den Weg lief, ob sie den Tierarzt schon gesehen habe. Meistens werde er von irgendjemanden aufgehalten, hatte Liberty gesagt, zu einem noch schlimmeren Notfall gerufen oder er stehe mit seinem Wagen im Stau. Ich machte mir große Sorgen – Nine lag matt im Stroh, mit hängenden Ohren, drehte ihren Kopf zum Bauch und stöhnte. Gerade als ich aus lauter Verzweiflung anfangen wollte, mein Sattelzeug zu putzen, hörte ich eine Autotür zuschlagen. Der Tierarzt sah sich Nine nur kurz an.

„So schnell wie möglich in die Klinik, jede Minute zählt."

Ein kurzer Händedruck: „Wir sehen uns gleich", – und schon hörte ich die Wagentür zuschlagen und gleich darauf Motorengeräusche.

Erst in diesem Moment wurde mir bewusst, dass mein Volvo gar keine Anhängerkupplung hatte! Erst neulich hatte mir Carmen eine solche Situation in düsteren Farben ausgemalt. „Wenn du bei einer Kolik anfängst, einen Hänger und eine Zugmaschine zu organisieren..." Carmen hatte ihre Augen verdreht und nicht mehr weitergesprochen.

Verdammte Kiste! Ein Blick auf Nine sagte mir, dass Abnemer nicht übertrieben hatte. Die Stute schien große Schmerzen auszustehen. Was sollte ich bloß machen?

„Schnell, führ' sie auf den Hof und nimm eine Decke mit." Ich drehte mich um. Liberty stand voller Tatendrang hinter mir. „Ich habe schon angekuppelt, du kannst sie einladen."

Aber wir hatten die Rechnung ohne Nine gemacht. Sie ging bis zur Rampe, keinen Millimeter weiter und erstarrte zu einer Statue.

„Lass mich mal", sagte Liberty, die sich die ganze Zeit im Hintergrund gehalten hatte. Sie nahm eine Gerte und schlug der Stute zwei, dreimal energisch auf den Rücken. Wie von einer unsichtbaren Kraft angetrieben, mit zurückgelegten Ohren, so als warte sie auf neue Befehle, trat Nine auf die Rampe und verschwand im Hänger.

„Schnell, die Stange rein und die Türe zu."

Liberty hatte es geschafft, wie sie es fertiggebracht hatte, war mir ein Rätsel. Ich fiel ihr um den Hals. „Okay, okay", winkte sie ab. „Steig ein, damit wir endlich loskommen."

Liberty saß am Steuer und redete ununterbrochen. Ohne Punkt und Komma zog sie während der ganzen Fahrt zu Dr. Abnemers Pferdeklinik über Carmen her.

„Carmen macht dir was vor, sie schwindelt dich an, sie reitet Nine zu wenig. Und wenn du mich fragst – ich glaube, dass sie was mit Roberto hat – hast du noch nicht gesehen, wie er immer auf ihren Busen starrt?"

Halbherzig versuchte ich, Carmen in Schutz zu nehmen, sie sei sehr hilfsbereit und gebe sich bestimmt Mühe, wagte ich gegen Libertys Suada einzuwenden. Doch ich hörte Liberty nur mit einem Ohr zu, das andere war bei Nine, ich hörte die Stute mit den Hufen scharren und hatte das Gefühl, dass der Anhänger schwankte. Immer wenn wir an einer Ampel hielten, hörte ich ihr lautes, angstvolles Wiehern. Liberty schien von all dem nichts wahrzunehmen, sie redete und redete und trotzdem lenkte sie unser Gespann sicher durch das Gewirr der großstädtischen Autobahnverzweigungen, durch die wie Gedärm ineinander verschlungenen Zubringerstraßen. In Mannheim ging es durch den Tunnel, dann über die Rheinbrücke und noch ein paar Kilometer auf der Pfalzautobahn stadtauswärts. Sie kannte den Weg zu Dr. Abnemers Pferdeklinik aus dem Effeff und obwohl sie mir mit ihrem Geschwätz maßlos auf die Nerven ging, war ich ihr doch dankbar, dass sie uns diesen Dienst erwies. Auch unter normalen Umständen hätte ich ganz sicher Schwierigkeiten gehabt, in diesem Straßendschungel den richtigen Weg zu finden.

Nach einer dreiviertelstündigen Fahrt nahm uns Dr. Abnemer in seiner Klinik in Empfang. Nichts erinnerte an ein Krankenhaus, wie ich es mir vorgestellt hatte, wir befanden uns auf einem alten Gutshof, dessen geräumige Fachwerkscheune zu einem Pferdelazarett umgebaut war. Der Operationssaal und die Behandlungs- und Verwaltungsräume befanden sich, ohne dass man sie auf den ersten Blick wahrnahm, zu ebener Erde im Hauptgebäude. Nine wurde sofort in eine frisch mit Spänen eingestreute Box geführt und nach einer kurzen Untersuchung an einen Tropf gehängt.

„Ihr Zustand ist kritisch", sagte Dr. Abnemer besorgt. „Es kann sein, dass wir operieren müssen. Es wäre mir lieb, wenn Sie heute Nacht bei Ihrem Pferd bleiben könnten."

Ich nickte stumm. Alles hätte ich getan um Nine zu helfen. „Du kannst sie jetzt auf keinen Fall alleine lassen", sagte Liberty. „Ich hole euch wieder ab, du brauchst mich nur anzurufen."

Ich machte es mir auf einem Klappstuhl, den mir die Arzthelferin gebracht hatte, vor Nines Box bequem. Es war eine der ersten warmen Nächte, die einen Vorgeschmack des Sommers brachten. Frieren würde ich bestimmt nicht, notfalls konnte ich mich in Nines Pferdedecke einwickeln. Dr. Abnemer erschien noch einmal mit einer Dose Coca Cola und einer Brezel. „Für Sie, damit Sie durchhalten!", grinste er.

Dann summte mein Telefon.

„Na, wie steht`s?", hörte ich Gerson sagen. Er meint Nine, dachte ich, er will sich erkundigen, wie es ihr geht, er ist mir nicht mehr böse, dass ich so schnell weg bin. Ich schaute zu Nine hinüber, die ruhig und zufrieden dastand und döste.

„Ganz gut, glaube ich."

„Okay, super, – in einer Stunde bist du ja dann wieder zurück, ich habe Karten für die Spätvorstellung in der ‚Kamera', ‚Night on Earth' von Jamosch – den wollten wir doch immer schon mal ansehen."

Mir war, als ob jemand einen schweren Vorhang fallen ließe. Um mich herum wurde es schwarz. ‚Night on Earth', dachte ich, um Himmelswillen! Unglückliche, was hast du gehofft? Gerson wollte wissen, wann ich nach Hause käme! Ich massierte mit meiner rechten Hand meinen schmerzenden Nacken und spürte, wie sich mein ganzer Körper versteifte.

„Gerson", presste ich heraus, „ich werde heute Nacht bei meinem Pferd bleiben und wenn es sein muss auch noch morgen. Du darfst dich gerne alleine amüsieren!" Ein Klicken, das war alles, was ich hörte. Gerson hatte aufgelegt.

In diesem Augenblick hasste ich ihn.

10

Am nächsten Morgen konnte uns Liberty wieder abholen. Die Infusion hatte das gewünschte Wunder vollbracht, Nines Kolik hatte sich gelöst. Nach der angstvoll durchwachten Nacht fühlte ich mich erschöpft und gleichzeitig froh. Ich kam mir vor, wie neugeboren. Doch Liberty teilte meine Freude nicht. Kaum hatte sie den Zündschlüssel gedreht, nahm sie ihr Thema Carmen wieder auf. Sie redete mir noch einmal ins Gewissen und empfahl mir, Carmen zu überwachen.

„Du musst nur mal das Sattelzeug anderswo hinhängen – wenn du es beim nächsten Mal noch am selben Ort findest, dann siehst du gleich, ob sie Nine geritten hat oder nicht."

Ich war so müde, dass mir immer wieder die Augen zufielen. Liberty redete und redete in einem fort. Nachdem sie mit Carmen abgerechnet hatte, kam Roberto an die Reihe und schließlich der ganze Leierhof. Und zum Schluss nahm sie sich auch noch Gerson vor. „Du lässt dir zu viel von ihm bieten", sagte sie hart.

Dieser Satz blieb mir im Gedächtnis haften, doch alles andere verwandelte sich in Nebel. Ihre Wörter verschmolzen zu einem bräunlichen Strom, der sich an mir vorbeiwälzte. Was sie mir im Einzelnen vorhielt, konnte ich später nicht mehr mit Gewissheit sagen.

Doch Libertys Botschaft arbeitete in mir weiter. Wieder zurück auf dem Leierhof bemerkte ich, wie mein Misstrauen wuchs. Nicht nur Carmen, auch Roberto geriet ins Zwielicht und mein idyllisches Bild vom Leierhof verdüsterte sich mehr und mehr. War Roberto ein Weiberheld, der nichts anderes als Sex im Kopf hatte? Und die Unterbringung der Pferde – war sie auch nicht so ideal, wie ich angenommen hatte? Liberty überlegte sogar schon, wann sie mit Myboy auf den Waldhof umziehen würde. Ich solle auch mal darüber nachdenken, hatte sie mir geraten. Vielleicht hatte sie Recht, doch bevor ich Umzugspläne schmiedete, wollte ich mich erst einmal selbst vergewissern, ob auf dem Leierhof tatsächlich nicht alles mit rechten Dingen zuging. Wenn Carmen wirklich ein falsches Spiel spielte, war ich es dann meiner Stute nicht schuldig, das Mädchen zu überführen? Schließlich ging es doch um Nines Gesundheit und nicht um irgendwelche moralischen Prinzipien.

Aber gleich darauf blitzte Libertys Gesicht vor mir auf, ich sah sie so, wie ich sie noch nie gesehen hatte – mit zusammengekniffenen Lippen und herabgezogenen Mundwinkeln. Plötzlich war ich mir meiner eigenen Zweifel nicht mehr sicher. Vielleicht war Libertys breites Lachen, das ich an diesem Bild vermisste, und das zu ihr gehörte wie ein Markenzeichen, nur Teil einer Maske, die ich nicht durchschaute?

11

Ich versuchte, gegen meine schlechte Laune anzukämpfen, so gut es ging, aber es gab wenig Anlass zu einer Stimmungsaufhellung. Im Gegenteil. Zuhause auf dem Küchenboden fand ich ein zusammengeknülltes Blatt Papier, keine Ahnung warum ich es nicht in den Müll warf.

Liebe Vera,
ich musste ganz plötzlich für einen Kollegen einspringen und nach Rom fliegen. (Photos für „Politik aktuell") eine tolle Chance, die Kohle bringt und vielleicht weitere Aufträge. Weil Dein Handy abgestellt war, erreicht dich diese Nachricht schriftlich. Langweile wird bei dir wohl kaum aufkommen, wenn ich weg bin. Wie lange der Trip dauert, weiß ich noch nicht genau. Ich ruf' mal an – vielleicht habe ich ja Glück ..!.
Ciao Gerson

In Schönschrift, mit der Hand geschrieben. Ich war ärgerlich und verspürte nicht die geringste Lust, mich schuldig zu fühlen. Dieser gezierte Ton und diese gespielte Lockerheit! Und das „Ciao" am Schluss! Aber wenn ich ehrlich war – mit einem „bis bald" oder „Tschüss" wäre mir auch nicht geholfen gewesen.

Jetzt erst las ich das PS, das ich die ganze Zeit übersehen hatte und wurde auf einmal richtig wütend.

„PS. Ddu kannst ja in meiner Abwesenheit einmal darüber nachdenken, wer dir wichtiger ist – Dein Pferd oder ich."

Sollte diese Botschaft etwa bedeuten, dass ich mich entscheiden sollte zwischen Gerson und Nine? Das grenzte an Erpressung! Lächerlich! Mit solchen Methoden würde er bei mir nicht zum Ziel kommen.

Unter dem Salzstreuer lag noch eine kürzere Nachricht.

Hallo Vera, bin für ein paar Tage nach Rom (Photoauftrag). Melde mich demnächst. Ciao Gerson.

Ein PC-Ausdruck in 16-Punkte-Fettbuchstaben, aber das war auch nicht besser! Hinterließen nicht Menschen, die für immer verschwinden wollten, solche Nachrichten? „Bin eben mal Zigaretten holen." Gerson rauchte nicht, aber dafür photographierte er. Sollte er doch knipsen so viel er wollte, auch was er wollte, das war mir vollkommen egal. Bitteschön, von mir aus! Ich hatte den zusammengeknüllten Brief auf den Steinfließen zuerst gefunden, obwohl die für mich bestimmte Nachricht auf dem Küchentisch nicht zu übersehen war – wollte ich vielleicht gar nicht, dass Gerson zurückkam? Ich fühlte mich viel zu wütend, um einen klaren Gedanken zu fassen. Das Alleinleben hat auch Vorteile, dachte ich trotzig – ich würde meine Zeit auf keinen Fall mit Warten vertun. Aber dieser Vorsatz half mir wenig. Ich saß auf dem Küchenstuhl, die Ellenbogen in den Tisch gestemmt, das Gesicht in den Händen geborgen und hätte am liebsten losgeheult. Gerson hatte mich verlassen, vielleicht für immer. Und ich war schuld daran. Ich hatte unsere Beziehung vermasselt – und warum? Wegen eines Pferdes! Jetzt saß ich alleine da und wusste nicht, was ich tun sollte. Geschah es mir nicht recht? Wie hatte ich nur so dumm sein können? Nine ging es ja wieder gut, vielleicht war die Fahrt in die Klinik gar nicht so dringend gewesen, wie Dr. Abnemer und Liberty es dargestellt hatten. Gerson war weg, damit musste ich mich jetzt erst einmal abfinden.

Die ersten beiden Tage, die ich allein verbrachte, dehnten sich schier ins Endlose, vor allem die Abende, wenn ich in unsere verlassene Wohnung zurückkehrte und alleine vor dem Fernseher saß. Wenn ich einsam zu Bett ging und morgens einen Teller und eine Tasse zurück in den Küchenschrank trug, weil ich wie immer zwei Gedecke auf den Tisch gestellt hatte.

In der zweiten Nacht wurde ich plötzlich wach. Ich hörte Schreie, Türen schlugen, etwas ging in Scherben. Ich tastete nach Gerson, bis ich merkte, dass sein Bett leer war. Durch's offene Fenster drang Licht. Ich schaute hinüber zum Nachbarhaus, wo seit kurzem Marlen und Viko mit ihrem Kater Felix eingezogen waren. Gerson hatte Viko schon einmal zu einem Glas Wein eingeladen, ein netter Typ, hatte er behauptet, und so voller Energie – dass Viko seinen Tag hinter einem Bankschalter verbringe und Marlen auf dem Finanzamt Steuererklärungen abhake, könne er kaum glauben. Kein Wunder, dass sie dem Feierabend entgegenfiebern, da finge das Leben erst richtig für sie an. Vernissagen, Jazzkeller, Disco. Viko habe eine beachtliche Schallplattensammlung, von der er mit großer Begeisterung erzähle. Aber noch lieber lege er die alten Scheiben auf – in voller Lautstärke natürlich: *Rubber-Soul* von den Beatles, *Let it Bleed* von den Stones, von Jethro Tull *Aqualong* und *Like a Rolling Stone* von Bob Dylan, es seien alles Erstausgaben, die echten aus Vinyl, schwarz und mit Rillen.

Es war kurz nach Mitternacht – Viko war wohl wieder mal in Partylaune. Zwischen den Klängen von *Let it Bleed* glaubte ich das Klirren von zerbrochenem Porzellan zu hören. Als ich schlaftrunken aufstand, das Fenster schloss und in der Nachttischschublade nach Oropax kramte, hörte der Krach auf. *My sweet Lady Jane, when I see you again* glaubte ich herauszuhören – das klang besänftigend, was es natürlich nicht war, aber ich verzichtete darauf, meine Ohren zuzustöpseln. Was immer die beiden da drüben miteinander trieben, sie waren wenigstens nicht allein, dachte ich und weil mir so jämmerlich zumute war, zog ich mir schnell die Decke über den Kopf.

Doch glücklicherweise dauerte meine Niedergeschlagenheit nicht lange an. Nach ein, zwei Tagen ungewohnter Einsamkeit führte ich ein Singleleben auf Abruf. Wieso eigentlich Abruf? Ich gewöhnte mich immer mehr daran. Mein Frühstücksgeschirr ließ ich auf dem Tisch stehen, ich konnte kommen und gehen wann ich wollte, bis spät in die Nacht hinein lesen oder den ganzen Tag im Stall bleiben, wenn ich frei hatte. Niemand telefonierte hinter mir her und niemand machte mir Vorwürfe über mein asoziales Verhalten Ich richtete mich nach keinem und tat nur das, was mir in den Kram passte.

Liberty, der ich in meiner ersten Wut erzählt hatte, dass Gerson auf und davon sei, rief jetzt öfter bei mir an. Sie erzählte mir haarklein, was auf dem Leierhof vor sich ging, meistens waren es Belanglosigkeiten. Es schien mir, als dienten ihre Berichte nur als Vorwand, um mit mir ins Gespräch zu kommen. Manchmal wurde unser Telefongespräch abrupt unterbrochen. Myboy habe gerufen, sagte Liberty und legte auf. Irgendwie hatte ich den Eindruck, als ob Liberty ihre Fürsorglichkeit für Myboy auch auf mich ausdehnen wolle. Warum sonst hätte sie mir sagen sollen, dass in dem Bauernhaus, in dem sie wohnte, demnächst ein Appartement frei werde?

„Für wen suchst du denn eine Wohnung?"

„Na, für dich – wenn Gerson nicht mehr auftaucht, brauchst du doch nicht mehr in der Stadt zu wohnen!"

„Wie kommst du denn darauf?", sagte ich und wunderte mich gleichzeitig über meine Entrüstung. „Natürlich kommt Gerson zurück, das ist doch klar!"

„Und warum hat er sich immer noch nicht bei dir gemeldet?" Darauf konnte ich ihr keine Antwort geben.

12

Nach Nines zweiter Kolik wurde ich vorsichtig. Als erstes befolgte ich Libertys Rat bezüglich Carmen, obwohl ich mir ziemlich gemein dabei vorkam. Mir war, als legte ich einen Hinterhalt. Ich hängte die Trense an den unteren Haken im Spind, aber beim nächsten Mal hing sie wieder oben wie immer. Ich fragte Mascha nach Carmens Reitkünsten aus und erfuhr einiges über ihre Stärken, aber natürlich nichts über ihre Versäumnisse und Fehler. Mascha und Carmen waren Freundinnen – hatte ich etwas anderes erwartet? Ich wusste es selbst nicht. Obwohl ich Carmen verteidigt hatte, zweifelte ich im Stillen an ihrer Aufrichtigkeit.

Natürlich versuchte ich mein Bestes, um einen erneuten Kolikanfall im Keim zu ersticken. Jeden Tag reinigte ich Nines Futterkrippe und Tränke und durchsuchte die Box nach verdächtigen Pflanzen oder krankmachendem Unrat. Doch ich fand nichts, was eine Kolik oder eine Vergiftung hätte hervorrufen können. An der Buchsbaumhecke führte ich sie in großem Bogen vorbei. Auch in meinem Spind achtete ich peinlich auf Sauberkeit. Bis ich eines Tages auf etwas merkwürdig Gestopftes stieß. Das Ding lag im Putzkasten zwischen den Bürsten und Striegeln. Es war eine Art Puppe aus einem zusammengebundenen Stück Sackleinen, mit Stroh gefüllt. Im Kopf, in der Brust und im Bauch steckten drei dicke rostige Nägel. Einem Impuls folgend wollte ich es im hohen Bogen wegwerfen, doch dann ließ ich meine erhobene Hand sinken. Das Ding – einen anderen Namen hatte ich dafür nicht – war unscheinbar und merkwürdig zugleich, aber je länger ich es betrachtete, desto unheimlicher wurde es mir. Gerade als ich es endgültig packen wollte, um es in die Mülltonne zu befördern, hielt mich ein spitzer Schrei zurück. Marga stand hinter mir, ich war so benommen, dass ich gar nicht bemerkt hatte, dass sie hinter mir stand.

„Das Ding! Woher hast du das Ding da?"

Ich schreckte auf und sah in Margas weitaufgerissene Augen. Sie trug ihr blondes Haar in einem Knoten, aus dem sich einzelne Strähnen lösten. Sie atmete heftig und stützte sich, als ob sie einen Schwindelanfall abwehren wollte, mit einer Hand auf den Sattelbock, der in der Mitte der Sattelkammer stand.

„Wirf es sofort weg – aber fass' es nicht mit bloßen Händen an!"

„Warum denn nicht? „

„Schscht! Hier nicht."

So viel hatte ich inzwischen gelernt – wenn man sich auf dem Leierhof ungestört unterhalten wollte – um Neuigkeiten auszutauschen – oder wenn man Geheimnisse, die einem Dritte unter dem Siegel der Verschwiegenheit anvertraut hatten, unter eben diesem Siegel weiterzugeben wollte, dann machte man sich zu einem kurzen Ausritt auf.

Wir sattelten unsere Pferde und ritten schweigend bis zum Wegkreuz, dort bogen wir rechts in den Wiesenweg ein. Margas Stimme klang immer noch gepresst und ängstlich, als sie endlich anfing zu reden. Was sie mir erzählte, war alles andere als klar, ich hatte Marga immer als stark und beherrscht angesehen, aber jetzt kam sie mir wirr und völlig durcheinander vor.

„Ich weiß nicht warum, aber als ich das Ding zum ersten Mal gesehen habe, war ich völlig fertig. Vielleicht, weil ich es in Taxos Box gefunden habe, beim Ausmisten. Und Windspell ist so qualvoll gestorben – niemand wollte etwas gewusst haben – aber es hat ja Anzeichen gegeben, das haben die Mädchen erzählt – schon morgens hat er heftig geschwitzt! Wenn doch dieser Iwan besser aufgepasst hätte! Aber was kannst du erwarten von einem, der noch vor kurzem in Russland Traktoren repariert hat! Von Pferden hat der so wenig Ahnung wie ein Metzger vom Bretzelbacken. Der bessert hier doch nur seine Stütze mit Stallmisten auf! Jedenfalls hat er das Pferd erst gefunden, als es mit blutunterlaufenen Augen stöhnend im Stroh lag."

Marga atmete schwer.

„Und wer weiß, vielleicht war es ja auch so ein Ding, das an Windpsells Tod schuld war", schluchzte sie. „Es hat genauso ausgesehen – eine Art Puppe, gespickt mit rostigen Nägeln, genau wie vorhin das Ding in deinem Putzkasten, nur mit einem Büschel Stroh auf der Rückseite. Wie ein Pferdeschwanz, vielleicht hat Windspell so ein Ding angeknabbert und einen oder zwei rostige Nägel verschluckt. Niemand hat die beiden Vorfälle bisher miteinander in Verbindung gebracht, nicht einmal ich habe daran gedacht. Vielleicht waren die Nägel ja nicht nur rostig, sondern auch vergiftet."

„Hast du mit jemanden darüber gesprochen?", fragte ich, ohne zu bemerken, dass ich Marga duzte.

„Natürlich nicht! Ich habe das Ding sofort auf den Misthaufen geworfen und Iwan hat dann die Ladung abtransportiert. Was hätte ich denn sagen sollen und vor allem – mit wem hätte ich darüber sprechen können?"

Es freute mich, dass Marga Vertrauen zu mir gefasst hatte. Aller Neid und alle Eifersucht waren gewichen, das spürte ich, sie brauchte jemanden, dem gegenüber sie offen sprechen konnte, und sie hatte mich dazu auserwählt. Aber sie hatte noch etwas anderes auf dem Herzen, das sie unbedingt loswerden wollte. „Vera, irgendetwas stimmt nicht mit Taxos! Jedesmal, wenn ich ihn angaloppiere, fängt er an zu buckeln. Ich kenne das nicht von ihm, es hat erst seit kurzem angefangen, ich weiß nicht, was ich tun soll!" Marga schien völlig verzweifelt. Einen Rat konnte ich ihr nicht geben, dazu fehlte mir die Erfahrung, ich spürte nur ihre Angst und versuchte sie zu beruhigen. „Gönne ihm doch einen Koppeltag", sagte ich, obwohl ich wusste, dass sie nicht darauf eingehen würde.

„Roberto hat mich gewarnt, ich soll vorsichtig sein, hat er gesagt. Er meint, es läge an meiner Reitweise. Genau wie Liberty. Aber nein, das ist es nicht – Vera, es liegt nicht an mir, irgendwie kommt Taxos mir vor, als müsse er sich von einer Fessel befreien."

Wir bogen in die Toreinfahrt des Leierhofes ein.

„Vera, beeile dich!" Roberto Kraus – ich hatte ihn vollkommen vergessen! Und dabei sollte ich heute eine Dressur-Aufgabe reiten.

„Wir reden später weiter!", rief ich Marga zu, dann gab ich Nine die Hacken und ließ sie in ihrem schnellsten Schritt zum Viereck gehen. Kaum waren wir in der Bahn, fing Roberto mit den Kommandos an. Ich befolgte sie mechanisch, aber in Gedanken war ich noch immer bei Marga und der unheimlichen Geschichte, die sie mir anvertraut hatte. Wie von ferne drangen die Kommandos an mein Ohr.

„Einreiten im versammelten Trab, im Mittelpunkt halten, grüßen!" Nine reagierte widerwillig und blieb nicht stehen. Zu wenig Zeit zum Abreiten, dachte ich, obwohl ich wusste, dass es an etwas anderem lag. Ich war überhaupt nicht locker, ich konnte einfach nicht aufhören, an Margas Erzählung zu denken. Ich hatte ein flaues Gefühl in der Magengegend, das ich aus anderen Situationen kannte – es war wie eine böse Vorahnung, die ich schnell wieder wegschieben wollte, weil sie mir unheimlich war. Erstaunlicherweise lief Nine jetzt vorwärts und nahm willig meine Paraden an, doch dann kam die Galopptour. Laut und deutlich hörte ich die Kommandos, aber Nine schien auf Durchzug gestellt zu haben. Es war wie verhext, ich konnte sie nicht mehr durchparieren. Sie ging nicht durch, sie buckelte nicht, sie hörte nur nicht auf zu galoppieren. Runde um Runde, bis es Roberto zu bunt wurde.

„Wirf den Anker", schrie er, so laut, dass ein Ruck durch Nine ging und sie wie vom Donner gerührt stehen blieb. Ich landete mit dem Oberkörper auf ihrem Hals.

„Dazu sage ich nur eins: Lass' Carmen reiten!"

Roberto drehte sich auf dem Absatz um und verließ grußlos den Platz. Ich richtete mich auf und wusste nicht, über wen ich mich mehr ärgern sollte – über Nine, Carmen, Roberto oder mich?

Aber es kam noch schlimmer. Beim Absteigen fuhr es mir in den Rücken. Nur mit Mühe brachte ich das Bein über Nines Kruppe und ließ mich steif nach unten rutschen. Jetzt stand die Stute völlig ruhig, so als wolle sie mir Abbitte leisten.

„Gib sie her", sagte Marga, die mir die ganze Zeit zugeschaut hatte, „ich mach das schon. Kümmere du dich lieber um deinen Rücken!" Sie klang mitfühlend und überhaupt nicht schadenfroh, wie ich es eigentlich von ihr erwartet hatte.

„Ich verschwinde erst mal," sagte ich dankbar und humpelte in Richtung Sattelkammer. Es war zu dumm – ausgerechnet heute war ich mit dem Fahrrad gekommen. Ich hatte vergessen, unser Auto aufzutanken und war unsicher gewesen, ob die letzten Tropfen Benzin noch bis zur Tankstelle reichen würden. Tanken war Gersons Aufgabe, aber auf ihn konnte ich nicht mehr zählen, er hatte sich immer noch nicht gemeldet. Nicht einmal angerufen oder eine E-Mail geschickt, hatte er. Der Schmerz in meiner Lendenwirbelsäule verschlug mir den Atem, es war unmöglich, in diesem Zustand nach Hause zu radeln.

„Oh mein Gott, ein Hexenschuss!" Ich drehte mich um und sah, wie Liberty mein Fahrrad in ihren Jeep hievte.

„Steig ein", sagte sie und ich gehorchte wortlos.

„Gib dein Pferd nicht jedem in die Hand und dieser Marga schon gar nicht", sagte sie beim Losfahren. „Sie hat ja nicht einmal ihr eigenes Pferd im Griff! Wenn du Hilfe brauchst, ruf mich an!"

Vielleicht lag es an dem Hexenschuss oder an meiner Wut auf Roberto und Nine – jedenfalls brachte ich auf der kurzen Fahrt in die Stadt kein Wort mehr über die Lippen. Für heute hatte ich genug vom Leierhof. Ich sehnte mich nur noch nach einen heißen Bad mit ein paar Tropfen Lavendelöl, das war alles.

Als mich Liberty vor meiner Haustür absetzte, schlugen unsere neuen Nachbarn Viko und Marlen gerade das Verdeck ihres Mini-Cabrios zurück. Beim Einsteigen winkten sie mir zu.

„Seid ihr etwa Nachbarn?", fragte Liberty

„Woher kennst du denn die beiden?"

„Vom Leierhof – woher sonst? Sie wollen reiten lernen. Nette Leute", sagte Liberty herablassend, „aber null Ahnung von Pferden."

„Und wenn schon", dachte ich. Für den Augenblick war es mir egal, welche Idioten sich Pferde zulegten, das konnte jeder machen wie er wollte, ich hatte damit nichts zu schaffen. Grollend humpelte ich die drei Stufen zur Haustür hinauf.

13

Von Gerson hatte ich seit einer Woche nichts gehört. An Reiten war natürlich auch nicht zu denken. Liberty kümmerte sich um Nine und schickte mir jeden Tag E-Mails ohne ‚Betreff' und Anrede. Über das Geschehen auf dem Leierhof war ich also bestens informiert.

13. Juni
Marga reitet Taxos wieder und nimmt bei Roberto Unterricht. Aber irgendetwas stimmt nicht mehr zwischen den Dreien.
Es gibt kein Radio Regenbogen mehr und Karlchen hält auch nicht mehr Wache vor Robertos Zimmer.

14. Juni
Stell dir vor, Marga reitet seit gestern auch noch Magalo, das neue Pferd, das Roberto Massimo vermittelt hat.

Nachmittags
Roberto hat schon wieder eine neue Reitschülerin. Und die hat ein neues Pferd – von Roberto natürlich. Es ist ein Russenwallach.

Die nächste E-Mail kam mir vor, wie mit Blut geschrieben – nicht mit der Farbe rot, nein, es waren die Buchstaben, sie zitterten vor Entsetzten und ich brauchte eine Weile, bis ich den Text verstand. Liberty hatte ihn offenbar hastig und in großer Aufregung in die Tasten getippt.

15. Juni
Karlchen ist tot! Oh, Vera, es ist schrecklich – Ich kann nicht mehr weiterschreiben, Vera, entschuldige!

Nachmittags
Vera, ich war es, die den Kopf gefunden hat. Morgens war ich schon früh draußen, wegen Myboy. Aber ich war nicht die Erste im Stall. Vor der Sattelkammer lag etwas Unförmiges, Graues, das aussah wie ein großer Stein. Oh mein Gott, es war Karlchens Kopf, blutüberströmt, vom Rumpf getrennt. Marga hatte Reitstunde bei Roberto, wahrscheinlich war sie wieder mal so in Eile, dass sie den Schädel übersehen hat! Iwan hat mich schreien hören, aber er blieb total cool. Er hat eine Schaufel genommen und den Kopf auf dem Misthaufen vergraben.

Noch ganz benommen von der schaurigen Nachricht wollte ich meinen Computer abschalten, als Beethovens Schicksalssymphonie erklang. Diesen hintersinnigen Klingelton hatte mir Gerson noch kurz vor seinem Verschwinden heruntergeladen. Es brauche starken Tobak, um die Aufmerksamkeit einer Reiterin zu bekommen, hatte er gesagt. Und da mir jeder Sinn fürs Dramatische abgehe, müsse er etwas nachhelfen. Was Geräusche anging, lag er falsch, denn ich zuckte sogar schon zusammen, wenn sich mein Handy mit einem Piep meldete; bezüglich des Dramas hatte er recht. Alles theatralische Getue war mir verhasst, ich war eher für das Sachliche zu haben und wenn ich große Gefühle bei anderen Menschen wahrnahm, wurde ich skeptisch. Meistens stellte ich mein Handy auf „vibrieren", keine Ahnung, warum es sich ausgerechnet jetzt mit diesem aufdring-

lichen „dadada dam" meldete. Ich drückte die grüne Taste und hörte nichts außer Pferdegewieher. Wie vor ein paar Wochen in Berlin, dachte ich ärgerlich und wollte das Gerät abschalten, da meldete sich Marga. Ihre Stimme klang atemlos.
„Ich muss dich sprechen, Vera, es ist dringend!"
„Worum geht es?"
„Um Taxos – nein, um mich – ich habe Angst, schreckliche Angst, ich glaube, sie wollen mich – jedenfalls haben sie etwas vor! Ich kann jetzt nicht reden, kommst du irgendwann auf den Leierhof?"
„Morgen Nachmittag?", schlug ich vor und wollte sie gerade noch fragen, wen sie eigentlich mit „sie" meinte, da hörte ich das Besetztzeichen. Als nach einer Minute immer noch kein Freizeichen ertönte, rief ich Liberty an.
„Marga ist ziemlich durcheinander wegen Karlchen", sagte sie. „Sie macht sich Vorwürfe, dass sie ihn nicht gleich entdeckt hat. Sie hat die Polizei gerufen. Aber sie haben ihr keine großen Hoffnungen gemacht, dass sie den Täter finden würden. In der Altstadt habe es zwei schwere Raubüberfälle gegeben, da könne sich die Polizei nicht mit Tieren aufhalten, haben die Beamten gesagt."
„Es ist eine furchtbare Geschichte, weißt du, woran sie mich erinnert – an den Film ‚Der Pate'!"
„Aber da ist es kein Hunde- sondern ein Pferdekopf", sagte Liberty.

14

Am nächsten Morgen beim Frühstück packte mich eine unerklärliche Unruhe. Die Schlagzeilen der Zeitung wollten keinen rechten Sinn ergeben und der Kaffee hatte einen schalen Geschmack. Irgendetwas drängte mich zum schnellen Aufbruch, auf keinen Fall wollte ich warten bis zum Nachmittag.

Als ich in den Stall kam, war Taxos Box leer. Marga war also schon wieder beim Training, wenn ich Glück hatte, ging sie noch eine Runde Schritt am langen Zügel und ich konnte ihr schnell „Hallo" sagen. Reden würden wir dann eben später.

Aber dann kam alles anders. Ich kam gerade noch rechtzeitig, um die Trabtour zu bewundern. Taxos Trab, so viel konnte sogar ich sehen, wirkte ein bisschen verspannt, doch nach kurzer Zeit schwebte der großrahmige Fuchs ohne den geringsten Taktfehler durch die Bahn und Marga sah stolz aus wie eine Königin. Dann kamen die fliegenden Galoppwechsel. Diese Lektion war einfach nicht ihre Stärke, ob es an Taxos lag oder an seiner Reiterin, hätte ich nicht sagen können.

„Zurücknehmen und setzen", sagte Roberto. Marga galoppierte an und wechselte durch die ganze Bahn. Kurz vor dem Wechselpunkt richtete sich Marga auf und ließ ihr ganzes Gewicht in die Fußsohlen sinken, da begann Taxos zu buckeln.

Roberto schrie sie an: „Lass ihm das nicht durchgehen, setzt dich durch! Mehr Kreuz beim nächsten Mal."

Marga galoppierte erneut an, wechselte wieder durch die ganze Bahn und begann kurz vor dem Wechselpunkt, die Galoppsprünge zu verkürzen. Diesmal sprang Taxos zur Seite.

„Pass doch auf!" ‚herrschte Roberto sie an. „Wozu hast du eigentlich deine Sporen?"

Zum dritten Mal setzte Marga an, wechselte durch die ganze Bahn bis zum Wechselpunkt, dann war es aus. Taxos schnellte mit allen Vieren gleichzeitig in die Luft, buckelte und setzte mit der Hinterhand nach. Es war, als ob das Pferd explodiere, eine ungeheuerliche, lang aufgestaute Kraft nach außen dringen würde. Es sah aus wie Rodeo, wie wildes, feuriges Rodeo.

Mir stockte der Atem, wie gebannt starrte ich auf das tödliche Schauspiel, das sich vor meinen Augen abspielte.

Marga hob ab und schoss wie ein großer weißer Ball hoch in die Luft. Taxos, von seiner Last befreit, galoppierte wild schnaubend in der Bahn herum.

Ich zitterte am ganzen Körper, unfähig mich zu rühren. Warum geht er nicht zu ihr, dachte ich verzweifelt, warum nimmt er sie nicht in seine Arme und hilft ihr auf? Aber Roberto kümmerte sich nicht um die am Boden liegende Marga, er versuchte verzweifelt, Taxos einzufangen. Mit ausgebreiteten Armen stellte er sich dem aufgeregten Pferd entgegen, bekam einen herunterhängenden Zügel zu fassen und brachte ihn zum Stehen. Dann übergab er das Pferd Iwan, der plötzlich am Viereck aufgetaucht war, als ob ihn jemand gerufen hätte. Jetzt erst schaute sich Roberto nach Marga um. Sie lag mitten in der Reitbahn, bewegungslos, ohne einen Laut von sich zu geben. Roberto sprach sie an, schüttelte sie sanft an der Schulter, griff nach ihrem Handgelenk und suchte ihren Puls. Aber er schien ihn nicht zu finden, er beugte sich über sie, lauschte, dann schrie er:

„Vera, ruf einen Arzt, schnell!"

Mit zitternden Fingern kramte ich mein Handy hervor und tippte die Notrufnummer. „Kommen Sie schnell, ein Unfall auf dem Leierhof", stammelte ich. Roberto kniete noch immer neben Marga, die wie tot dalag. Mir schossen die Tränen in die Augen, ich wagte mich nicht vom Fleck zu rühren. Für einen Augenblick versank die Welt um mich herum in Finsternis, alles war still, so still wie in einem Traum, kein Pferdegewieher, kein Vogelgezwitscher, nicht einmal das Gebell eines Hundes. Das Gurren einer Taube, die direkt neben mir auf der Umzäunung landete, brachte mich wieder zu mir. Marga war tot, durchfuhr es mich. Ich schluchzte auf. Warum war ich nicht früher gekommen? Sie hatte mich doch um Hilfe angefleht und ich – was hatte ich getan?

Der Notarzt bestätigte wenig später, was ich geahnt hatte und Roberto wusste: Marga war tot. Der Tod sei sofort eingetreten. Genickbruch, sagte er.

Wie benommen lief ich zur Sattelkammer. In meinem Kopf hämmerte es: „Warum? Warum?" Ich konnte keinen klaren Gedanken fassen, immer wieder hörte ich dieses „Warum – warum musste sie sterben? Warum nur?"

Vor Margas Spind blieb ich lange stehen. Dann öffnete ich die Tür. Alles hing an seinem Platz, die Trensen und Kandaren, die verschiedenen Trensengebisse, die Longen und die Reitgerten. Marga hielt sehr auf Ordnung, dachte ich, merkwürdig dass ich ihre Schlaufzügel nirgends entdecken konnte. Ob sie ihr Iwan überhaupt zurückgegeben hatte? Über dem Sattel lag das Gel-Kissen. Keine Ahnung, warum ich es in die Hand nahm – genau in der Mitte sah ich einen kreisrunden Abdruck, so groß wie ein Reißnagelkopf. Ein Fremdkörper, auch wenn er noch so klein war, würde an dieser Stelle einen unangenehmen Schmerz auslösen, vor allem bei einem so empfindlichen Pferd wie Taxos. Aber hätte nicht Marga beim Satteln jedes störende Körnchen auf Taxos Rücken sofort bemerkt? Doch was, wenn sie immer noch so durcheinander gewesen wäre, wie am Tag zuvor? Sie hatte ja nicht einmal Karlchens Kopf bemerkt!

Ich drehte mich um. Jemand stand hinter mir. Es war Roberto. „Hätten wir nicht die Polizei rufen sollen?", fragte ich, einer Eingebung folgend, deren Grund mir selbst nicht klar war. Vielleicht lag es an meinen dunklen Vorahnungen nach Margas Anruf, ich wusste es nicht.

„Die Polizei – warum denn? Roberto schien überrascht. „Es war ein Unfall!"

Roberto setzte zu einer längeren Rede an. Er erklärte mir, dass Reiten ein nicht ganz ungefährlicher Sport mit vielen Unbekannten sei. Er redete und redete, als ob er Margas Tod durch seine Worte ungeschehen machen könne. Vielleicht meinte er auch, sich mir gegenüber rechtfertigen zu müssen, er fühlte sich schuldig, weil er den Unfall nicht vorausgesehen hatte, als Reitlehrer hatte er schließlich eine gewisse Verantwortung für seine Schülerin übernommen. Ich schwieg bedrückt. Als Roberto ging, legte er mir für eine Viertelsekunde die Hand auf die Schulter und schaute mich aufmunternd an.

In Gedanken versunken lief ich zurück in den Stall. Ich schob die Boxentür zu Seite. Taxos kam schnaubend auf mich zu und durchsuchte meine Taschen nach Leckerlis. Marga brachte ihm immer etwas mit, das hatte er sich gemerkt. Ich fuhr ihm mit der Hand über Bauch und Flanken und auch noch über den Rücken. In der Sattellage, dicht neben der Wirbelsäule, war das Fell verklebt. Als ich mit den Fingern darüber strich, drehte Taxos den Hals zu mir herum und schnappte zu. Um ein Haar hätte er mich erwischt. Er hatte eine kleine Verletzung, nicht der Rede wert, aber nach Margas Salto Mortale schien mir auch das kleinste Zeichen von Bedeutung. Ich zeigte Roberto die Stelle.

„Verklebtes Fell, nichts weiter", sagte er. „Da kannst du nichts draus machen, tut mir leid, Vera."

„Warum hätte Taxos dann so heftig reagieren sollen?"

„Vielleicht zu eng stehende Wirbel – Kissing Spines – oder so was Ähnliches", sagte Roberto. „Man sollte ihn mal untersuchen lassen, heute Nachmittag kommt Dr. Abnemer."

Zu eng stehende Rückenwirbel, die bei jeder ungeschickten Bewegung Schmerzen verursachen konnten. Natürlich war das eine Möglichkeit. Aber ich glaubte nicht daran. Ich dachte an Marga, an ihren Ehrgeiz und ihren festen Willen, ganz vorne mitzureiten. Als wir auf den Leierhof gekommen waren, hatte sie mich links liegen lassen, aber das Ding in Nines Box hatte uns einander nähergebracht. Ob es tatsächlich einen Zusammenhang zwischen dem Ding und Windspells Tod gegeben hatte? Marga hatte es so gesehen. Hatte sie sterben müssen, weil sie eine Spur verfolgte? Nach ihren Vorhaben konnte ich sie jetzt nicht mehr fragen, aber wer hinderte mich daran, anderen Zeitgenossen ein bisschen auf den Zahn zu fühlen?

15

Erst nachmittags, als ich im Büro meine Post ansah, fand ich Margas E-Mail. Marga hatte mich zu einem Ausflug in den Bayrischen Wald eingeladen. Sie wollte sich Dressurpferde ansehen, die dort in einem Verkaufsstall standen, Pferde, die sofort für das große Viereck einsetzbar waren. Also doch, dachte ich – sie hatte sich tatsächlich ein zweites Pferd kaufen wollen – anscheinend war sie mit Taxos wirklich unzufrieden gewesen.

„Hallo Vera!"

Helmut schon wieder, dachte ich, doch was nützte alles Grübeln, lebendig würde Marga dadurch nicht mehr. Plötzlich hörte ich eine Stimme, die bisher noch nicht auf meinem inneren MP3 Spieler gelaufen war: „Lass Marga jetzt nicht allein – was hat sie dir eigentlich sagen wollen?"

„Vera?"

„Entschuldige Helmut, ich war in Gedanken – hast du Lust auf einen Kaffee?" Zum ersten Mal war ich richtig dankbar dafür, dass ich mein Arbeitszimmer mit Helmut teilte und der Kollege schien sich sogar über meine Einladung zu freuen.

„Gehen wir ins Starcafé?" fragte er sofort.

Carmen stand hinter der Bar und blätterte in einer Zeitschrift. Ich wunderte mich, dass sie nicht gleich zu uns herüberkam – wir waren die einzigen Gäste. Vielleicht wollte sie mich nicht stören, weil sie mich in Begleitung eines Kollegen vermutete, sie konnte ja nicht wissen, wer Helmut war. Ich hätte nur zu gerne ihre Meinung zum Vorfall auf dem Leierhof gehört, aber sie schien ausnahmsweise einmal nicht in Plauderlaune zu sein. Sie schob uns schnell unsere Tassen hin und machte sich dann an der Spüle zu schaffen.

Helmut und ich stellten uns ans Fenster.

„Ein nettes Mädchen," sagte Helmut träumerisch.

„Bitte wer?"

„Carmen," Helmut drehte den Kopf in Richtung Theke. „Sie hat den Vorkurs bei mir belegt. In den Sommerferien melden sich normalerweise nicht viele Erstsemester. Aber dieses Seminar platzt aus allen Nähten. Du kennst sie doch?"

„Natürlich", sagte ich kurzangebunden. Nur mit Mühe konnte ich mein Erstaunen verbergen. Was in aller Welt hatte Helmut mit Carmen zu schaffen? Ich wusste nur, dass Carmen gerade das Abitur bestanden hatte, aber nach ihrem Privatleben hatte ich sie noch nie gefragt. Schließlich ging es mich ja auch nichts an, wie sie ihre Zeit zwischen Schule, Stall und Cafébar verteilte. Wir redeten meistens über Nine, oder Carmen tratschte über den Leierhof.

„Worum geht es denn in deinem Seminar?"

„Es ist die übliche Einführung ins wissenschaftliche Arbeiten."

„Und woher kommt dann der Zustrom?"

„Das dürfte am Thema liegen – es ist mal was anderes: ‚Zauber, Maleficien, Aberglaube in Theorie und Praxis'."

„Wieso Praxis?"

„Damit es nicht zu theoretisch wird, lasse ich die Leute zum Beispiel eine Hexensalbe mischen, nach historischen Rezepten."

Unaufgefordert trug Helmut unsere Kaffeetassen zur Theke zurück, steckte ein paar Münzen in das hellblaue Trinkgeldschwein, wobei er sich sehr viel Zeit ließ und warf Carmen, deren T-Shirt mir heute noch enger vorkam als sonst, verliebte Blicke zu.

„Ich muss los – ich habe noch eine Verabredung mit unserer Chefin", sagte er zu mir, aber er schien es überhaupt nicht eilig zu haben.

16

Margas Tod sprach sich unter den Pferdeleuten schnell herum und löste große Betroffenheit aus. Im Reiterjournal, das ich jeden Monat in unserem Reiterstübchen durchblätterte, fand ich einen Artikel über ihre Dressurerfolge, ein Photo vom Siegertreppchen in Mannheim und eine ausführliche Schilderung von Windspells tragischem Ende. Ihre Beerdigung hatte im engsten Familienkreis stattgefunden. Benno Lundt hatte sich ausdrücklich verbeten, dass die Reiterfreunde seiner Frau die letzten Ehren erwiesen, wie dies unter Pferdemenschen üblich war. Also hatten die Leierhöfler die schwarzen Jacketts und die weißen Reithosen wieder zurück in den Schrank gehängt. Aber wir unterschrieben alle eine Trauerkarte, die Roberto ausgesucht hatte und sammelten Geld für einen Kranz mit Spruchband. Irgendjemand hatte im Reitstall ein Porträtphoto mit Trauerrand ans Schwarze Brett gehängt. Jedesmal, wenn ich daran vorbeiging, war es mir, als ob mir Marga zulächelte. Es schien mir, als ob sie mich an eine geheime Abmachung zwischen uns erinnern wolle, die nur uns zwei etwas anginge.

In derselben Ausgabe des Reiterjournals mit Margas Nachruf fand ich ganz hinten unter der Rubrik ‚Pferdemarkt' eine Anzeige, die ich beinah übersehen hätte, weil sie sich von den anderen Verkaufsannoncen unterschied. Diese Anzeigen verbargen normalerweise mehr, als sie preisgaben und es bedurfte einiger Erfahrung, um zwischen Dichtung und Wahrheit zu unterscheiden. Hinter dem „Familienpferd" (nervenstark und brav) versteckte sich wahrscheinlich ein müdes, ausgemustertes Sportpferd, das zu einem beachtlichen Preis verkauft werden sollte, und der „neunjährige, schicke, schwarzbraune, brave" Wallach, der erfolgreich von einem jungen Mädchen in einer M-Dressur vorgestellt worden war, war vermutlich auf allen vier Füßen platt und lief nur unter dem Einsatz von Schmerzmitteln, oder „Päckchen", wie diese Pulver in der Reitersprache verharmlosend genannt wurden, ohne Taktfehler. Aber die Annonce auf der letzten Seite klang sachlich und war überhaupt nicht auffällig:

Gut ausgebildete Sportpferde. Russenwallache. Für Dressur und Springen sofort einsetzbar.

Darunter stand eine Mobilnummer, das war alles. Wie elektrisiert griff ich zum Handy. Nach fünfmaligem Klingen meldete sich die bekannte freundliche Telecomstimme und forderte mich auf, Adresse und Telefonnummer zu hinterlassen für einen baldigen Rückruf und für die Zusendung eines Informationsvideos. Doch irgendetwas hielt mich davon ab, meine Nummer auf das Band zu sprechen.

Ich legte auf und rief Liberty an.

„Hast du die Anzeige in der Pferdewelt gesehen?", fragte ich.

„Die Russenwallache? Das hat mich interessiert, wegen Roberto, er handelt doch mit ihnen – ich habe mir sogar das Video bestellt und es angeschaut", sagte sie.

„Ist dir was Besonderes aufgefallen?"

„Nein", sagte sie. „Es scheint sich um eine gepflegte Anlage zu handeln, die Pferde stehen gut im Futter, sind gut geritten und die Ausbilder scheinen etwas von ihrem Job zu verstehen."

Sollte Liberty tatsächlich kein Haar in der Suppe gefunden haben?

„Ich komme heute Abend bei dir vorbei, dann kannst du es dir ja mal selbst anschauen."

Seit Gerson mich mit unbekanntem Ziel auf unbestimmte Zeit verlassen hatte, war Liberty richtig anhänglich geworden.

„Warum interessierst du dich eigentlich so brennend dafür?" wollte Liberty wissen.

„Hm, gute Frage, ich weiß selbst nicht so recht."

Meine vage Ahnung, dass Margas Tod etwas damit zu tun haben könnte, behielt ich lieber für mich.

Liberty hatte sich für 20 Uhr angekündigt, aber sie erschien eine ganze Stunde später. Eigentlich hatte ich nichts anderes erwartet, Pünktlichkeit war nicht ihre Sache, bei ihr kam immer so viel dazwischen – meistens war es Myboy, der ihre Zeit in Anspruch nahm, oder wenn es einmal nicht Myboy war, dann eben irgendein anderes Tier, so wie heute. Auf dem Weg in die Stadt hatte sie vom Auto aus einen halbtoten Igel am Straßenrand entdeckt. Sie hatte sofort angehalten, das Tierchen aufgenommen und in der Tierklinik vorbeigefahren. Liberty entschuldigte sich nie für ihre Verspätung, denn sie hielt es für selbstverständlich, in Not geratenen Tieren erste Hilfe zu leisten.

Ich führte sie ins Wohnzimmer und bot ihr ein Salami- oder ein Schinkenbrot an, aber sie winkte ab.

„Ich bin Vegetarierin", sagte sie in einem beinah beleidigten Tonfall, als hätte ich diese Gewohnheit ahnen müssen.

Sie gab mir das Video. „Also los, rein damit, ich habe nicht viel Zeit!"

Die Anlage musste ein Vermögen gekostet haben. Es gab alles – Reitplätze, Führmaschine und eine zusätzliche Longierhalle. Die Reithalle hatte gigantische Ausmaße, es konnte auf vier Zirkeln geritten werden. Zwischen dem Stallgebäude und der aus edlen hellen Hölzern gezimmerten Halle lag das Außen-Viereck. Dort waren die Videoaufnahmen gemacht worden.

„Wollte sich Marga ein neues Pferd kaufen?"

„Roberto hielt nichts von Taxos", sagte Liberty. „Oder vielmehr – er meinte, dass Taxos nicht das richtige Pferd für Marga sei."

Ich erzählte Liberty von Margas E-Mail, von ihrer Einladung, mit ihr zusammen auf einen Reiterhof zu fahren. Libertys Reaktion überraschte mich: „Was hat sie dir denn noch alles erzählt?" fuhr sie mich an, aber sie beherrschte sich schnell wieder. Sie deutete auf den Bildschirm.

„Stop! Zurück! – Ja, gut – halt!"

Das Bild blieb stehen und zeigte einen Mann mit einem Pferd an der Hand in die Reitbahn kommen.

„Den habe ich schon einmal gesehen."

„Wo war das, Liberty, los, erinnere dich!"

Sie dachte eine Weile nach, dann sagte sie: „Gestern Morgen auf dem Leierhof! Der Typ wollte zu Roberto, aber der hatte seinen Dienst noch nicht begonnen, Marga war ja nicht mehr da. Dann ist er wieder verschwunden, ohne eine Nachricht zu hinterlassen."

„Meinst du, dass Marga diesen Russenhof mit mir besuchen wollte? Er liegt doch im Bayerischen Wald? Aber warum wollte sie dorthin?"

„Benno – frag einfach Benno, Margas Mann! Wenn es ihr um ein neues Pferd gegangen wäre, hätte er doch seinen Geldbeutel aufmachen müssen – oder? Übrigens – er hat Taxos an Roberto verkauft!"

„Was hätte er auch mit dem Pferd anfangen sollen?"

„Es hätte andere Möglichkeiten gegeben", sagte Liberty schroff. „Und was Taxos wollte, interessierte sowieso niemanden."

Ich konnte Liberty nicht ganz folgen: „Seit wann werden Pferde gefragt, an wen sie verkauft werden wollen?"

„Ich habe mit Taxos Kontakt aufgenommen", sagte sie.

Meinen Lachanfall konnte ich noch rechtzeitig als Hustenreiz tarnen. „Was hat Taxos denn gesagt?"

„Pferde äußern sich nicht sehr deutlich", erklärte Liberty achselzuckend. „Man darf sie zu nichts zwingen, es hat gar keinen Zweck. Außerdem ist es nicht gut für Tiere, wenn sie zu viel sagen."

„Verstehe", sagte ich – aber das war gelogen. In Wirklichkeit verstand ich überhaupt nichts. So kam ich nicht weiter. Ob Liberty vielleicht Lust hatte, mit mir zusammen Benno zu besuchen? Ich schaute sie an, doch sie sah irgendwie müde aus.

„Komm, laß uns ein Glas Wein trinken", sagte ich und entkorkte eine von Gersons Sammelflaschen, die er manchmal von seinen Phototouren als Trophäen mitbrachte. Der Wein, eine besonders gute Sorte aus Chile, trieb rote Flecke auf Libertys Wangen und schien ihre Lebensgeister wieder zu wecken. Sie nahm einen kräftigen Schluck und räkelte sich wohlig.

„Erzähle ihm besser nichts von dem Video, wenn du zu Benno Lundt gehst", sagte sie verschwörerisch. „Aber lass mich damit in Ruhe!" Liberty schaute auf die Uhr und ich hatte den Eindruck, als ob sie weitere Fragen von meiner Seite abwehren wolle. „Oh", sagte sie. „Ich muss gehen – ich habe Myboy versprochen, noch einmal bei ihm vorbeizukommen. Wir sehen uns morgen, Vera!"

17

Ich stellte das Auto unten auf der Talstraße ab. Das Haus der Lundts war das letzte ganz oben am Waldrand, der holprige Feldweg, der in grauen Vorzeiten einmal asphaltiert gewesen sein musste, endete an einem verwitterten Jägerzaun. Kein Wunder, dass Marga einen Jeep fuhr, im Winter bei Schnee und Eis brauchte man hier bestimmt einen Vierradantrieb. Ein Namensschild oder eine Sprechanlage suchte ich vergebens, nur die Hausnummer 13 war deutlich sichtbar am Pfosten angebracht. Das Gartentürchen klemmte, ließ sich aber mit einem leichten Fußtritt öffnen. Ich stand auf einem schmalen, von Grashalmen durchbrochenen Kiesweg. Auf dem Rasen, der einer ungemähten Wiese oder einer Pferdekoppel glich, lag Kinderspielzeug herum, ein roter Traktor, ein Ball, ein Lastwagen zum Kippen. Merkwürdig – Carmen hatte doch nur von Margas Töchtern erzählt, die in einem Internat untergebracht waren. Ob die Lundts noch einen Nachzügler hatten?

Ich klingelte an der Haustür. Eine junge Frau mit einem kleinen Jungen an der Hand öffnete. Sie wusste offenbar nicht, wen sie vor sich hatte, Benno hatte ihr bestimmt nicht gesagt, dass er Besuch erwartete. Ihr pausbackiges Gesicht wurde von einem Kranz blonder Locken eingerahmt, wie das Antlitz eines Rauschgoldengels kam es mir vor, wenn da nicht dieses Funkeln in ihren schmalen, von schwarzen Wimpern halb verdeckten Augen gewesen wäre. Ein Glitzern, das mich umso mehr verunsicherte, als sie mich stumm anstarrte. Im ersten Moment hielt ich sie für Bennos Haushaltshilfe, oder den Babysitter. Sie erwiderte mein freundliches „Hallo" nur mit einem kurzen Nicken, nahm das Kind auf den Arm und ließ mich einfach stehen. Doch in diesem Augenblick kam Benno zur Tür heraus. Er war das genaue Gegenteil von Roberto und bestimmt zehn Jahre älter. Von untersetzter stockiger Figur, in schwarzen Jeans und spitzen schwarzen Lederschuhen, den Bauch ins hellblaue Button-Down-Hemd gezwängt, machte er auf mich den Eindruck eines Mannes, der sorgfältig auf sein Äußeres achtete. Sein kurzes schwarzes Haar, das an den Schläfen schon erste graue Strähnen zeigte, war akkurat geschnitten und mit Wetgel gestylt. Sein fester Händedruck war der eines selbstbewussten, stolzen Mannes, er sah mich mit einem herausfordernden Blick an und bat mich, einzutreten. So als habe er das unfreundliche Verhalten der Frau gar nicht bemerkt, führte er mich durch den Flur zur Terrasse.

An beiden Wänden hingen gerahmte Photos von Marga und ihren Pferden. Eine Seite war für die bunten Turnierschleifen reserviert, unter denen die siegreichen gelben in der Mehrzahl waren.

„Ich werde wohl das Haus verkaufen und mit Anita und Sascha in die Nähe meiner Töchter ziehen," sagte Benno.

Anita und Sascha? Natürlich stellte ich die Frage nicht, aber offensichtlich konnte ich mein Erstaunen schlecht verbergen.

„Sascha ist mein Jüngster", sagte Benno, „ein waschechter Russe! Wir leben noch nicht lange zusammen." Er schwieg und schaute sich suchend um. So als ob er sich plötzlich daran erinnerte, warum ich gekommen sei, sagte er:

„Marga konnte Sie gut leiden, sie hat in den letzten Tagen noch viel von Ihnen erzählt, Sie hatten anscheinend ihre Wellenlänge. Was man von den anderen Reiterinnen nicht behaupten kann."

„Vielleicht war da Konkurrenz im Spiel?"

„Ja – möglicherweise. Marga brauchte Anerkennung. Sie hatte immer das Gefühl, zu wenig Bestätigung zu bekommen. Deshalb konnte sie diese Amerikanerin nicht ausstehen, Libby, so nannte sie Marga, sie heißt aber Liberty, glaube ich. Marga sagte, dass Liberty das Dressurreiten als Tierquälerei verurteile. Und was sie noch mehr aufgeregt hat – Marga konnte es einfach nicht leiden, wenn jemand ein Pferd als Ersatz missbrauchte – als Ersatz für ein Kind oder einen Ehemann zum Beispiel, wie sie es bei Liberty vermutete."

Aber genau dasselbe galt auch für Marga – das Pferd und die Reiterei ersetzten ihr den Beruf und die Kinder, dachte ich.

„Sie meinen Liberty – die Pferdeflüsterin?"

„Genau! Marga hielt sie für verrückt – für ziemlich verrückt sogar."

Benno wechselte das Thema. „Was meinen Sie – war Margas Sturz wirklich ein Unfall?"

„Gute Frage", sagte ich nachdenklich. „Der Reitlehrer Roberto Kraus scheint davon überzeugt zu sein."

„Roberto Kraus! Ich kenne seine Meinung!" Es klang bitter, doch wenn sich Benno für den Bruchteil einer Sekunde hatte gehen lassen, fügte er im selben Augenblick, ohne einen Funken Zweifel und mit Stolz in der Stimme hinzu: „Marga war eine gute Reiterin!"

Irgendwie hatte ich den Eindruck, als ob mich Benno auf die Probe stellen wolle, es kam ihm offenbar wirklich darauf an, meine Meinung zu hören, aber mir war nicht klar, mit welcher Absicht.

„Zweifeln Sie etwa an der Geschichte? Dann müssen Sie Roberto anzeigen."

Benno schüttelte den Kopf: „Um Gotteswillen, wo denken Sie hin!"

Unsere Unterhaltung hatte die ganze Zeit im Stehen stattgefunden. Anita hatte sich nicht mehr blicken lassen, vielleicht verstand sie nicht gut Deutsch und war mit dem Kind spazieren gegangen? Benno deutete auf die Gartenstühle aus Palisanderholz, die um einen schwarzen Metalltisch gruppiert waren. Wir setzten uns und während Benno zu erzählen anfing, wurde ich den Eindruck nicht los, als ob uns jemand beobachtete.

Benno sagte, dass sich Marga und er sich viel Freiheit gelassen hätten, seitdem ihre beiden Töchter im Internat lebten. Er habe sein Leben gelebt und sie das ihre und keiner habe sich in die Angelegenheiten des anderen eingemischt.

„Ich sage Ihnen nichts Neues – Marga war Dressurreiterin und ihre Pferde waren für sie das Wichtigste im Leben."

Es klang wie eine Entschuldigung. Über familiäre Angelegenheiten hätten sie sich natürlich gegenseitig informiert. Und er verkündete stolz, dass er immer gewusst habe, wann Marga wieder mal ein Verhältnis mit einem Reitlehrer gehabt habe.

„Das hat sie Ihnen erzählt?"

Es lag mir auf der Zunge zu fragen, ob Marga auch von Anita und Sascha gewusst habe, aber Benno sagte:

„Natürlich! Marga hat ihre Affären nie vertuscht", sagte er stolz. Das war keine Antwort auf meine unausgesprochene Frage, aber jetzt war der Augenblick vorbei, noch einmal nachzuhaken.

„Auch die Geschichte mit Roberto?"

„Das hat nicht lange gehalten,", sagte Benno mit einem triumphierenden Grinsen.

„Was hat denn den Honeymoon getrübt?", fragte ich etwas pietätslos.

Benno lachte laut auf, fing sich aber gleich wieder:

„Für Einzelheiten habe ich mich nicht interessiert!"

Um dem Gespräch eine andere Wendung zu geben, fragte ich, ob Marga mit Taxos zufrieden gewesen sei. Benno schien überrascht. „Taxos war ihr bestes Pferd", sagte er. „Der Sehnenschaden war ärgerlich, aber heilbar, das wusste Marga."

„Und was hat Marga eigentlich in diesem Dressurstall an der böhmischen Grenze gesucht?"

Benno sah mich erstaunt an und schwieg. Dann zuckte er die Achseln.

„Keine Ahnung – davon hat sie mir nichts erzählt! Ich war in der Ukraine – wir haben nur miteinander telefoniert", sagte er, und es klang wie eine Rechtfertigung. Benno war also am Tag von Margas Tod gar nicht zu Hause gewesen!

„Hat Anita Sie begleitet?", fragt e ich.

„Nein", sagte Benno kurz. „Im übrigen glaube ich nicht, dass Anita irgendwie von Interesse ist für Sie. Ich frage mich überhaupt, warum Sie mir alle diese Fragen stellen – ich komme mir vor wie in einem Verhör!" Er sprang auf und ging mit großen Schritten auf der Terrasse auf und ab. Dann kam er auf mich zu.

„Entschuldigen Sie – die ganze Geschichte mit Marga hat mich ziemlich mitgenommen – ich glaube, es ist besser, wenn Sie jetzt gehen. Da fällt mir noch etwas ein!" Ich wollte mich gerade verabschieden, wartete aber erst einmal ab. Benno wirkte jetzt wieder ruhiger. So aufbrausend und unbeherrscht hatte er einem trauernden Ehemann überhaupt nicht ähnlich gesehen.

„Einen Augenblick, ich bin gleich wieder da", sagte er und verschwand im Haus.

Ich trank einen Schluck Wasser und sah dem kleinen Sascha zu, wie er von seiner Mutter auf dem roten Plastiktraktor über den Kiesweg geschoben wurde. Warum hatte mich Benno nach meiner Meinung über Margas Sturz gefragt? Wenn es kein Unfall gewesen war, was dann? Mord? Und wer, bitteschön, hätte Marga umbringen sollen? Jemand vom Leierhof? Liberty war die

Einzige, von der ich wusste, dass sie Marga nicht leiden konnte. Oder war es Benno, der eifersüchtige Ehemann? Aber einmal davon abgesehen, dass er am Unfalltag auf Reisen gewesen war – warum hätte er mir von Anita und Sascha erzählen sollen? Jetzt ärgerte ich mich, dass ich Benno nicht gefragt hatte, ob sich Marga und Anita kannten. Irgendwie hatte ich das Gefühl, dass Benno dieser Frage aus dem Wege gehen wollte. Mir fiel Margas mysteriöser Telefonanruf ein. Wer waren diese „sie", von denen sie gesprochen hatte und die ihr so große Angst eingeflößt hatten?

Benno kam zurück und riss mich aus meinen Grübeleien. Er brachte mir eine Videokassette, ohne jede Beschriftung, nichts Auffälliges. Benno hatte sie sich nicht angesehen, warum auch. Ich solle sie ruhig mitnehmen, er brauche sie nicht.

„Aber hier ist noch etwas für Sie!"

Benno wedelte mit einem roten Briefumschlag in der Luft herum. „Der lag übrigens neben der Kassette auf Margas Schreibtisch. Er ist an Sie adressiert."

Er reichte mir das verschlossene Kuvert.

„Haben Sie eine Ahnung, was drin steht?"

Benno schüttelte energisch den Kopf. „Was denken Sie denn? Der Umschlag war verschlossen!"

Fast schämte ich mich für meine Frage, was musste er von mir denken, ich traute ihm offenbar eine Menge zu. „Natürlich", sagte ich schnell und versprach, den Brief und die Filmaufzeichnung noch heute Abend anzusehen und mich bald wieder bei ihm zu melden.

„Wir bleiben in Kontakt", sagte Benno beim Hinausgehen.

18

Als ich in unsere Straße einbog, brach die Dämmerung an. Ich hatte Glück und fand gleich vor unserer Haustür einen Parkplatz. So etwas kam nicht oft vor, in unserem Viertel besaßen die meisten Leute einen Zweitwagen und normalerweise standen die PKWs nach Feierabend Stoßstange an Stoßstange am Straßenrand. Seit es Mode geworden war, sogar zum Einkaufen auf den Neuenheimer Markt mit einem Vierradantrieb zu fahren, hatte sich die Parksituation in unserem Viertel noch mehr verschlechtert. Aber heute Nacht sahen die Gehwege aus wie Trottoirs in vergangenen Epochen, und ich stellte das Auto einfach ab.

In allen Wohnungen brannte schon Licht, sogar bei uns im ersten Stock war alles hell erleuchtet. Ich konnte doch unmöglich vergessen haben, das Licht auszuschalten, als ich das Haus verlassen hatte, war es heller Nachmittag! Einbrecher, durchfuhr es mich, aber dann musste ich lachen – solche blöden Einbrecher gab es wohl nur in Kriminalfilmen, im wirklichen Leben hätten sie bestimmt im Dusteren gearbeitet. Mein Herz fing wie wild zu klopfen an. Was konnte das Licht anderes bedeuten, als dass der verschollene Odysseus an den heimischen Herd zurückgekehrt war?

Ich nahm zwei Treppenstufen auf einmal, steckte atemlos den Schlüssel ins Schloss – und wirklich – mitten im Flur stand seine offene, halbausgepackte Reisetasche.

„Gerson!"

Er saß am Küchentisch, aber er war nicht allein. Ihm gegenüber, mitten auf dem Tisch, niemals hätte ich so was zugelassen, thronte Kater Felix und ließ sich aus einer Dose Tunfisch füttern, deren Aufschrift „Bio" nicht gerade auf Katzenfutter hindeutete. Felix gehörte Marlen und Viko, aber seit Gersons Verschwinden hatte er die Seiten gewechselt. Als ich eines Morgens ins Institut gegangen war, wischte er durch unsere Haustür und versteckte sich im Hausflur.

„Die Katze hatte Hunger!", sagte Gerson mit einem leichten, aber unüberhörbaren Vorwurf.

Gerson schien eine anstrengende Reise hinter sich zu haben. Die Bartstoppeln in seinem Gesicht deuteten auf ein ungestörtes Wachstum von mindestens drei Tagen und sein Hemd hatte er bestimmt auch nicht oft gewechselt. Er sah müde aus, aber irgendwie froh, wieder zu Hause zu sein.

Gerson fasste Felix mit beiden Händen um den Bauch und setzte ihn auf den Boden, dann umarmte er mich.

„Da bin ich wieder", sagte er. „Und wie wär's mit einem Abendessen?"

In einer Hinsicht gab es eine auffallende Ähnlichkeit zwischen Gerson, Nine und Felix – alle drei kannten sie ihre Futterplätze genau. Als ob ich es geahnt hätte, hatte ich gestern auf dem Nachhauseweg noch einen ganzen Korb Gemüse vom Marktstand mitgebracht. Während ich Zwiebeln und Tomaten aus dem Kühlschrank nahm, entkorkte Gerson eine Flasche Rotwein und goss sich ein Glas ein. Ich fing an, die Zwiebeln zu schälen und klein zu schneiden, die Außenhaut entfernte ich großzügig mit dem Messer, heute Abend musste es schnell gehen. Während Gerson die Knoblauchzehen schälte, überbrühte ich die reifen, duftenden Tomaten mit heißem Wasser, spießte sie auf die Gabel auf und zog mit einem kleinen Küchenmesser die Haut ab. Gerson goss Olivenöl in eine Pfanne, füllte einen Topf mit Wasser und gab eine Prise Salz dazu. Wir arbeiteten konzentriert und schweigend und während ich die Tomaten klein schnitt, fühlte ich ein wunderbar warmes Gribbeln von meinen Fußzehen bis hinauf in meine Brustwarzen, alle Widerstände schmolzen dahin, ich war einfach glücklich, dass wir alle wieder zusammen waren. Felix rollte sich auf Gersons Schoß zusammen und schnurrte wie ein kleiner Dieselmotor. Ich verteilte die Spagettis auf unsere Teller, rieb Parmesan darüber und gab einen Klacks Soße darauf.

„Wer soll zuerst erzählen – du oder ich?"

Gerson ließ sich nicht aus der Ruhe bringen. Er goss mir ein Glas Rotwein ein und schenkte sich noch einmal nach.

„Ich fange an", sagte er. „Es ging ja alles ziemlich schnell – sie haben mir die Pistole auf die Brust gesetzt!"

„Was haben sie?"

Gerson lachte. „Keine Angst – ich habe doch nur bildlich gesprochen – ich wollte sagen, dass ich mich sehr schnell entscheiden musste, ob ich den Auftrag annehme oder nicht – die Photos sollen schon nächste Woche in der „Sportwelt" erscheinen. Und weil sie mir ein gutes Honorar geboten haben, habe ich zugesagt!

„Soll das heißen, dass du gar nicht in Rom warst?"

„Nein, war ich nicht!", sagte Gerson, ohne den geringsten Funken von schlechtem Gewissen. „Ich habe ein bisschen geflunkert, vielleicht weil ich mich wütend gefühlt habe, oder eifersüchtig – du warst ja die ganze Zeit bei deiner Nine – ich glaube, das ist mir irgendwie zu viel geworden."

Es war, als ob etwas Raues, Eckiges in meinen Adern kratzte und sich langsam den Weg zu meinem Herzen suchte. Meine gute Laune war in Gefahr, wenn ich jetzt nicht aufpasste, befand ich mich wieder in derselben kämpferischen Stimmung, wie bei Gersons Verschwinden. Als ich die Zettel gefunden hatte, mit der Aufforderung, mich zwischen ihm und Nine zu entscheiden, wäre ich ohne weiteres bereit gewesen, mich von Gerson zu trennen. Aber jetzt war ich so froh, dass er wieder hier war, dass ich alles tat, um meine Wut nicht noch einmal aufleben zu lassen.

„Wenn du nicht in Rom warst, wo warst du dann?"

„Ich habe mit einem Kollegen zusammen für eine Reportage über Aktivurlaub in luxuriösen Freizeitanlagen, in Sport- und Wellness-Hotels recherchiert, eine Reitanlage war auch dabei."

„Ja und?", fragte ich gespannt. Ich konnte mir nicht vorstellen, dass es bei der Sache nicht noch einen Knüller gab, den Gerson sich ganz bis zum Schluss aufsparte. Ich kannte seinen Sinn für Dramatisches zu Genüge.

„Nein, das ist alles. Wie gesagt, es ging alles sehr schnell, ich hatte nicht einmal Zeit, dir einen Abschiedskuss zu geben."

Gerson schien seinen Abschiedsbrief, den ich auf dem Küchenboden gefunden hatte, völlig vergessen zu haben, aber da wollte ich lieber nicht nachfragen. Es klang alles so harmlos, was er mir erzählt hatte, ich hätte es gerne geglaubt, aber das gelang mir nicht richtig. Irgendetwas schien er mir zu verheimlichen, warum wusste ich nicht, aber ich fühlte, dass ich nicht weiter in ihn dringen durfte. Gerson sah müde aus.

„Und was gibt es bei dir Neues", fragte er, wie um von sich abzulenken. Eine Viertelsekunde lang schwirrte mir der Kopf, seit seiner Abreise hatten sich die Ereignisse förmlich überschlagen, ich musste erst einmal Ordnung in meinen Erinnerungen schaffen, bevor ich sie der Reihe nach erzählen konnte.

„Felix kennst du ja schon", sagte ich. „Ihr habt Euch miteinander bekannt gemacht. Ein neues Familienmitglied sozusagen, er hat auf mich aufgepasst, als du nicht da warst. Und das war wirklich nötig!"

Jetzt war es an Gerson, ein erstauntes Gesicht zu machen.

„Nein, ich meine es ernst – es sind so viele merkwürdige, grausame traurige Dinge passiert, die Katze hat mich ein bisschen darüber hinweg getröstet." Felix, der vor mir auf dem Küchenboden saß, verstand jedes Wort, das ich sagte. Orange getigert, mit seinen vier weißen Pfoten, seiner weißen Nase und seinem halben weißen Ohr. Dick und gemütlich saß er da und sah aus, als glaube er an das Gute im Menschen. Gerson stand auf, ging zur Speisekammer und suchte nach einer zweiten Flasche Wein.

„Da war doch noch dieser Rote aus Chile?"

Ich winkte ab. „Lass ihn zu! Ich will morgen früh aufstehen und vor der Arbeit reiten, da muss ich einen klaren Kopf haben."

Ich wollte Gerson nicht verraten, dass ich die Flasche Wein zusammen mit Liberty geleert hatte, er kannte ja die neue Entwicklung unserer Freundschaft noch gar nicht, auch sie war ja ein Teil meiner Geschichte. Ich musste ziemlich weit ausholen und erzählte von dem „Ding" in meinem Putzkasten, von der schrecklichen Bluttat an Karlchen und schließlich von Margas Tod. Gerson hörte mir ohne ein Wort zu sagen zu. Als ich von dem Video anfing, das ich zusammen mit Liberty angesehen hatte, ergriff ihn eine merkwürdige Erregung, die ich mir nicht erklären konnte. Er wollte genau wissen, um welchen Reiterhof es sich handelte und wollte sich den Film unbedingt noch einmal selbst ansehen. Seine Erregung erschien mir auch deshalb unangemessen, weil er doch Margas Tod ziemlich gelassen aufgenommen hatte.

„Ich bin müde", sagte er nur, ohne einen Versuch zu machen, mir seinen Gefühlszustand zu erklären. Es war schon spät, es ging auf Mitternacht zu und ich beschloss, meine Geschichte morgen weiterzuerzählen. Felix miaute, streckte sich und sprang von Gersons Schoß. Katzenbuckelnd lief er über die Fliesen und kratzte gebieterisch an der Küchentür. Es war Zeit für seinen Spaziergang, gegen Mitternacht ging er besonders gern auf Tour. Ich atmete auf, denn ich hatte schon die ganze Zeit überlegt, wo Felix heute wohl die Nacht verbringen würde. Bis jetzt hatte er immer an meiner Seite in Gersons Bett geschlafen. Dass Gerson sein Bett mit ihm teilen würde, konnte ich mir trotz aller neu entstandenen Liebe doch nicht vorstellen. Also ging ich mit dem Kater zur Wohnungstür und ließ ihn hinaus.

Auf dem Schuhregal im Flur lagen immer noch Margas Videokassette und der rote Briefumschlag. Ich nahm den Briefumschlag in die Hand, mit Margas Handschrift, die ich zum ersten Mal sah und wurde unsagbar traurig. Ich hatte beides ganz vergessen, aber jetzt erwachte meine Neugierde doch. Ich riss den Umschlag auf und zog ein Photo hervor. Marga war darauf abgebildet, zumindest kam es mir im ersten Augenblick so vor. Aber nein, das war nicht Marga, vielleicht eine Doppelgängerin oder ihre jüngere Schwester. Sie saß in fliegendem Galopp auf einem Schimmel. Pferd und Reiterin strahlten in der Bewegung Ruhe und Gelassenheit aus. Ein lederner Halsriemen ersetzte die Trense. Statt eines Sattels trug das Pferd eine grüne Schabracke, die am linken unteren Rand mit einem roten Kreuz bestickt war. Vielleicht war es das Logo eines Reiterhofes, denn die Frau trug dasselbe auf ihrem grünen T-Shirt. Das Photo faszinierte mich auf eine eigenartige Weise, die ich mir nicht erklären konnte. Noch vor ein paar Wochen hätte ich solche Bilder als bloße Modeerscheinung abgetan, als Humbug, der meilenweit von jeder seriösen Reiterei entfernt war. Und Marga hätte mir sicher recht gegeben. Deshalb verstand ich nicht, warum sie mir diese Aufnahme zugedacht hatte, denn niemand auf dem Leierhof hatte diese Art „Freizeitreiterei" so entschieden abgelehnt wie sie. Das Photo veränderte meine Stimmung vollkommen. Die Traurigkeit wich einer wunderbaren Heiterkeit, wie ich sie schon lange nicht mehr gespürt hatte.

Ratlos steckte ich das Bild wieder in den Umschlag und wollte in die Küche zurück gehen, als ich es klopfen hörte. Brauchte

Marlen jetzt noch eine Prise Salz oder hatte sie vergessen, Olivenöl einzukaufen? Ich hätte schwören können, dass es geklopft und nicht gekratzt hatte, andernfalls hätte ich bestimmt nicht aufgemacht. Aber niemand war da. Als ich auf den Fußboden blickte, sah ich Felix, der zielstrebig hereinspazierte. Ohne sich mit irgendwelchen Nebensächlichkeiten aufzuhalten, wischte er schnurstracks ins Schlafzimmer, rollte sich auf Gersons Bett zusammen, legte den Kopf auf die Pfoten und begann zu schnurren.

19

Am nächsten Morgen traf ich unsere Nachbarin Marlen zum ersten Mal auf dem Leierhof. Sie stand in vollem Reitdress am Putzplatz und bürstete einem Rappen das glänzende Fell.

„Vera!" Sie winkte mich zu sich, verbeugte sich galant und zeigte auf ihr Pferd:

„Das ist Mörike."

„Ein lustiger Name", sagte ich, weil mir nichts Besseres einfiel. Dass Marlen sich ein Pferd gekauft hatte, obwohl sie überhaupt nicht richtig reiten konnte, kam mir ziemlich unverantwortlich vor. Von Pferdepflege verstand sie natürlich noch weniger, das merkte ich schon daran, wie sie über ihr Pferd redete.

„Er isst nichts lieber als Möhrchen", sagte sie augenzwinkernd. „Er durchsucht alle meine Taschen und vertilgt einen ganzen Sack pro Woche. Wenn das so weitergeht, wird er uns noch arm fressen!"

Gerne hätte ich sie darüber aufgeklärt, dass man Pferden auf keinen Fall erlauben dürfe, ihre Nasen überall hineinzustecken und sie über die tückischen Gefahren aufgeklärt, die Karotten für den Stoffwechsel der Pferde bargen, doch dazu kam ich nicht. Gerade als ich zu meiner gut gemeinten Predigt ansetzen wollte, führte Carmen den gesattelten Taxos an uns vorbei.

„Kommst du eine Runde mit ins Feld?", fragte sie. Ich fühlte einen Stich durch meine Brust gehen – für mich war Taxos immer noch Margas Pferd, ich würde eine Weile brauchen, bis ich mich an das neue Paar gewöhnt haben würde. Doch Carmen schien schon längst wieder zur Tagesordnung übergegangen zu sein – *business as usual*, was immer auch geschehen war, dachte ich bitter.

Aber eigentlich war ich froh über ihre Einladung, Marlen würde ich sicherlich auch noch später beraten können. Außer mir kannte sie ja niemand mehr auf dem Leierhof, da war sie sicher dankbar für jede Hilfe, die sich ihr bot.

„Einen Augenblick, ich muss nur noch satteln!", sagte ich.

Wir ließen unsere Pferde nebeneinander am langen Zügel gehen und kaum waren wir durchs Hoftor geritten, fing Carmen an loszuplappern, doch ich achtete nicht gleich auf sie, weil meine Aufmerksamkeit von etwas anderem in Anspruch genommen wurde. Auf dem Parkplatz standen Roberto und Iwan im Schatten eines Pferdehängers. Sie schienen sich zu streiten, ich sah, wie Iwan versuchte, Roberto an der Jacke zu packen. Doch der Reitlehrer stieß ihn von sich, schrie ihn an, ich verstand nicht, was er sagte, dann drehte er sich auf dem Absatz um. In der Hecke gab es einen Durchschlupf, so dass Roberto verschwinden konnte, ohne uns zu begegnen. Iwan blieb mit rotem Kopf stehen und trat mit seinem Fuß gegen einen Autoreifen. Er sah kurz auf, als wir vorbeiritten, ohne uns zu grüßen. Carmen hatte das kleine Geplänkel am Wegrand gar nicht wahrgenommen, so sehr war sie damit beschäftigt, mir von ihren Erfolgen mit Nine zu erzählen.

„Die Woche Beritt hat Nine gut getan!", verkündete sie stolz. „Das hast du bestimmt gemerkt? Du darfst öfter mal frei nehmen – musst ja nicht gleich wieder krank werden."

Hatte ich mich verhört? „Beritt?"

„Ja – ich habe sie jeden Tag geritten – zum Schluss hat sie sogar piaffiert."

„Davon habe ich noch nichts gemerkt", sagte ich ärgerlich. „Mir kommt sie ziemlich träge vor!"

„Ich verstehe – du brauchst ja nicht gleich loszulegen, nach so einem Hexenschuss. Außerdem bist du ja berufstätig."

Ganz schön aufgeblasen kam sie mir vor – was bildete sie sich eigentlich ein? Ich beugte mich über Nines Hals und verscheuchte eine Fliege.

„Hast du schon Marlens Pferd gesehen?" Carmen spürte meinen Ärger und bemühte sich, mich bei Laune zu halten. Und das ging am besten mit ein bisschen Tratsch.

„Mörike?"

„Ein Russenwallach, Roberto hat ihn vermittelt. Er wollte auch Marga so ein Pferd besorgen. Wer weiß, vielleicht hätte das alles verändert, und sie wäre heute noch am Leben."

„Aber Marlen kann doch gar nicht reiten", sagte ich entsetzt, ohne auf ihre Bemerkung über Marga einzugehen.

„Na und? Wofür haben wir unseren Roberto? Er gibt ihr doch Unterricht."

Carmen schwieg eine Sekunde lang, dann sagte sie: „Übrigens – ich habe gerade meinen ‚Trainer-C' gemacht. Ich könnte Nine auf dem Turnier vorstellen, zum Freundschaftspreis natürlich."

„Aha."

Jetzt hatte ich verstanden. Meines Wissens war der ominöse ‚Trainer-C' nichts weiter als die unterste Qualifikationsstufe in der Reitlehrerausbildung, eine Prüfung, die ehrenamtliche Kräfte von Reitvereinen absolvieren mussten, wenn sie Kindern Reitunterricht geben wollten. Aber Carmen hielt sich offensichtlich schon für einen Profi!

„Ja, ich muss mir mein Studium selbst verdienen", erklärte sie schnippisch, „und da bietet sich das Reiten an, das kann ich wirklich gut."

„Natürlich." Ich schwieg, weil ich mich über Carmens Art mit mir zu sprechen ziemlich aufregte. Am liebsten hätte ich kehrt gemacht, dieses eingebildete Gerede war mir unerträglich.

Plötzlich sah ich den Hasen. Er schlug einen Haken und sprang sogar einmal in die Luft, vor Freude, wie es schien. Die Vögel zwitscherten und die Luft roch nach frisch gemähtem Gras. Ich drehte mich nach Carmen um: „Komm, wir galoppieren ein Stück." Nine verstand mich sofort und fiel in einen leichten Cantergalopp. Am Wäldchen parierten wir durch, ließen die Zügel lang und machten uns auf den Heimweg. Jetzt erzählte Carmen lustige Geschichten aus der Cafébar und von Mike, in den sich alle Kolleginnen der Reihe nach verliebten. Als der Leierhof in Sichtweite kam, schritten unsere Pferde fleißig aus, schnaubten vor Wohlbehagen und versuchten sich gegenseitig aus purem Übermut in den Hals zu kneifen.

20

Meine gute Laune hielt nicht lange vor. Genauer gesagt nur bis zum Nachmittag, als ich die Tür zum Büro öffnete. Ich traute meinen Augen kaum. Auf meinem Stuhl, den sie dicht an Helmuts Schreibtisch gerückt hatte, saß Carmen und lauschte gespannt Helmuts Worten. Sie trug ein tiefausgeschnittenes Top, das den Bauchnabel freiließ, und Helmuts Hand ruhte auf ihrem Oberschenkel. Worüber Helmut dozierte, konnte ich nicht verstehen, denn er war bei meinem Erscheinen verstummt. Carmen, die bei meinem Anblick reflexartig ihre gespreizten fünf Finger aufs Dekolleté legte, wurde knallrot und ich wusste nicht, wohin ich schauen sollte.

„Ach – ich dachte du bist beim Beritt?"

Sie sah mich entsetzt an und hielt sich den Zeigefinger vor die Lippen.

Helmut fand schnell seine Fassung wieder und sagte: „Darf ich dir meine neue Projektassistentin vorstellen – Carmen – ganz unbekannt ist sie dir ja nicht. Ich dachte, dass du etwas später kommst, deshalb haben wir uns hier verabredet. Wir müssen das nächste Semester vorbereiten."

„Alles klar, Helmut," sagte ich kurz, „ich bin gleich wieder weg."

Ich ging zu meinem Schreibtisch, suchte meine Unterlagen zusammen und steckte sie in meine Aktenmappe.

„Schönen Gruß", sagte Carmen, als ich den Raum verließ. Damit war natürlich Nine-Days-Wonder gemeint. „Danke", sagte ich, „ich richte ihn aus," aber das war gelogen. Auf keinen Fall würde ich Nine einen schönen Gruß ausrichten, nicht von dieser Carmen, dachte ich.

Es störte mich nicht, dass Carmen die Hiwistelle angenommen hatte, denn nichts anderes verbarg sich hinter der ominösen Bezeichnung „Projektassistentin". Aber es war unerträglich, wie sich mein Kollege jetzt benahm. Er plusterte sich auf wie ein Gockel, sobald Carmen herein kam und versuchte, sich auf alle nur erdenkliche Arten wichtig zu machen. Er war wie umgewandelt, von einem blassen Bücherwurm hatte er sich zu einem lebhaften, beinah gutaussehenden jungen Mann entwickelt. Über Nacht waren seine Pickel verschwunden und seine Gesichtsfarbe sah so frisch aus, als ob er sich den ganzen Tag im Freien aufhielte. Carmen las ihm jeden Wunsch von den Lippen ab. Emsig rannte sie zwischen Büro und Kopierer hin und her, trug Bücher zur Bibliothek, und wenn sie wiederkam, brachte sie immer einen „Coffee to go" mit. Nur für Helmut natürlich. Wenn sie über ihn sprach, bezeichnete sie ihn als „Chef", aber sie duzten sich, wenn sie sich allein glaubten. Vor allem nervte mich, dass ich Helmut jetzt ständig im „Starcafé" begegnete. Einmal hatte er mir sogar das letzte Stück Karottenkuchen vor der Nase weggeschnappt und ich hatte zusehen müssen, wie er es Carmen häppchenweise in den Mund stopfte.

Die beiden wirkten unzertrennlich. Sie steckten ihre Köpfe zusammen und hörten sofort auf zu tuscheln, wenn ich hereinkam. Dann verließen sie das Büro unter dem Vorwand, dringend etwas in der Unibibliothek erledigen zu müssen. Ich wurde den Eindruck nicht los, als ob sie etwas aushecken, das sie vor mir verbergen wollten. Aber da ich mich noch nie besonders für Helmuts Projekte interessiert hatte, machte ich mir nicht viel daraus. Ich hatte Besseres zu tun und war froh, dass ich die meiste Zeit das Büro für mich alleine hatte und vor den Ferien in Ruhe arbeiten konnte.

Für Mäusler musste ich eine Bibliographie erstellen und eine Stichwortdatei anlegen. Die Arbeit ermüdete und langweilte mich. Ich dachte oft an Marga. Je länger ich über die Umstände ihres Todes nachgrübelte, desto mehr zweifelte ich daran, dass ihr Salto Mortale ein Unfall gewesen war und ich fühlte mich immer stärker verantwortlich für die Aufklärung der mysteriösen Vorfälle, die ihrem Tod vorausgegangen waren. Hatte sie mir nicht unmittelbar vor ihrem Sturz noch etwas mitteilen wollen, etwas, woran ihr sehr viel gelegen schien? Es kam mir so vor, als ob sie etwas bei mir hatte abgeben wollen, etwas Kostbares, das sie in Sicherheit wissen wollte. Es war nur eine Ahnung, nichts weiter.

Nicht einmal mit Gerson hatte ich darüber gesprochen, obwohl sich seit seiner Rückkehr zwischen uns etwas verändert hatte – ich wusste nicht genau, was es war, aber ich hatte den Eindruck, als ob Nine plötzlich nicht mehr so sehr zwischen uns stand. Warum hätte Gerson sonst vorgeschlagen, dass wir drei zusammen Urlaub machen sollten?

„Ich werde eine Anhängerkupplung montieren lassen", sagte er zu meiner größten Überraschung. Und er hatte sich sogar schon Gedanken darüber gemacht, wo wir uns einen gebrauchten Anhänger besorgen könnten.

21

Samstags bekamen wir eine Einladung von Liberty zum Abendessen. „Bring deinen Gerson mit, aber sonst nichts, keine Blumen, keine Flasche Wein, ich erwarte euch so gegen 20 Uhr."
„Das hätte ich nicht gedacht", sagte Gerson.
„Was? – Dass sie dich auch einlädt?"
„Nein – dass sie kochen kann!"
Gerson hatte Recht – Liberty konnte stundenlang erzählen, wie sie die Müslis für Myboy zubereitete, aber noch nie hatte sie etwas über ihre eigenen Lieblingsspeisen gesagt. Seit Gersons Rückkehr hatte sie mich überhaupt nicht mehr angerufen, vielleicht wollte sie vermeiden, dass Gerson den Hörer abnahm, dabei kannte sie ihn doch überhaupt nicht. Ob Liberty ein bisschen schüchtern war?
„Sind wir die einzigen Gäste?", fragte Gerson
„Woher soll ich das wissen?"

Wir waren die ersten und standen um 20 Uhr mit einem Glas in der Hand in ihrem kleinen Wohnzimmer. Energisch wehrte ich Whiskey on the Rocks und Campari Orange ab und entschied mich für ein Glas Prosecco. Einen Kater hätten wir schon, sagte Gerson lachend. Er verlangte Mineralwasser – wie immer, wenn wir mit dem Auto unterwegs waren, hatten wir eine Münze geworfen und diesmal hatte es ihn getroffen. Während Liberty Eis in ihr Glas löffelte und es mit Jim Beam auffüllte, sah ich mich in ihrem Wohnzimmer um. Eine schwarze Schlafcouch stand hinter einem kleinen Glastisch an der Wand. In der Ecke stand ein TV-Gerät mit DVD-Player auf einem Metallgestell. In einem Bücherregal lehnten Tiermedizinische Nachschlagwerke, Reitlehren und ein paar Bestseller. Ein alter Kelim in warmen Rottönen, den Liberty vor Jahren von einer Türkeireise mitgebracht hatte, lag auf den Dielen und bildete den einzigen Farbfleck. An der Wand, die mit weißer Raufasertapete beklebt war, hing ein Druck von Franz Marcs „Turm der blauen Pferde".

„Ich freue mich, dass ihr gekommen seid." Sie nahm einen kräftigen Schluck, so als wolle sie sich Mut antrinken und schaute auf ihre Armbanduhr.

„Sie kommen zu spät" sagte sie. „Carmen. Ich habe sie mit ihrem neuen Freund zusammen eingeladen. Kennt ihr ihn schon?"

„Du meinst doch nicht etwa Helmut?", fragte ich entsetzt.

„Ja, genau so heißt er", sagte Liberty vergnügt. „Helmet", sagte sie, und es klang wie das englische Wort für ‚Helm'. „Ein richtig deutscher Name, ganz anders als Gerson."

Gerson sah mich erstaunt an, denn ich hatte mein Glas abgestellt und mir die Hände vors Gesicht gehalten.

„Ist dir nicht gut, Vera?"

„Nein – doch, natürlich!"

Helmut! Das war zu viel! Um von mir abzulenken, versuchte ich Libertys Aussprache zu verbessern.

„Du hast recht, Helmut hat tatsächlich was mit ‚Helm' zu tun", sagte ich, „aber nur im Althochdeutschen. Da kann das Wort aber auch ‚Kampfesmut' ‚Hel-muot' heißen." Ich wollte Liberty von ihrer lächerlichen Aussprache abbringen, aber ich prahlte nur mit meinem Fachwissen.

„Und außerdem ist Helmut mein Kollege."

„Das trifft sich gut", sagte Gerson, „da bin ich nicht der einzige Mann."

Liberty hob ihr Glas, wie um ihm zuzustimmen:

„Kommt mit in die Küche", sagte Liberty.

Das Abendlicht fiel auf einen alten Holztisch, auf dem fünf Gedecke standen. Dahinter ein altes, hellgrün gestrichenes Küchenbüffet mit einer ganzen Batterie Flaschen – Rotwein und Weißwein, Campari und Whiskey. Über dem Herd hing ein offenes Regal, auf dem Gewürze, Tee, Salz und Pfeffer zwischen alten Blechdosen vom Flohmarkt standen. Ein blauer Nostalgiekühlschrank, wie aus alten amerikanischen Familienserien entlehnt, nahm die Wand gegenüber ein. Ich schaute durch die Glastür auf die Veranda, die in einen kleinen verwilderten Garten hinausging. Alte Rosenstöcke standen zwischen duftenden Lavendelbüschen. Holunder- und Haselnusssträucher bildeten einen natürlichen Zaun zum Nachbargrundstück. Im hohen Gras zwischen Lavendel und Rosen stand ein Liegstuhl, der so einladend aussah, dass ich mich am liebsten hineingesetzt und die Düfte um mich herum eingesogen hätte.

In diesem Augenblick klingelte es an der Tür und Liberty ging hinaus um zu öffnen.

„Reitet Helmut auch?", fragte Gerson, um die Pause zu überbrücken, aber ich tat, als ob ich ihn nicht gehört hätte. Was für eine Idee – das hätte mir gerade noch gefehlt! Dass ich Helmut jeden Tag im Büro sah, reichte mir vollkommen. Aber womöglich wollte Helmut wirklich seine Chance ergreifen und einen alten Kindertraum wahrmachen – bestimmt hatte er als kleiner Junge „Fury" gesehen! Ich kam aber nicht dazu, mir diesen schlimmsten aller Fälle in allen Einzelheiten auszumalen, denn Carmen trat ein. Sie hatte sich richtig in Schale geworfen. Sie trug spitze Pumps und eine hautenge, schwarze Jeans. Sie hatte Make-up aufgetragen und die Lippen mit dunkelrotem Rouge geschminkt. In so einem Aufzug hatte ich sie noch nie gesehen, sie sah vollkommen verändert aus, verkleidet, wie unter einer Maske. Helmut hatte sich nicht besonders fein gemacht, aber er hatte seine Haare gewaschen und sein dunkelblaues Hemd sah gebügelt aus.

Carmen umarmte mich und küsste mich auf beide Wangen. Ihre Begrüßung war so überschwänglich, dass ich ihre Freude einfach nicht für echt halten konnte.

Liberty stellte die beiden Gerson vor, der Carmen für meinen Geschmack ein bisschen zu lange anstarrte. Dann riss er sich von ihrem Anblick los und fragte Helmut:

„Sind Sie auch Reiter?"

Was Helmut antwortete, wollte ich lieber nicht hören. Ich drehte mich zu Liberty um, die gerade einen Gin Tonic mixte. Es war schon spät und mein Magen hatte bereits dreimal ziemlich laut geknurrt.

„Kann ich dir vielleicht irgendetwas helfen – Zwiebeln schneiden, oder so etwas?"

„Oh, gut, dass du mich erinnerst – nein, es gibt nichts zu helfen – ich will für jeden eine Pizza bestellen – das geht ganz schnell." Darauf hatte Gerson nur gewartet. Er hatte schon eine ganze Flasche Mineralwasser getrunken und so wie ich ihn kannte, hätte er jetzt einen mittelgroßen Bären verschlingen können.

„Für mich bitte mit Salami."

Helmut nickte: „Eine Große mit Schinken".

Liberty legte ihre Stirn in Falten und starrte die beiden missbilligend an.

„Sorry, aber das geht nicht," sagte sie, „bei mir kommt kein Fleisch auf den Tisch. Ich bin Vegetarierin."

„Nicht mal Salami?" Gerson erntete einen kalten Blick.

„Nicht witzig", sagte Liberty. „Spinat und Mozarella, Paprika und Tomaten oder Tomaten mit Basilikum."

Beim Essen saß Gerson neben Carmen. Mit einem halben Ohr hörte ich, wie Carmen ihm haarklein ihre Tätigkeit als ‚Barista' im Starcafé schilderte. Sie sagte „Barista", aber diese Berufsbezeichnung kam mir reichlich übertrieben vor. Zu meiner Zeit hätte man ‚Bedienung' gesagt, dachte ich. Sie half ja nur zweimal die Woche aus!

Liberty unterhielt sich mit Helmut, der am Kopfende des Tisches saß, aber das Gespräch kam schnell ins Stocken. Ihre Ansichten waren zu unterschiedlich. Helmut hatte zugegeben, weder Pferde- noch Tierfreund zu sein und vertrat die Überzeugung, dass der Mensch zwei- bis dreimal in der Woche Fleisch essen müsse, schon allein wegen des Blutbildes und der Muskelbildung. Liberty widersprach energisch, „*Meat is murder*, sagte sie kategorisch und da sie keinen Widerspruch zu dulden schien, verlor Helmut das Interesse und versuchte, Carmens Aufmerksamkeit wieder auf sich zu ziehen. Ohne Erfolg, denn Gerson hatte sie gerade auf das Thema Leierhof, Windspell und Marga angespitzt.

Liberty begann schon die Teller in den Ausguss zu stapeln, dann stellte sie zwei große Behälter Eiskreme auf den Tisch. Sie löffelte für jeden zwei Portionen – Schokolade und Vanille – in Glasschälchen und goss einen ordentlichen Schuss Whiskey darüber. Dann rückte sie ihren Stuhl an meine Seite.

Carmen, die Libertys Gespräch mit „Helmet" mitverfolgt hatte, bekam ein hochrotes Gesicht.

„Ich muss aber doch noch mal ... – Entschuldigung?" Sie hatte schon mehrere Gläser Rotwein getrunken. Und jetzt hatte sie eine unerklärliche Erregung gepackt.

„ Also, Liberty, ‚Meat ist murder', hast du gesagt ? Ob das überhaupt richtig ist?"

„Was?", fragte Helmut, der sich freute, dass Carmen endlich von Gerson abließ.

Carmen nahm Haltung an, drückte ihre Wirbelsäule durch und saß wie bei einer Dressurkür vollkommen aufrecht.

„Ich wollte fragen – also – *wir* wollten fragen", sagte sie mit einem aufmunternden Blick zu Helmut, „warum du kein Fleisch isst und warum du andere davon abhälst es zu tun. Hast du etwa eine Allergie?"

Liberty lachte. „Pickel im Gesicht? – Nein – ich esse aus Prinzip kein Fleisch – Tiere sind meine Freunde, wie könnte ich meine Freunde essen, wie könnte ich meine Freunde töten – und außerdem will ich nicht, dass Menschen überhaupt Tiere töten."

Helmut war plötzlich ganz bei der Sache. „Ich verstehe nicht ganz, worauf du hinaus willst. Meinst du wirklich, dass wir überhaupt kein Fleisch mehr essen sollen? Du verteufelst die Massentierhaltung, stimmt's? Oder meinst du, dass wir mit unseren Nutztieren humaner umgehen sollen oder dass wir sie vielleicht nur humaner töten sollen? Kannst du dich nicht ein bisschen genauer ausdrücken?"

Das war typisch Helmut. Er benahm sich wie im Seminar, wenn er die Studierenden zu exaktem Denken erziehen wollte. Wie immer stellte er seine Fragen nicht, weil es ihn interessierte, sondern weil er etwas damit beabsichtigte. Er wollte Liberty verwirren, sie aus der Fassung bringen, um sie einer unlogischen Denkweise zu überführen, das kannte ich schon an ihm.

„Das sind interessante Fragen," sagte Liberty, „aber wenn du meinst, dass sie originell sind, dann irrst du dich. Deshalb gebe ich dir auch eine Antwort, die nicht neu ist, im Gegenteil. Sie stammt von Plutarch, einem alten Griechen – aber ich muss dir nicht erklären, wer das ist, du bist ja vom Fach."

Helmut schaute Liberty geschmeichelt an, aber sie vergewisserte sich mit einem Blick in die Runde, ob sich bei den anderen Widerspruch regte. Dann sagte sie:

„Eigentlich ist es mehr eine Gegenfrage."

„Okay." Helmut gab den souveränen Moderator, dachte ich und versuchte krampfhaft, in diesem Streitgespräch keine Partei zu ergreifen.

„Wie kannst du den Leichnam eines toten Tieres in den Mund nehmen? Und warum findest du es nicht ekelhaft, gehacktes Fleisch zu kauen und Körpersäfte, die von tödlichen Wunden stammen, hinunterzuschlucken?"

Liberty hielt inne. Sie hatte sich richtig in Rage geredet.

Plötzlich verspürte ich das Bedürfnis nach frischer Luft, ich stand auf und öffnete die Balkontür. Leichenteile essen! So hatte ich das Problem noch gar nicht gesehen. Ich aß gerne Fleisch aus dem Bioladen, es schmeckte mir, zumindest bis jetzt. Nie wäre ich auf die Idee gekommen, dass ich das Fleisch meiner meuchlings gemordeten Freunde zu mir nähme. Artgerechte Haltung mit allem was dazu gehörte, dann ging es den Tieren doch gut, bis zu ihrem Tod natürlich. Aber kam er bei vielen nicht viel zu früh? Bei Kälbern und Lämmern oder Spanferkeln? Aber warum sollten denn alle Tiere meine Freunde sein? Nine und Felix natürlich schon, aber wie stand es mit den Fledermäusen in unserem Garten oder den Fruchtfliegen, die sich wie eine schwarze Wolke auf unseren Obstkorb niederließen? Meine Gedankenschleifen wurden von Carmen unterbrochen.

„Das ist ja ekelhaft," sagte sie völlig aufgebracht. „Was erzählst du für ein Zeug – Liberty! Schon in der Bibel steht, der Mensch soll sich die Erde untertan machen und alles zu seinem Nutzen gebrauchen."

„Stimmt – obwohl du auch andere Stellen finden kannst," sagte Helmut, der immer noch den Dozenten gab und auf jeden Fall das letzte Wort haben musste.

„Das ist es ja", sagte Liberty, „um uns herum besteht ein ganzes System der Grausamkeit, und die Menschen können sich auch noch auf die Bibel berufen. Schlachthöfe, Versuchslabors, Großmästereien. Unaufhörlich werden Kaninchen, Schweine,

Ratten, Hühner, Mäuse etc. etc. auf die Welt gebracht, nur damit es der Schlächter unter sein Messer bringen kann. Das System kennt kein Ende, es regeneriert sich immer wieder selbst. Genau wie das System der Vernichtungslager im Dritten Reich."

„Nun mach aber mal einen Punkt – das geht mir entschieden zu weit! Wie kannst du die Fleischindustrie mit Auschwitz vergleichen!"

Jetzt mischte auch noch Gerson mit! „Du wirst aber doch nicht bestreiten wollen, dass die Fleischindustrie dem Leben dient, was man von Auschwitz nicht behaupten kann. Und außerdem", setzte er hinzu, „habe ich diese Thesen schon irgendwo gehört – wen zitierst du da eigentlich?"

„Ganz recht", sagte Liberty angriffslustig. „Ich zitiere! Aber was tut das zur Sache? Es geht doch darum: Dass die Opfer der Schlachthöfe zerteilt, tiefgekühlt und verpackt werden, das wird sie genauso wenig trösten wie die Opfer von Auschwitz, die zu Asche verbrannt wurden."

„Eigentlich müsstest du auch den ganzen Reitsport ablehnen, Liberty," sagte Gerson. Er versuchte offenbar, unser Gespräch wieder in ein sicheres Fahrwasser zu bringen. Doch er hatte nicht mit Carmens Kampfgeist gerechnet.

„Wieso?", sagte Carmen, „Das versteh' ich nicht! Was soll Reiten mit Massenmord zu tun haben?"

Liberty warf Gerson einen dankbaren Blick zu.

„Endlich jemand, der mich versteht", sagte sie. „Aber das ist es ja. Die Dressurreiterei zum Beispiel. Da geht es nicht um das Wohl der Pferde, sondern um Erfolge, um Pokale, um das Siegertreppchen. Reiten ist eine Kunst, und kein Sport, das ist meine Meinung."

Helmut nahm den Faden auf. „Ich bin ja kein Reiter", sagte er. „Aber was ich so von Carmen höre – auf dem Leierhof ist doch wohl ein Mensch umgekommen, eine Frau?"

Glücklicherweise gelang es Helmut nicht, das Thema auf Marga zu lenken. Wahrscheinlich hatte niemand so recht seinen Punkt verstanden. An der Tür lehnend hatte ich die Diskussion mitverfolgt. Die frische Luft tat mir gut und ich verspürte keine Lust, einzugreifen. Ich war froh, dass sich das Gespräch von dem heiklen Vergleich der Vernichtungslager im Dritten Reich und der Massentierhaltung gelöst hatte. Auschwitz war ein viel zu ernstes Thema, das man mit klarem Kopf, aber nicht mit einer Mischung von Wein und Whiskey im Blut diskutieren sollte. Liberty hatte allen noch einmal kräftig nachgegossen.

„Ja, du hast recht – umgekommen ist eine Frau – na und? Ein Lebewesen – ob Pferd oder Mensch, wo ist in diesem Fall der Unterschied?" Niemand antwortete auf ihren Einwand, wahrscheinlich, weil niemand den Sprengstoff bemerkte, der darin enthalten war.

Sie kam zu mir an die Tür und schob mich hinaus. Ob ich wollte oder nicht, ich musste mich ihrem sanften Druck beugen. Wir gingen ein paar Schritte bis zum Rosenbusch. Liberty zog ein Marlboropäckchen aus der Brusttasche ihres Karo-Hemdes und bot mir eine an.

„Ich rauche nicht, danke."

Sie inhalierte tief, dann sagte sie: „Gib' das Dressurreiten auf, Vera."

„Na hör mal, "sagte ich verblüfft, „ich habe ja gerade erst damit angefangen, ich muss noch einiges lernen."

Liberty rauchte schweigend. Wir standen außerhalb des Lichtkegels, der von der Küche aus auf den Rasen fiel. Kein Lüftchen regte sich, es war heiß und stickig, wie kurz vor einem Gewitter.

„Vera, du könntest Nine mit Westernsattel und Halsriemen reiten – und auf Myboys Koppel ist auch noch Platz." Sie stand dicht neben mir und plötzlich ergriff sie meine Hand. Vielleicht wollte sie mit dieser Geste ihren Vorschlag bekräftigen – ich weiss es nicht – jedenfalls war ich darauf nicht gefasst, heftiger als beabsichtigt stieß ich sie von mir. Fast hätte sie das Gleichgewicht verloren, aber sie fing sich wieder, lächelte und zog an ihrer Zigarette. Ich hielt es für das Beste, den Vorfall nicht zu beachten. Liberty war betrunken und die Diskussion schien sie ziemlich aufgeregt zu haben.

„Sollen wir wieder reingehen?", sagte ich.

„Da seid ihr ja wieder", sagte Gerson. „Machst du uns noch einen Kaffee, Liberty?"

Carmen hatte sich inzwischen neben Helmut gesetzt und ihm den Arm um die Schultern gelegt. Die Wogen hatten sich geglättet.

„Wo fahrt ihr denn in den Ferien hin?", fragte sie.

„Wird noch nicht verraten", sagte Gerson, „Nur so viel, wir machen Reiterferien und Nine nehmen wir mit."

„Wie bitte?" Liberty hatte sich an der Kaffeemaschine zu schaffen gemacht, aber alles mitgehört. „Ihr fahrt weg – mit Nine?"

„Ja! Was dagegen?"

„Das könnt ihr doch nicht machen – eine so lange Fahrt – das arme Pferd ganz alleine im Hänger. Lasst sie da, ich bitte euch."

Gerson wollte etwas entgegnen, aber ich machte ihm ein Zeichen, dass er den Mund halten solle. Liberty war einfach zu betrunken, es führte zu nichts, weiter mit ihr zu diskutieren, schon gar nicht über unsere Ferienpläne, die gingen sie nun wirklich nichts an, wie ich fand.

„Für Nine wär' ich zu haben, im Falle eines Falles, das weißt du ja, Vera", sagte Carmen.

„Danke, Carmen, ich glaube, diesen Sommer machen wir alles ein bisschen anders", sagte ich und gähnte. Es war schon nach Mitternacht, höchste Zeit aufzubrechen. Liberty hielt uns nicht davon ab. Wir sollten nur alles stehen lassen, sagte sie, morgen früh würde sie in aller Ruhe aufräumen.

Auf dem Nachhauseweg war Gerson wie aufgedreht.

„Diese Carmen, die hat es faustdick hinter den Ohren." Weil ich nicht gleich antwortete, setzte er hinzu: „Das ist dir wahrscheinlich noch gar nicht aufgefallen?"

„Wieso?"

„Mir ist nicht ganz klar, ob ich diesen Helmut beneiden oder bedauern soll", sagte er mehr zu sich selbst als zu mir.

Mir fielen fast die Augen zu. Carmen und Helmut waren mir gerade völlig egal. Aber Gerson war nicht von seinem Thema abzubringen.

„Naja, Carmen hat was, das fällt doch jedem auf. Und sie will was erreichen in ihrem Leben – aber ob dieser Unifuzzi der Richtige für sie ist?"

Unifuzzi – nicht schlecht – mit diesem Kosewort war Helmut gemeint.

„Das muss er selber wissen."

„Und dann diese Liberty, kochen kann sie nicht, aber sie ist ganz schön belesen. Zumindest was Tiere angeht."

„Findest du?"

„Alles, was sie über das Töten von Tieren gesagt hat, kam mir irgendwie bekannt vor – nicht nur der Inhalt, sogar die Formulierungen – das klang alles wie ein einziges Zitat von – warte mal, wie heißt doch dieser südafrikanische Autor...?"

„Du kannst ja mal googeln", sagte ich, weil mir nichts besseres einfiel.

Als wir endlich im Bett lagen, schlief Gerson sofort ein. Er atmete ruhig und regelmäßig, die Luft entlud sich mit kleinen Knalls in tausend Miniexplosionen. Ich rüttelte ein bisschen an seinem Arm und hoffte, dass er seine Lage verändern würde. Vergebens – ich wollte ihn nicht aufwecken, also konzentrierte ich mich auf meine Zehen. Das funktionierte immer. Alles um mich herum versank und nach kurzer Zeit verstummten auch noch die Geräusche und ich schlief ein. So war es fast immer –

diesmal jedoch nicht. Während ich wach lag und Gerson um seinen gesunden Schlaf beneidete, hörte ich notgedrungen meinem eingebauten MP3 Player zu, der sich wieder einmal automatisch eingeschalten hatte. Es ging um Liberty. War ich ihr gegenüber zu grob geworden, als ich meine Hand zurückgezogen hatte? Sie war betrunken gewesen, hatte es vielleicht nicht so gemeint. Aber wie hatte sie es denn gemeint? Was wollte sie eigentlich? Ging es ihr tatsächlich um Nine oder war es etwas anderes? Ihren Anhänger würde sie uns jedenfalls nicht leihen!

22

Es war früh am Sonntagmorgen und schon ziemlich heiß. Auf dem Parkplatz stand kein einziges Auto, niemand war zu sehen. Liberty schlief wahrscheinlich noch ihren Rausch aus, sie hatte gestern Abend alles Mögliche durcheinander getrunken, ihr Kopf würde sich beim Aufwachen in einen ordentlichen Brummschädel verwandeln. Aber das war ihre Sache. Mir war es nur recht, dass wir uns heute Morgen nicht auf dem Leierhof begegneten, ich brauchte dringend etwas Abstand von ihr.

Ich liebte diese ruhigen Morgen im Stall, wenn die Pferde auf ihren Paddocks in der Sonne dösten, ich hörte sie schnauben, mit den Hufen scharren, manche standen am Geländer und hielten nach ihren Besitzern Ausschau, die sie unter der Woche um diese Zeit auf die Wiese führten. Doch jetzt war die Geschäftigkeit, die den Leierhof an Wochentagen bestimmte, war für ein paar Stunden unterbrochen. Sonntags kamen die meisten Leute erst gegen Mittag, um mit ihren Pferden spazieren zu gehen oder einen Ausritt zu machen.

Doch als ich die Stalltür öffnete, war es mir, als ob sich jemand hinter dem großen Strohballen, der immer als Reserve ganz hinten im Stall lag, zu schaffen machte. Sie hatte mich offenbar nicht bemerkt, denn sonst hätte sie mir ein „Hallo" zugerufen. Vielleicht war es eine neue Einstellerin? Sie kam mir irgendwie bekannt vor und erinnerte mich flüchtig an Anita – die blonden Locken, die wie ein Heiligenschein um ihren Kopf standen, der zierliche Körperbau. Natürlich wusste ich, dass dieser Gedanke absurd war – was hätte Bennos Geliebte denn am frühen Sonntagmorgen hier suchen sollen? Die beiden lagen bestimmt noch im Bett, wenn Sascha sie nicht gerade aufgeweckt hatte.

Auf den Sonnenstrahlen, die durch die Oberlichter fielen, tanzten Staubkörner, die Pferde kauten friedlich an ihrem frischen Stroh, aus einer Box tönte ein lautes, genüssliches Grunzen und die Tauben pickten die letzten Haferkörner vom Boden auf. Plötzlich löste sich ein Schatten aus dem Gegenlicht. Jemand raste mit einer Mistgabel wie mit einer Lanze auf mich zu. Ich schrie auf und sprang zur Seite, knallte mit der Schulter an das Eisengitter und spürte gleichzeitig einen Schlag auf dem Kopf. Noch im Fallen versuchte ich nach etwas Schwarzem zu treten. Keine Ahnung, ob ich getroffen hatte, jedenfalls landete die Mistgabel genau neben mir auf der Stallgasse.

„Los, komm', es reicht!", sagte jemand, und die Stimme hörte sich hoch, schrill und metallisch an.

Es waren zwei – sie wollten mich erledigen.

Dann wurde es sehr dunkel. Als ich wieder zu mir kam, lag ich auf dem Steinboden und versuchte meine Gliedmaßen, oder das, was ich von ihnen spürte, zu sortieren. Gebrochen war nichts, wie mir schien, nur meine Armbanduhr war zerborsten, ein Geschenk von Gerson, eine Schweizer Bahnhofsuhr. Ein heftiger Schmerz kroch mir über die Schulter den Arm hinunter, dann wurde es schwarz vor meinen Augen.

„Vera!" Roberto beugte sich über mich. „Alles in Ordnung?"

Was bitte sollte hier wohl in Ordnung sein?, dachte ich, sagte aber „ja", wie man das eben so tut.

„Kannst du aufstehen?"

Einfach nur liegen bleiben im Stroh und die Augen schließen wollte ich, aber dann ließ ich mir doch auf die Beine helfen.

„Soll ich einen Arzt rufen?"

„Die Polizei wär' vielleicht besser", murmelte ich.

„Was war denn da los? Hast du mit jemand Streit angefangen – das sieht dir aber gar nicht ähnlich?"

„Ein Raubüberfall war's jedenfalls nicht", sagte ich und merkte, dass meine Lebensgeister langsam wiederkehrten. „Ich hatte keinen Cent bei mir." Ich tastete nach meinem Autoschlüssel, auch er steckte immer noch in der Tasche meiner Reithose. Ich schilderte Roberto meine Eindrücke, schilderte so gut ich konnte die Mistgabelattacke und den Schlag auf meinen Kopf mit einem harten Gegenstand.

„Und wo ist die Forke jetzt?"

Gute Frage – der Steinboden sah so sauber gefegt aus wie seit langem nicht mehr, kein Strohhalm und kein einziges Korn war mehr zu sehen, Besen und Forken hingen vorschriftsmäßig in ihren Halterungen und die Tauben saßen im Gebälk und gurrten.

„Vera! Aber du hast ja Blut in den Haaren?"

Mein Schädel brummte wie ein alter Schiffsmotor und mein Gehirn fühlte sich an wie abgestürzt, auf dem schwarzen Bildschirm gab es nichts mehr anzuklicken. Roberto brachte mir ein Aspirin und ein Glas Wasser, dann schaute er sich meinen Kopf an. Ich hatte Glück gehabt, es war nur eine kleine Platzwunde an der Stirn, aber meine linke Schulter schmerzte heftig. Jetzt gab es nur eines, ich musste mich entscheiden: Entweder ich raffte mich auf und kümmerte mich um mein Pferd, oder ich blieb weiter hier sitzen, ließ mich bemitleiden und leckte meine Wunden.

Langsam stand ich auf. Draußen schien die Sonne und der Himmel war so blau, als sei die Welt vollkommen wie immer. Ich zog Nine aus der Box und führte sie auf die Koppel. Meine

Finger fühlten sich steif und ungeschickt an, als ich Gerson anrief. Ich wollte einfach nur seine Stimme hören, irgendetwas mit ihm reden, – ich wollte kein Mitleid. Es war etwas anderes, etwas Banaleres und gleichzeitig Tieferes – ich sehnte mich nach einem ganz normalen Alltagsgespräch mit einem vertrauten Menschen. Über das Mittagessen vielleicht – was soll ich mitbringen – Oliven und Parmesankäse? Aber es war Sonntag und die Läden hatten zu und Gerson meldete sich nicht.

Ein paar Pferde standen mit gesenktem Kopf im hohen Gras. Nine war die ganze Zeit brav hinter mir getrottet. Ich schob die Stange zu ihrer Koppel zurück und ließ sie hinein. Doch kaum spürte Nine das Gras unter ihren Hufen, riss sie sich los und galoppierte mit fliegender Mähne und aufgerichtetem Schweif bis zu den beiden Rappen, die auf der anderen Seite des Zaunes grasten. Mit deren Ruhe war es jetzt vorbei. Sie fingen an zu quietschen und zu steigen und begannen mit Nine um die Wette zu laufen. Geballte, zügellose Energie ging von ihr aus. Ich konnte nur abwarten, bis sich die drei wieder beruhigt hatten.

Gewohnheitsmäßig sah ich auf meine Armbanduhr, aber sie war nicht an ihrem Platz. Gerson hatte mir die Uhr wegen der eingebauten Schweizer Pünktlichkeitsautomatik geschenkt, sie hatte ihren Härtetest nicht bestanden! Ich musste lachen, auch wenn mir der Schreck über mein morgendliches Abenteuer immer noch in den Gliedern saß. Glücklicherweise hatten die Schmerzen in meiner Schulter nachgelassen.

„Hallo Vera!" Es war Liberty mit Myboy im Schlepptau.

„Hast du`s dir überlegt?"

„Was soll ich mir überlegt haben?"

„Na, was du mit Nine machst, in den Ferien, - willst du sie nicht doch lieber hier lassen?"

Liberty schien nichts von meinem lädierten Zustand zu bemerken, obwohl ich das Gefühl hatte, mein Auge müsse aussehen wie eine reife Pflaume. Meine Stimme klang brüchig, als ich ihr antwortete:

„Ja, Liberty, ich glaube, du hast Recht." Keine Ahnung, warum ich auf einmal so bereitwillig auf sie einging – gestern hatte ich noch eine völlig andere Ansicht vertreten. Bestimmt war mein lädierter Zustand schuld an meiner Nachgiebigkeit, mir war nicht wohl in meiner Haut, jemand hatte mich verletzt, mir Gewalt angetan, auch wenn ich noch so tapfer versuchte, dieses Gefühl zu verdrängen, es gelang mir nicht vollständig. Liberty hatte so freundlich gewirkt, dass mein nächtlicher Groll verschwunden war.

23

Gerson gegenüber spielte ich den Überfall herunter. Ich konnte alles brauchen nur kein Mitleid, das half mir nicht weiter. Ich hatte ja wirklich Glück gehabt, außer ein paar blauen Flecke hatte ich die Attacke unverletzt überstanden. Vielleicht wollte ich nicht, dass sich Gerson Sorgen um mich machte. Ich spürte, dass er es tat, auch wenn er es nicht offen zugab. Er hielt mir vor, dass ich die Polizei hätte verständigen sollen, doch was hätte ich den Beamten sagen sollen? Ich hatte ja die Täter nicht erkannt und es wäre mir lächerlich vorgekommen, Anzeige gegen eine schrille, metallische Stimme zu erstatten. Gerson gab mir Recht, aber dann fing er an auf mich einzureden: Wir sollten schnell die Koffer packen und für ein paar Tage in Urlaub fahren. Zuerst zögerte ich wegen Nine, aber dann war mir alles gleichgültig, und ich merkte, dass ich mich völlig erschöpft fühlte. Also gab ich nach und reichte meinen Urlaubsantrag ein. Prof. Mäusler zeichnete ihn sofort ab, offenbar war es ihr gar nicht unrecht, mich für ein paar Tage aus den Augen zu verlieren.

Als wir frühmorgens aufbrachen, stand das Thermometer schon auf 25 Grad. Die Klimaanlage unseres Volvos pustete kalt auf meine angeschlagene Schulter. Ich angelte nach meinem mit

Sternen übersäten Halstuch, das mir Liberty geschenkt hatte, *starspangeld bandana*, hatte sie es genannt. Sie trug selbst so ein Halstuch, in letzter Zeit hatte sie sogar einmal einen waschechten Stetson aufgehabt und spitze Schuhe trug sie ohnehin.

Gerson saß am Steuer. Wenn wir Nine mitgenommen hätten, hätte ich ihn bestimmt nicht fahren lassen. Meine Stute hätte ich selbst kutschiert, das war Ehrensache. Ich saß auf dem Beifahrersitz und träumte vor mich hin. Je weiter wir uns vom Leierhof entfernten, desto klarer wurde mir, dass es in unserem Stall Menschen gab, die mir Böses wollten. Und noch vor kurzer Zeit hatte ich geglaubt, auf einer idyllischen Insel gelandet zu sein! Mir fielen die Augen zu und im selben Augenblick ergriff mich eine unsagbare Angst. Es war, als ob sich mir eine große, schwarze Gestalt näherte, die mich erdrücken wollte. Schnell riss ich die Augen wieder auf. Ich fühlte Angst um mein Leben, die unbekannten Täter auf der Stallgasse hatten es auf mein Leben abgesehen, sie schienen zum Äußersten bereit gewesen zu sein! Genau das war mir plötzlich klar geworden, auch wenn Roberto versucht hatte, meine Bedenken herunterzuspielen. Wenigstens wusste ich Nine in guten Händen, Liberty würde bestimmt gut auf sie aufpassen, da war ich mir sicher. Ich atmete tief durch und versuchte mich zu entspannen. Gerson sah aus dem Augenwinkel zu mir herüber und lächelte mir zu.

Zwei freie Wochen lagen vor uns. Eigentlich wollten wir einfach drauflos fahren, aber dann einigten wir uns doch noch auf ein Ziel. Die kleine Pension im französischen Jura hatte ich vorgeschlagen, sie war im Reiterjournal besprochen worden und lag mitten im jurassischen Pferdezuchtgebiet.

Das von hohen Tannen umstandene Haus lag einsam auf einer Hochebene. Zum nächsten Dorf waren es ein paar Kilometer, in unmittelbarer Nachbarschaft gab es nur zwei, drei alte Bauerngehöfte.

Unsere Zimmereinrichtung war einfach. Ein großes Bett, an der blassroten Blümchentapete ein paar Kleiderhaken, unter dem Fenster ein schmaler Tisch mit zwei Rohrstühlen, das war alles. Von unserer Kammer, die den Namen „Eden" trug, schauten wir auf die verwitterte Steinmauer eines Gemüsegartens und auf die schmale Teerstraße, die sich hinunter zur Bahnstation schlängelte.

Gerson kickte seine Schuhe fort und ließ sich aufs Bett fallen. Ich öffnete das Fenster, da sah ich Marga vorbeigaloppieren. Es war Marga, daran gab es keinen Zweifel! Leicht wie eine Feder flog sie über die Wiesen dahin und war, kaum hatte ich genauer hingeschaut, im Wald verschwunden. Sie saß auf einem Schimmel, ohne Sattel nur auf einer grünen Satteldecke, wie auf dem Photo von Benno. Ich rieb mir die Augen, da hörte ich Gerson nach mir rufen. Ich drehte mich zu ihm um.

„Komm' her", sagte er, entspannt, einladend und ein klein bisschen müde. Ich liebte es, wenn Gerson müde war. So ein Quatsch, dachte ich. Marga! Eine Fata Morgana! Als sich seine Finger unter mein T-Shirt gruben, und er ganz sanft über meinen Bauch streichelte und mich zu sich hinzog, löste sich die Erscheinung auf. Unter seinen Küssen interessierte ich mich nicht mehr für Erscheinungen, sollten sie Marga oder sonst wie heißen.

Als wir am nächsten Morgen im holzgetäfelten Speisezimmer frühstückten, fiel sie mir auf. Sie wirkte schmal und zerbrechlich, ihr Gesicht war von vielen kleinen Falten durchzogen, aber ihre sorgfältig geschnittene Pagenfrisur gab ihr etwas Jugendliches. Wir rätselten – 70 sagte ich, aber Gerson tippte auf 80. Doch bald stellte sich heraus, dass sie noch fünf Jahre älter war. Auch sie hatte uns beobachtet und mich beim Verlassen des Speissaales beiseite genommen.

„Nehmen Sie es mir bitte nicht übel", sagte sie, „ich habe eine Frage – sind Sie Reiterin?"

Man sieht in anderen Menschen doch vor allem das, was man von sich selbst kennt, dachte ich verwundert.

Spontan sagte ich: „Und Sie – reiten Sie vielleicht auch?"

Sie lachte und schüttelte den Kopf. „Dazu bin ich zu alt – aber in meiner Jugend bin ich viel geritten und ich hatte ein eigenes Pferd." Damit war der Bann zwischen uns gebrochen. „Amica war mehr als ein Pferd für mich", fügte sie hinzu, „ich weiß nicht, ob Sie mich verstehen können, wir zwei waren eine Herde." Natürlich verstand ich sie nicht, aber weil ihr Satz so geheimnisvoll klang, wollte ich mehr von ihr wissen, ich wollte ihr Geheimnis ergründen. Nachmittags, wenn sich Gerson zu einem Streifzug mit seiner Leica aufmachte, traf ich mich mit ihr. Wir setzten uns in die Liegestühle unter den hochstämmigen Tannen und sie erzählte von ihrer ostpreußischen Heimat. Edda war Tochter eines Pferdezüchters in Trakehnen.

Ich stellte sie mir vor – als junge Frau, als selbstbewusste, zigarettenrauchende Absolventin der Landesreitschule, bereit den Hof den Vaters zu übernehmen. Wie sie ihre erste Aufgabe mit Bravour bewältigte – die dreijährigen Pferde für die große Ostpreußenauktion einzureiten – Arkko, Agent, Katalysator. Und ich fühlte ihre Freude und ihren Stolz, als ihr der Vater zum Dank Amica schenkte. Sie erzählte so lebendig von ihrer Stute, wie sie mit ihr über Gräben gesetzt, Wiesen entlang galoppiert und Hecken wie im Flug genommen hatte, dass ich meinte, den frischen Wind in meinem Haar zu spüren.

„Wo bist du eigentlich mit deinen Gedanken?", fragte Gerson beim Abendessen. „Du scheinst dich überhaupt nicht mehr für deine Umwelt zu interessieren".

Ob ich schon den alten Bauernhof gesehen hätte – mit seiner aufgeschütteten, grasbewachsenen Scheunenauffahrt und dem tief heruntergezogenen Dach – eine hundertjährige Eiche stehe vor der Haustür und im Bauerngarten blühten Rittersporn und Rosen. Natürlich hatte ich den Hof bemerkt, mir war sogar, als sei die unbekannte Reiterin durch das Scheunentor geritten. Doch es war Edda, die mich nicht losließ, mir war, als ob sie mir etwas Wichtiges zu erzählen hätte. Etwas, das über die Geschichte ihres Lebens hinausging, etwas, das mich ganz persönlich anginge. Offenbar dachte Gerson, er müsse mich von meinen Grübeleien ablenken, denn ich hatte ihm von der Schimmelreiterin erzählt und er meinte bestimmt, dass ich wieder an sie dachte.

„Hast du schon wieder Halluzinationen?", sagte er und versuchte, mein Erlebnis ins Lächerliche zu ziehen. Ein paarmal hatte ich bemerkt, wie er mich beobachtete, wenn ich gedankenversunken da saß.

„Interessierst du dich überhaupt nicht für Edda?", fragte ich ein bisschen enttäuscht. „Weißt du eigentlich, warum sie hier oben ist? Du wirst es nicht für möglich halten, aber sie war auf einer Beerdigung."

„Ein Verwandter von ihr?"

„Nein, sie haben einen Hengst beerdigt – eine Freundin von ihr wohnt hier oben, eine Pferdefrau, wie sie Pferdezüchterin. Ihr Zuchthengst ist gestorben, er war 23 Jahre alt und sie haben ihn begraben."

Gerson schaute mich verwundert an. „Solche Tierbestattungen gibt es in Amerika, eine indianische Tradition, glaube ich, – aber hier im Jura?"

„Keine Ahnung – jedenfalls sagt Edda, der Tod sei bei Menschen und bei Tieren kein Ende, sondern ein Übergang."

„Darüber habe ich noch nie nachgedacht", sagte Gerson. „Aber ich erinnere mich, dass wir als Kinder kleine Vögelchen, die aus dem Nest gefallen waren, begraben haben – richtige Beerdigungsfeiern haben wir veranstaltet, winzige Gräber gegraben, Kreuze gebastelt, uns eine Zeremonie ausgedacht und Blumen auf das Grab gelegt."

„Ja, das kenne ich! Aber ist es nicht merkwürdig, dass die Erwachsenen für ihre Haus- und Nutztiere nicht solche Rituale haben? Windspell zum Beispiel wurde vom Abdecker aus der

Halle gezerrt und mit einer Seilwinde auf die Ladefläche des Transporters gehievt, das hat mir Liberty erzählt."

„Meinst du, dass Tiere Todesangst empfinden?", fragte Gerson.

„Wer kann das mit Bestimmtheit sagen? Liberty ist sich sicher, dass sie es können. Wenn du einmal ein Pferd zum Schlachter gebracht hast, die Laderampe des Hängers geöffnet, das Pferd am Führstrick bis in den gekachelten Schlachtraum geführt hast, wo ihm der Metzger den Schießkolben an die Schläfe setzt, wenn du also bis zur letzten Sekunde bei ihm warst, dann weißt du es, sagt Liberty."

Gerson schwieg. „Erzähle mir heute Nachmittag von ihr – auf einem Spaziergang", sagte er nach einer Weile.

Alles, was mich vom Leierhof, Marga und meinen düsteren Gedanken ablenkte, war ihm willkommen, dachte ich, sogar die Lebensgeschichte einer ostpreußischen Gutsbesitzerstocher. Aber vielleicht tat ich ihm damit unrecht.

Wir gingen gleich nach dem Mittagessen los. Gerson führte mich an dem Bauernhaus vorbei, das wie verzaubert im Schatten der mächtigen Eiche lag. Doch kaum hatten wir die Höfe hinter uns gelassen, fing ich an, von Edda zu erzählen.

Als der Zweite Weltkrieg begann, änderte sich Eddas Leben schlagartig. Überall in der Landwirtschaft fehlten Arbeitskräfte, die sie auf dem Gut durch polnische Fremdarbeiter, wie sie sagte, und Kriegsgefangene aus Frankreich ersetzten. Dann kamen die Einquartierungen, zuerst der Arbeitsdienst, dann die kämpfende Truppe.

„War Edda eigentlich verheiratet?", fragte Gerson.

„Warum fragst du?"

„Sie erinnert mich an Liberty – ein Leben für die Pferde – Männer sind da überflüssig – oder etwa nicht?"

„Falsch! Er war Soldat, ein schneidiger Oberfeldwebel. Ja, so sagte sie – „schneidig". Er war unter den letzten Einquartierungen. Sie heirateten im Oktober 1944, kurz bevor er an die Front abkommandiert wurde und sie gingen sogar noch auf Hochzeitsreise nach Mecklenburg mit der Eisenbahn."

„Ein echter Preuße?"

„Das genaue Gegenteil – er kam aus Pforzheim im Schwarzwald und war Goldschmied. Aber du hast recht! – Edda und Liberty – irgendwie passen sie doch zusammen!"

„Ach ja?"

„Wie hieß eigentlich Eddas Mann?"

„Friedrich, sie nannte ihn Fritz. Er war älter als Edda."

Gerson schwieg eine Weile. Dann sagte er: „Haben sie sich verstanden?"

„Ich glaube schon – sie haben eine Tochter. Später hat Edda in seinem Geschäft mitgearbeitet, sie hat die Buchführung gemacht, Rechnungen geschrieben, Ausstellungen und Messen vorbereitet."

„Und was soll das mit Liberty zu tun haben?"

„Das kommt gleich. Der einzige schwere Konflikt zwischen den beiden hat sich an ihrem Pferd entzündet, an Amica, die ihr das Leben gerettet hat."

„Das klingt schon eher nach Liberty – aber wie kann einem ein Pferd das Leben retten?"

Ich erzählte Gerson die Geschichte von Eddas Flucht.

Bald nach der Hochzeitsreise musste ihre ganze Familie den Hof verlassen. Edda, der Vater, die zwei jungen polnischen Arbeiter, Pierre der Franzose und Tovka, eine junge Polin. Nur Eddas Mutter blieb zurück. Sie hatte sich den Knöchel gebrochen und fürchtete sich vor dem Treck. Niemand wusste, wie sie sich allein zu ihrer Kusine in die Stadt durchschlug. Aber die Russen verjagten alle, die nicht in die Stadt gehörten, auch die Kranken und Alten und vor allem die Deutschen. Edda hat erst viel später erfahren, dass die Mutter unterwegs an Erschöpfung gestorben war.

Edda hatte Amica angespannt, das Fohlen lief neben dem Wagen her. Alles ging gut bis ein Angriff mit Phosphorbomben die Pferde zu Tode erschreckte. Fliehende Pferde lassen sich nicht halten. Als sich Amica endlich beruhigt hatte, hatte Edda ihren Vater im Chaos des sich auflösenden Trecks verloren. Zum Glück kannte sie den Weg, den sie schon einmal allein mit den dreijährigen Pferden gemacht hatte. Am Fluss kam der Treck ins Stocken. Über einen Sturzacker ging es zur Brücke. Die Deichsel ihres Wagens brach, das Fohlen rutschte aus und fing an zu lahmen. Edda bat einen Soldaten, es zu erschießen, sie hätte das Tier sonst alleine zurücklassen müssen, wo es zu Grunde gegangen wäre. Als der Schuss knallte, streichelte sie Amicas Blesse.

In undurchdringlichen Wagenkolonnen zogen die Soldaten über die Brücke, alle anderen – Alte, Frauen und Kinder – mussten zu Fuß hinübergehen. „Leute, macht, dass ihr wegkommt, haut ab!"

Wie denn? Zu Fuß über die Brücke – ohne Amica? Da sah sie berittene Soldaten, kurzentschlossen trieb Edda ihre Stute an, sie legte ihr die Peitsche auf den Rücken, Amica zog an, und Edda lenkte sie mitten hinein in den Zug der Uniformierten.

„Die Frau soll verschwinden!", riefen die Soldaten. Doch einer der Männer stieg kurzentschlossen auf ihren Wagen auf.

Nachts kamen sie zu einem Gutsschloß, es gab sogar ein warmes Essen, Milchsuppe mit Bratkartoffeln.

„Eine tolle Geschichte", sagte Gerson. „Sie hat Glück gehabt, deine Edda – aber es war dann doch der Soldat, der ihr das Leben gerettet hat?"

„Die Geschichte ist ja noch nicht zu Ende."

„Edda spannte Amica aus und stellte sie mit den Sielen zu den Gutspferden in den Stall. Erschöpft legte sie sich im Haus auf einen Diwan und schlief ein. Am nächsten Morgen war alles still – wo waren all die Leute, die mit ihr angekommen waren?

Mein Gott, dachte Edda, sie sind fort! Sie ging hinunter zum Stall und – stell dir vor – die Stalltür stand sperrangelweit offen. Die Leute hatten in aller Herrgottsfrühe das Haus verlassen, die Pferde losgebunden und die Stalltür aufgemacht, es war gut gemeint, drinnen im Stall wären sie verhungert. Alle Pferde waren weg."

„Und Amica?", fragte Gerson gespannt.

Ich musste erst einmal tief Luft holen, die Geschichte hatte mich so gepackt, dass ich vergessen hatte zu atmen.

„Sie hatten auch Amica losgebunden! Doch die Stute war nicht fort! Sie stand in ihrem Ständer und döste", sagte ich. „Und neben ihr auf dem Steinboden lag das Halfter."

„Das war also Amica!" sagte Gerson. „Aber du hast mir noch einen Konflikt versprochen?"

Typisch Gerson, dachte ich, das Happy End reicht ihm nicht, er braucht gleich wieder neuen Zündstoff. Aber zu einem echten Show Down gehören immer zwei. In unserem Falle genauso wie in Eddas Leben. Ich erzählte weiter.

„Edda hatte ihrem Mann geschildert, wie sie für ihr Pferd sorgen wollte – eine größere Box, gutes Heu und eine Weide. Was meinst du, was er dazu sagte? ‚Du würdest dein Pferd am liebsten in einen Glaskasten setzten!' Fritz fand, dass Edda zu viel Aufhebens um ihr Pferd mache, Amica sei doch kein Mensch, sondern ein Pferd – nur ein Tier."

„Ja", sagte Gerson, „das habe ich vermutet – er war eben kein Pferdemann", setzte er hinzu und es klang ein bisschen trotzig.

„Kann sein, dass du Recht hast, er verstand vielleicht nicht viel von Pferden, aber immerhin konnte er reiten."

„Vielleicht hat Edda ja übertrieben – da kenne ich noch jemanden." Gerson ließ nicht locker. „Wie Liberty. Und Fritz – er sagte es auf ihrer Hochzeitsreise?"

„Genau. Ich glaube, er war eifersüchtig."

„Meinst du wirklich?", sagt Gerson etwas gekünstelt. „Und Edda?"

„Sie hat es hinuntergeschluckt. Sie wollte es nicht darauf ankommen lassen, sie hatte Angst um ihn, es war Krieg, zwei Wochen später war sein Urlaub zu Ende und er musste zurück an die Front. Aber sie war enttäuscht."

„Liberty hätte nicht den Mund gehalten", sagte Gerson.

Und ich, wie hätte ich mich verhalten, dachte ich und fühlte mich auf einmal gar nicht mehr so sicher.

Auf der Heimfahrt saß ich am Steuer. Gerson drückte auf der Programmtaste des Radios herum, bis er zwischen Staumeldugen und Nachrichten einen Song zum Mitsingen fand.

„There's nothing you can know that isn't known. Nothing you can see that isn't shown. It's ea-sy."

Ich schaute zu Gerson hinüber, unsere Blicke trafen sich – „All you need is love", sangen wir aus voller Kehle – „Love is all you need."

Als wir den Fluss erreichten, sahen wir da, wo noch vor kurzem die Fähre verkehrte, lange Sandbänke. Wenn der Pegel noch weiter sank, konnte man bald bis zum anderen Ufer waten. Die Fähre hatte den Verkehr schon eingestellt. Am anderen Ufer lagen die Wiesen und Auen braun und staubig da. Sogar die Pappeln am Flussufer färbten schon ihre Blätter. Verdorrte Kornfelder und graue, dürre Maisstängel, die wie Silhouetten in den blauen, wolkenlosen Himmel ragten.

Gegen Abend waren wir wieder zu Hause. Felix strich um die Gartentür, als habe er schon auf uns gewartet. Er schnurrte und rieb sich mit leisem Miauen an unseren Beinen, sichtlich froh darüber, dass sein Urlaub bei Marlen beendet war. Felix war nicht nachtragend.

Ich konnte es kaum erwarten, Nine wiederzusehen. Gleich morgen früh würde ich hinaus zum Leierhof fahren – wie sie mich wohl begrüßen würde?

„Sie hat dich bestimmt nicht vergessen", sagte Gerson ganz ohne Ironie.

24

Schon als ich aus dem Auto ausstieg, überfiel mich ein mulmiges Gefühl. Ich wusste nicht warum, irgendwie sah alles aus wie immer und doch – meine Vorfreude auf ein Wiedersehen mit Nine wich plötzlich einer unbestimmten Bangigkeit. Weil ich zuerst auf die Koppel ging, bemerkte ich die Veränderungen, die in meiner Abwesenheit geschehen waren, nicht gleich. Ich wunderte mich nur über die ungewohnte Ruhe – kein Auto stand auf dem Parkplatz und niemand war zu sehen. Die Mädchen, die sonst in Grüppchen zusammenstanden und Neuigkeiten austauschten, fehlten und die Reitplätze lagen vorbildlich gepflegt, aber leer, in der Morgensonne. Ich schlüpfte durch den Zaun, stapfte über das störrische, braune Gras, zertrampelte den abgeblühten Löwenzahn mit seinen wolligen, schmutzigweißen Kugeln und wich zahlreichen trockenen Pferdäpfelhaufen aus. Nine hatte mich sofort wahrgenommen, ein kurzer Blick in meine Richtung, dann galoppierte sie mit angelegten Ohren wild ausschlagend davon. Warum ich gerade in diesem Augenblick an Amica denken musste, war nur zu deutlich, aber ich schob die Bilder beiseite, als ich Mörike am Zaun entlang traben sah. Er rief Nine etwas zu, das nicht für meine Ohren bestimmt schien. Mörike war ein stattliches Pferd mit schönen Bewegungen. Er hatte einen kurzen bemuskelten Hals und sah wie ein Hengst aus.

Plötzlich erschien Liberty. So als ob wir miteinander verabredet gewesen wären, stand sie vor Nines Koppel. Sie umarmte mich, als ob ich auf Weltreise gegangen wäre und sie nicht mehr mit meiner Rückkehr gerechnet hätte. Viele Freundinnen hatte sie nicht auf dem Leierhof, dachte ich. Jetzt kam auch Nine angetrabt und brummelte leise – aber sie wieherte Liberty zu und nicht mir.

Wir gingen zusammen in den Stall zurück. Margas Photo hing nicht mehr am Schwarzen Brett, das bemerkte ich als Erstes. Als ich Liberty darauf aufmerksam machte, sagte sie mürrisch: „Ist das alles, was dir auffällt?"

Sie deutete auf einen signalgelben Zettel an meinem Spind. Überall klebten knallbunte Schilder. Der Befehlston und das dicke Ausrufezeichen am Schluss wurden durch ein anbiederndes „Bitte" nicht gemindert. „Bitte Hufe sofort nach Verlassen der Box auskratzen! Stallgasse immer sauber halten! Türe zu – Erkältungsgefahr!"

Auf einem blauen Plakat waren die neuen Stallzeiten aufgelistet. Es gab feste Besuchszeiten wie im Krankenhaus und Ruhezeiten wie in einem Sanatorium. Nach diesem Stundenplan war ich heute Morgen eine halbe Stunde zu früh gekommen, kein Wunder, dass es so ruhig gewesen war.

„Die Peynibels führen hier jetzt das Regiment – Melitta Peynibel und ihre Tochter Gertrud, du kannst entweder bei der einen oder der anderen Reitstunden nehmen."

„Und was ist mit Roberto?" fragte ich entsetzt. „Wollte er seine Stelle wechseln? Keinen Ton hat er gesagt – im Gegenteil – er war doch so gut im Geschäft!"

Ich war wütend und enttäuscht: „Wohin ist er denn gegangen?"

„Keine Ahnung, niemand weiß es, er ist Hals über Kopf verschwunden.", sagte Liberty. „Die Sache mit Marga hat ihn wohl doch mehr belastet, als er zugeben wollte. Ist ja immer noch nicht klar, was hinter dem angeblichen Unfall eigentlich gesteckt hat. Seine Weste war wohl doch nicht so blütenweiß, wie wir alle gedacht haben."

„Wieso wir?", setzte sie mit einem boshaften Grinsen hinzu. „Ich habe immer schon so was geahnt – und diese Marga war viel zu ehrgeizig."

Ich verstand den Zusammenhang nicht ganz – was hatten Margas Ambitionen mit ihrem ‚Unfall' zu tun, wie Liberty sagte, und was hatte Roberto damit zu schaffen? Liberty glaubte doch wohl nicht im Ernst, dass er schuld an Margas Tod gewesen sei? Aber ich kam nicht dazu, sie zur Rede zu stellen, denn Liberty hatte schon das nächste Thema angeschnitten:

„Übrigens", sagte sie, „Iwan ist auch weg – der hatte bestimmt einiges auf dem Kerbholz – aber dem weine ich keine Träne nach – er hatte Windspell auf dem Gewissen, da bin ich mir sicher!"

„Was haben denn unsere Damen zu Robertos Verschwinden gesagt?"

„Du hättest sie sehen sollen, wie sie gestiefelt und gespornt in der Damenreitstunde auf „ihren" Roberto gewartet haben. Das ganze Sektfrühstück war ihnen verdorben, wenigstens an diesem Tag. Aber eigentlich können sie von Glück sagen, dass die Peynibel den Laden hier übernommen hat – sie ist Richterin und ihre Tochter hat die Trainer C-Lizenz."

„Du meinst Turnierrichterin?"

„Was denn sonst", sagte Liberty amüsiert. „Du solltest sie mal sehen, wie sie um sie herumtanzen. Sofort nachdem sich die Peynibel hier vorgestellt hatte, haben sie Margas Bild abgehängt. Mir war das ganz recht – das ganze Getue um Marga ging mir ziemlich auf die Nerven."

Die Stalltür war ins Schloss gefallen. Es näherten sich Schritte, so laut, als hätte sich jemand Eisen unter die Absätze nageln lassen.

„So hört sich das jetzt an", sagte Liberty schnell, da stand sie auch schon vor mir. In schwarzen Reithosen und glänzenden Stiefeln. Blondgefärbtes, kurzgeschnittenes Haar, schmale Lippen, die Augen hinter einer schwarzen Sonnenbrille versteckt. Sie baute sich vor mir auf.

„Ah – sind Sie – Frau Roth?"

Ich nickte, doch bevor ich mich vorstellen konnte, prasselten sämtliche neue Vorschriften auf mich ein.

„Jeder Pferdebesitzer" – sie sagte wirklich: Pferde-Besitzer, obwohl der Leierhof doch fest in der Hand von Frauen war – „ist für die Sauberkeit unserer Anlage verantwortlich. Jeder kehrt vor seiner eigenen Stalltür und mistet seine Box. Die Ruhezeiten sind unbedingt einzuhalten. Gefüttert wird zwei Mal am Tag. Die Heuportionen werden auf das Gewicht und Größe jedes einzelnen Pferdes abgestimmt. Bitte teilen Sie uns Ihre Daten umgehend mit."

Die Peynibel holte Luft, nahm ihre Sonnenbrille ab und schaute mich aus ihren schmalen grünen Augen an, grinste und mir war, als ob ich die Absätze zusammen schlagen, salutieren und ‚Jawoll' brüllen sollte.

„Ich freue mich auf Ihre Mitarbeit," sagte sie mit einer angedeuteten, galanten Verbeugung.

25

Was immer sich die Peynibel unter „meiner Mitarbeit" vorstellte, sie musste noch einige Zeit darauf warten. Morgen war mein erster Arbeitstag nach den Ferien.

Ich hatte schlecht geschlafen und mich die ganze Nacht von einer Seite auf die andere gewälzt. Irgendwann, viel zu früh, war ich völlig zerschlagen aufgewacht. Meine Urlaubsstimmung war endgültig verflogen. Ich stand auf und ging barfüßig hinaus auf den Balkon. Es war ein frischer Morgen, Tau lag auf den Blättern des Ahornbusches, die Sonne war noch nicht aufgegangen, aber hier und da ließ sich schon eine Amsel hören. Nur schwer riss ich mich von dem friedlichen Anblick los. Im Badezimmer vermied ich es so lange es ging, in den Spiegel zu schauen, Zähne kann man auch blind putzen. Als ich die Augen wieder aufschlug, sah mich ein zerfurchtes Gesicht an, und ich streckte ihm die Zunge heraus.

Pünktlich um neun betrat ich das Büro. Helmut saß an seinem Schreibtisch und korrigierte Seminararbeiten. Er schien mit dem linken Fuß aufgestanden zu sein, da hatten wir wenigstens etwas gemeinsam. Ohne seinen Rotstift wegzulegen, murmelte er so etwas wie ein Hallo und rang sich die Frage ab: „Wie waren die Ferien?"

„Viel zu kurz."

„Hm, hm", nickte er und vertiefte sich sofort wieder in seine Lektüre. Auf seiner Stirn blühten wieder ein paar Pickel, und die gesunde Gesichtsfarbe, die ihm so gut gestanden hatte, war wieder seiner normalen Blässe gewichen. Glücklich sah er nicht gerade aus, dachte ich, aber er schien so sehr in seine Arbeit vertieft, dass ich lieber keinen Plausch mit ihm anfing. Ich holte die Akten aus dem Regal, las meine alten Notizen noch einmal durch und schrieb mir die nächsten Arbeitsschritte auf. Kaum hatte ich mich eingelesen, klingelte das Telefon. Wie immer nahm Helmut zuerst ab.

„Für dich", sagte er grinsend. Er brauchte gar nicht zu sagen, wen er an der Strippe hatte – das war mir sofort klar: Prof. Mäusler.

„Sie sind wieder zurück – warum rufen Sie mich nicht an?"

„Ja", sagte ich, „seit heute Morgen." Es schien mir vernünftig, nur auf den ersten Teil der Frage zu antworten.

„Ich brauche Sie zum Korrekturlesen. Die Druckfahnen meines Buches sind gekommen. Sie müssen spätestens nächste Woche wieder beim Verlag sein."

„Wann soll ich damit anfangen?", fragte ich, vielleicht ein bisschen zu beflissen.

„Sofort," sagte sie und legte auf.

Helmut grinste immer noch.

„Beim letzten Werk – die Festschrift für Prof. Webers Geburtstag – hatte ich die Ehre, diesmal bist du dran."

„Freut mich", sagte ich, doch mein Enthusiasmus hielt sich in Grenzen.

„Du solltest deinen Bleistift spitzen und gut aufpassen. Wenn es um Druckfehler geht, kann die Chefin grantig werden."

„Aha."

Es klopfte.

„Ja?" Niemand trat ein und Helmut sprang auf und öffnete die Tür. Prof. Mäusler stand auf der Schwelle, mit einem schweren

Paket, das sie wie ein Tablett auf beiden Händen vor sich her trug. Ihre leuchtend roten Fingernägel hoben sich von dem braunen Packpapier wie Krallen ab. Drei Wochen lang hatte ich sie nicht mehr gesehen, aber in dieser kurzen Zeit hatte sie ein paar graue Strähnen mehr bekommen. Diese Veränderung war wohl kaum auf meine Abwesenheit zurückzuführen. Ohne auch nur den Versuch zu machen, sich ein Lächeln abzuringen, klatschte sie mir den Packen auf den Schreibtisch.
„Wie gesagt, es eilt!"
Ich deutete auf die Akten und meine Notizen – ob ich die angefangene Arbeit noch fertig machen solle, wollte ich sie fragen, aber sie ließ mich gar nicht zu Wort kommen und schrie mich an:
„Sie sind in den letzten Monaten keinen Deut vorangekommen. Wir verschwenden Zeit und Geld mit Ihrer Trödelei. Vergessen Sie alles andere und fangen Sie endlich an zu arbeiten."
Ich dachte an die Akten, die ich ihr meterweise beschafft hatte, war das vielleicht nichts? Aber ich kam gar nicht dazu, mich zu verteidigen, denn sie rauschte schon wieder aus der Tür hinaus.
„Hab' ich's nicht gesagt," sagte Helmut, als die Tür ins Schloss gefallen war. „Wenn's um Druckfehler geht, fährt sie die Krallen aus!"
Am liebsten hätte ich das ganze Paket gepackt und der Chefin vor die Füße geworfen. So hatte noch niemand mit mir gesprochen – nicht einmal auf dem Reitplatz herrschte ein solcher Ton, wenn man von der Peynibel einmal absah. Ich wusste nicht wohin mit meiner Wut, auf den armen Helmut konnte ich sie schließlich nicht abladen.
„Bleib ganz ruhig, Vera, die kriegt sich schon wieder ein."
Schwang da tatsächlich so etwas wie Mitgefühl für mich mit? Es klang fast so, als ob Helmut auf meiner Seite stünde, aber da war ich vorsichtig – mit Helmuts Solidaritätsbekundungen war

es so eine Sache, es konnte gut sein, dass er mir schon in der nächsten Minute in den Rücken fiel, wenn es darauf ankam.

Noch einmal wurde die Tür aufgerissen.

„Wenn Sie fertig sind, melden Sie sich bei mir." Sie hob die Hand zum Gruß, wie ich glaubte, doch das war eine Täuschung. Die Chefin hatte nur ein graues Haar auf ihrem Jackett entdeckt, das sie angewidert wegstrich. Wortlos drehte sie sich um.

„Helmut?"

„Soll ich zumachen?" Er stand auf und gab der Tür einen Tritt.

„Sie ist auch nicht mehr die Jüngste", murmelte er und versackte wieder hinter seinem Korrekturstapel. Vor mir lag immer noch das Paket, aber ich verspürte keine Lust, es aufzuschnüren.

Ich erinnerte mich an eine Geschichte, die ich vor kurzem in einer Zeitschrift gelesen hatte. Der Name der Autorin war mir entfallen. Die Erzählung schilderte den tristen Büroalltag einer Korrekturleserin. Mit der Zeit hatte sie so etwas wie einen siebten Sinn entwickelt, sobald ihr Blick über verstellte Buchstaben, Leichen, Ligaturen, Zwiebelfische und Fliegenköpfe glitt, von Hurensöhnen ganz zu schweigen, begannen ihr rechter Daumen und Zeigefinger zu zucken, und schon war der Fehler markiert. Beim Lesen hatte ich mich über die Gelassenheit dieser Person gewundert, mit der sie ihr schreckliches Los ertrug, nichts als gähnende Langeweile an jedem neuen Tag. Oder war sie nicht vielmehr abgestumpft und gleichgültig und hatte sich selbst schon aufgegeben? Helmut riss mich aus meinen Tagträumereien:

„Worum geht es eigentlich in ihrem neuen Buch?", wollte er wissen.

Er hatte Recht, irgendwann musste ich das Paket einmal öffnen, wann, wenn nicht jetzt? Helmut deutete auf eine große Schere, mit deren Hilfe ich die braune Kordel durchschnitt. Das

Titelblatt lag ganz oben auf dem Stapel. *"Candida Mäusler – Ein Leben für die Wissenschaft. Autobiographisches von Candida Mäusler",* las ich vor. Fassungslos starrte ich Helmut an, der verlegen einen Punkt an der Decke fixierte.

„Und was hat dieses Machwerk bitte mit der Geschichte der Adoption zu tun? Und mit mir – bin ich jetzt etwa ihre Privatsekretärin?"

„Sie ist die Chefin", sagte er achselzuckend. „Und es ist ihre Publikation, den Inhalt muss sie ganz alleine verantworten", sagte er lakonisch. Da konnte ich ihm nur zustimmen.

Umständlich spitzte ich meinen Bleistift. Die Kirchturmuhr schlug zehn Mal. Ich hatte noch drei volle Stunden Arbeit vor mir. Heute würde ich pünktlich Mittagspause machen, so viel wusste ich jetzt schon. Sehr pünktlich sogar.

26

Aus unserer Küche drangen Gesprächsfetzen, Lachen und Radiomusik. Dass Gerson um diese Zeit daheim war, wunderte mich, aber noch mehr staunte ich, dass er offensichtlich jemand zum Mittagessen eingeladen hatte. Gerson und Viko saßen am Küchentisch und plauderten. Viko hatte Felix auf dem Schoß und streichelte ihn mechanisch. Sie tranken Tee aus kleinen Gläsern, in denen ein Blatt frische Minze schwamm. Bei meinem Erscheinen unterbrachen die beiden ihr Gespräch. Gerson schob mir ein Glas hin. Mit Tee kannte er sich nicht aus, er schmeckte doppelt so stark wie sonst – aber für mich war es genau das Richtige, nach diesem ersten Arbeitstag.

„He, was ist los?"

Kaum hatte ich meinen Stuhl zurechtgerückt, sprang Felix mit einem spitzen Miau zu mir herüber. Er schmiegte sich an mich und schnurrte so laut, dass sein ganzer Körper vibrierte.

„Wir halten Kriegsrat", sagte Gerson.

Viko nickte: „Die merkwürdigen Vorfälle auf dem Leierhof häufen sich in letzter Zeit."

Ich atmete erleichtert auf. Nach drei Stunden Korrekturlesen fühlte sich mein Gehirn an wie eine zähflüssige Masse. Prof. Mäuslers Autobiographie war alles andere als ein Krimi, was ich natürlich auch nicht erwartet hatte. Aber dass sie seitenlang darüber berichtete, wie die akademische Männerwelt sie mit allen Mitteln in ihrer Karriere behinderte, und wie sie sich einsam aber tapfer zur Wehr setzte, solange, bis sie ihr Ziel, einen ordentlichen Lehrstuhl erreicht hatte, hatte mich tödlich gelangweilt. Glücklicherweise hatte sie das Lesepublikum mit pikanten Details aus dem akademischen Jahrmarkt der Eitelkeiten verschont, was ihren Text allerdings nicht gerade spannender machte.

Merkwürdigerweise brachte mich das Thema Leierhof wieder in Schwung.

„Gibt es irgendetwas Neues?", fragte ich.

„Mörike hat die Peynibel abgesetzt. Roberto ist schuld, sagt sie, weil er einer Anfängerin einen Hengst verkauft hat – unmöglich. Die Peynibel lehnt jede Verantwortung ab und will Marlen keine Reitstunden mehr geben. "

„Das klingt nach einer optimalen Lösung", sagte ich sarkastisch. Dass Mörike ein Hengst war, wusste ich nicht, ich hatte natürlich angenommen, dass er kastriert sei.

„Warum ist dieser Roberto eigentlich so plötzlich und spurlos verschwunden? Ihr habt ihn doch alle geliebt?"

Geliebt hatte ihn doch nur eine, dachte ich. Eine, die kein Pferd mehr satteln würde. Oder hatte er vielleicht noch andere Verehrerinnen gehabt? Keine Ahnung, warum ich plötzlich wieder diesen dumpfen Schmerz fühlte – die Attacke auf der Stallgasse und der harte Schlag auf den Kopf. Ich erinnerte mich wieder an die metallische Stimme, die ich noch nie auf dem Leierhof gehört hatte. Ich fühlte den Schlag so deutlich, dass ich mich schütteln musste, um ihn loszuwerden. Felix fauchte und krallte seine Vorderpfoten in meinen Oberschenkel, was mich wieder ins Hier und Jetzt zurückbrachte.

„Habt ihr einen Verdacht?" Ich spürte, wie ich auf einmal am ganzen Körper zitterte.

„Man verschwindet doch nicht so einfach," sagte Gerson.

„Ach nein?" Er schien völlig vergessen zu haben, dass er vor kurzem selbst auf und davon war, ohne mir etwas zu sagen.

„Ich weiß, woran du denkst Vera, aber bei Roberto ist es doch was anderes – ich glaube fast, er war in irgendwelche kriminellen Machenschaften verwickelt."

„Genau", sagte Viko. „ Er war doch immer mit diesem Iwan zusammen."

Viko hatte Recht. Mir fiel mein kurze Ausritt mit Carmen ein. Auf dem Rückweg hatten wir Roberto und Iwan auf dem Parkplatz stehen sehen und mir war, als ob sie miteinander stritten. Wie konnte ich diesem Mann nur so viel Vertrauen schenken, dachte ich fröstelnd.

„Vielleicht wissen seine Kundinnen, wohin er gezogen ist?", sagte ich. „Ich könnte mich mal mit ihnen unterhalten, ganz unverbindlich, wie sie mit ihren Pferden zufrieden sind, zum Beispiel?"

Viko runzelte die Stirn:

„Vera, ich habe ein ungutes Gefühl bei der ganzen Sache. Ich glaube, es ist besser, du lässt die Finger davon. Überleg doch – du bist schon einmal niedergeschlagen worden – am helllichten Tag auf der Stallgasse –, das sollte dir eine Warnung sein. Hör lieber auf, Miss Marple zu spielen, sonst geht es dir vielleicht so wie Marga."

Er schob seine Tasse zurück und stand auf. In der Tür drehte er sich noch einmal um:

„Pass auf dich auf, Vera."

Als er draußen war, sagte Gerson:

„Viko hat Angst um Marlen – er kann sie ja nicht mehr auf den Leierhof begleiten, er hat eine Pferdehaarallergie. Ich habe versucht, ihn zu beruhigen, aber wenn ich ehrlich bin, traue ich diesem Roberto nicht über den Weg. Und trotzdem, ich finde, wir dürfen nicht einfach den Kopf in den Sand stecken, sonst passiert vielleicht noch Schlimmeres. Sprich doch mal mit den neuen Einstellern", sagte er. „Da kommen vielleicht Dinge raus, die wir gar nicht ahnen."

„Woran denkst du?", wollte ich fragen, aber Gerson blieb mir eine Antwort schuldig. Er schien es plötzlich sehr eilig zu haben:

„Oh je – ich muss los – Ciao Bella!"

Da warteten wohl wieder irgendwelche Nachtigallen auf grünen Zweigen und zwitscherten sich etwas vor? Aber nein, jetzt fiel es mir wieder ein, Giulia gab heute ihre Abschiedsparty, ihr Auslandsjahr war zu Ende und sie musste zurück nach Napoli.

27

Leider war es nicht so, wie Gerson gehofft hatte. Die Gespräche mit den beiden neuen Einstellern verliefen enttäuschend, eigentlich hätte ich das Ergebnis voraussagen können. Ihre Geschichten unterschieden sich nur in unbedeutenden Einzelheiten voneinander. Es lief immer auf dasselbe hinaus: Roberto hatte seinen Kunden, die in der Reiterei noch völlig unerfahren waren, die Pferde übers Internet vermittelt und er hatte sogar einen Tierarzt empfohlen, der die Ankaufsuntersuchungen durchführte. Doch schon bald erkrankte eines der Pferde an einer Allergie, und das andere fing zu lahmen an. Der Tierarzt war nicht mehr auffindbar, genau wie Roberto.

Mit Massimo sprach ich zuletzt. Er war jetzt der einzige Mann auf dem Leierhof, ein typischer Freizeitreiter, der sein Pferd nur am Wochenende für einen Ausritt sattelte. Massimo hatte die Statur eines Holzfällers, ein breites, freundliches Grinsen, eine schmale, kantige Brille und so kurze Haare, dass er beinah kahl wirkte. Ich kannte ihn nur flüchtig. Aber wenn wir uns trafen, gab es immer etwas, worüber wir lachen konnten.

Kurz nachdem Massimo das von Roberto vermittelte Pferd gekauft hatte, bekam es Hustenanfälle. Massimo hatte Glück, wenn er mit seinem Pferd ins Gelände ritt, besserte sich dessen Zustand sofort.

„Carmen hat es herausgefunden, er hat eine Stauballergie, wir sind dann immer zusammen ausgeritten!"

Ich glaubte mich verhört zu haben und fragte noch einmal nach:

„Carmen ist mir dir ausgeritten? Auf Taxos? Ich dachte, der hätte Rückenprobleme?"

„Keine Ahnung – zufällig hatten wir beide eine Woche Urlaub – wir sind jeden Tag zusammen ins Gelände." Massimo kam richtig ins Schwärmen. „Sie verstand was von Pferden und hat mir sogar angeboten, meinen Magalo zu fördern."

„Ja, ja," sagte ich, „sie hat ja den Trainer C, ich weiß!"

„Ach wirklich? Eine tolle Frau!", sagte Massimo träumerisch. Ich lächelte süß und hielt vorsichtshalber meinen Mund.

„Dann musste ich geschäftlich nach USA fliegen. Vor meiner Abreise hat sie mir einen Talisman geschenkt – damit meine Geschäfte gut gehen, hat sie gesagt. Eigentlich halte ich nichts von Esoterik, aber ich habe das Ding immer noch im Auto. Ob du es glaubst oder nicht, ich hatte Erfolg auf der ganzen Linie. Leider nicht bei Carmen – die habe ich seither nicht mehr gesehen."

Ich konnte es nicht glauben – hatte Carmen etwa mit Helmut Schluss gemacht? An meinem ersten Arbeitstag nach den Ferien hatte mein Kollege recht unglücklich gewirkt – so wie jetzt Massimo, der heute ziemlich melancholisch wirkte. Noch merkwürdiger fand ich die Geschichte mit dem Talisman – dass Carmen abergläubisch war, konnte ich mir nicht vorstellen – und ein Hang zum Übersinnlichen passte gat nicht zu ihrer zupackenden, praktischen Art.

„Willst du den Talisman sehen – er ist wirklich originell!"

Massimo ging zu seinem Auto, öffnete das Handschuhfach und zog etwas hervor, das wie ein Püppchen aussah. Es bestand aus einem zusammengebundenen Stück Sackleinen und war mit Stroh gefüllt, genau wie das Ding, das ich im Frühjahr in meinem Putzkasten gefunden hatte. Nur dass in diesem Exemplar statt der rostigen Nägel, in Kopf, Brust und Bauch bunte Federn steckten, die mich an die Schwanzfedern der ausgewilderten grünen Sittiche erinnerten, die sich in den Baumkronen der Gärten unseres Wohnviertels eingenistet hatten und im Herbst die Ahornsamen pickten. Sie traten in Schwärmen auf und als ich sie das erste Mal gesehen hatte, hatte ich das Gefühl gehabt zu träumen.

Für einen Augenblick wusste ich nicht, worüber ich mehr staunen sollte, über *das Ding* oder über Massimos Gesprächigkeit.

„Kannst du den Talisman für ein, zwei Tage entbehren?", sagte ich.

„Wenn du die Federn nicht abknickst." Massimo befestigte den Vogel eigenhändig hinter meinem Rückspiegel.

28

Vom Leierhof fuhr ich auf dem schnellsten Weg ins Institut. Ich hatte mich wieder mal viel zu lange im Stall aufgehalten und musste unbedingt noch ein paar Seiten von Mäuslers Opus Magnum korrigieren. Normalerweise nahm ich zur Arbeit die Straßenbahn oder das Fahrrad, weil Parkplätze in der Altstadt rar und die engen Straßen meistens so verstopft waren, dass man zu Fuß schneller ans Ziel kam. Aber heute war ich froh über mein Auto, denn als ich aus dem Hoftor fuhr, ging ein heftiges Gewitter nieder. Es goss wie aus Kübeln und als ich zwanzig Minuten später in die Tiefgarage unter der Unibibliothek einbog, regnete es noch immer. Der kurze Fußweg über die Grabengasse zum Institut würde wahrscheinlich ausreichen, um mich vollkommen zu durchnässen. Doch gerade als ich meine Wagentür zusperren wollte, sah ich Helmut aus seinem roten Fiat aussteigen, mit einem großen grünen Regenschirm.

„Ich habe gar nicht gewusst, dass du ein Auto hast", sagte er statt einer Begrüßung. „Und noch dazu so ein schickes!"

Er beugte sich vor und linste durch die Fensterscheibe.

„Ein richtiges Cockpit", sagte er, doch dann kam er ins Stocken. Wie hypnotisiert starrte er auf die Windschutzscheibe, dann lachte er laut los.

„Darf ich erfahren, was dich so erheitert?"

„ Na klaro, aber vorher möchte ich wissen, woher du unser ‚Modell B' hast?"

„Euer ‚Modell B'?"

„Na, das mit den grünen Federn – ‚Modell A' hat drei rostige Nägel im Bauch stecken und ‚Modell C.'.." Ich unterbrach ihn.

„Bitte Helmut, das musst du mir genauer erzählen, ganz langsam und der Reihe nach. Lass uns ins Büro gehen."

Helmut hakte mich unter, spannte seinen grünen Regenschirm auf und wir liefen im Gleichschritt ins Institut hinüber. Im Büro erzählte mir Helmut eine Geschichte, die ich, wenn ich sie irgendwo gelesen hätte, als schlechte Erfindung abgetan hätte. Doch es gab keinen Anlass, an ihrer Wahrheit zu zweifeln.

„Wir haben solche Dinger körbeweise gebastelt. In meinem Seminar, mit den Studierenden, nach Photos von sogenannten „Fetischen" aus dem Woodookult – das war Thema des Seminars."

„Mal was anderes und so konkret."

Souverän überhörte Helmut meinen Spott.

„Wenn du meinst, dass wir Werkunterricht erteilt hätten, täuschst du dich. Warte, du wirst gleich sehen." Und wirklich, was jetzt kam, verschlug mir den Atem.

„Carmen war meine Assistentin – sie hat vorgeschlagen, die Feldforschung über die Uni hinaus auszudehnen, um sie ins wirkliche Leben hineinzutragen. Sie hatte immer so pfiffige Ideen! Sie wollte den Leierhof einbeziehen. Diesen Vorschlag fand ich besonders originell und er hat die tollsten Ergebnisse gebracht."

Helmut hatte mit Carmens tatkräftiger Unterstützung die gefiederten Objekte an verschiedenen Orten ausgelegt. Sie hatten diese Orte wissenschaftlich klassifiziert – Population, Alter, Geschlecht, soziales Milieu und dann die Reaktionen der Versuchspersonen auf die Fetische beobachtet. Mit versteckter Kamera, sozusagen.

„Ich bin noch nie so viel an der frischen Luft gewesen wie in diesem Sommer, sagte Helmut und es klang, als ob er gerade von der Beerdigung seiner Mutter erzählt hätte.

„Ja", sagte Helmut, „eurer Reitstall war extrem gut geeignet, soziologisch gesehen, meine ich – hauptsächlich Mittelschichtfrauen, sozial abgesichert, mit einem soliden Bankkonto und einer gewissen Schulbildung."

„Wirklich? Und was habt ihr rausgefunden?" Ich wunderte mich über mich selbst, dass ich meine Frage völlig ohne Häme herausbrachte, dabei kochte ich innerlich vor Wut.

Helmut lächelte matt. „Dass die Reiterinnen darauf hereinfallen, hätte ich nicht gedacht. Und mehr zu sich, als zu mir murmelte er: „Vielleicht hätten wir nicht ‚Modell A' nehmen sollen, es sieht ziemlich merkwürdig aus."

„Wegen der rostigen Nägel vielleicht?"

„Hm."

„Hat Carmen die Namen der Frauen genannt?"

„Wo denkst du hin – wir haben natürlich alles anonymisiert und auf den Bändern die Stimmen verzerrt."

„Soll das heißen, dass ihr auch Tonbandaufnahmen gemacht habt?"

„Genau!" Helmut war richtig stolz.

„Ohne die Leute nach ihrem Einverständnis zu fragen?"

Helmut grinste verlegen. „Wie stellst du dir das vor? Meinst du, wir hätten sonst diese authentischen Reaktionen bekommen? Am krassesten war eine Dressurreiterin, sie bekam einen Anfall, als sie unser „Modell A" zum ersten Mal gesehen hatte. Aber die anderen waren auch nicht schlecht. Das Verrückte ist, dass sie alle den Mund gehalten haben. Normalerweise wird doch auf so einem Hof alles durch den Kakao gezogen – oder?"

Offensichtlich kam Helmut mit der Auswertung nicht zurecht und hoffte, ich würde ihm einen kollegialen Rat geben, wie er seine selbst gebackenen Quellen deuten solle.

„Warum fragst du nicht einfach Carmen?"

Helmut wischte sich mit dem Handrücken über die Stirn, so als müsse er düstere Gedanken vertreiben.

„Ja – sie hätte das Zeug für eine gute Feldforscherin gehabt, bei ihrem Gespür für Zwischentöne und allem."

„Wieso hätte?"

„Weil sie weg ist. Auf und davon mit dem Reitlehrer, das müsstest du eigentlich besser wissen als ich. Ich hab` nicht mal ihre E-Mailadresse. "

„Soll das heißen, Carmen hat mit dir Schluss gemacht?"

Helmut zuckte schlaff die Achseln, als ergebe er sich willenlos in sein Schicksal.

Fang bloß nicht zu heulen an, dachte ich, das hätte ich nicht ausgehalten – nicht weil ich der Ansicht war, Männer sollten nicht weinen, nein – ich fand Helmuts augenblickliche Lage einfach nur lächerlich. Carmen war also auch abgehauen! Und noch dazu mit Roberto! Jetzt kam endlich Licht ins Dunkel! Und noch eines wurde mir klar: Sie war von Anfang an hinter Roberto her gewesen, nur deshalb hatte sie sich an Nine herangemacht. Carmen hatte Männer und Pferde gewechselt wie ein Hemd, hatte Helmut mit Massimo vertauscht und als sie endlich Roberto erobert hatte, hatte sie beide fallen lassen wie zwei heiße Kartoffeln. Und Nine hatte sie dann natürlich auch nicht mehr interessiert. War es möglich, dass Helmut dieser Göre immer noch nachtrauerte?

„Wo sind die beiden denn hin?"

„Wahrscheinlich irgendwo in den Osten – wilde Pferde – weites Land oder so ähnlich. Dort gibt es jetzt jede Menge leerstehende Reiterhöfe, man kann sogar ganze Gestüte übernehmen." Helmut hatte sich offensichtlich bereits über die Situation der Pferdewirtschaft in den neuen Ländern kundig gemacht.

Auf einmal hatte ich genug. Mir schwirrte der Kopf, weil ich plötzlich an Marga denken musste. Neid, Eifersucht, niedrige

Beweggründe, die niedrigsten, die ich mir vorstellen konnte, war das etwa kein Mordmotiv? Und dabei hatte ich angenommen, dass Carmen Marga bewunderte und sie als reiterliches Vorbild ansah.

Ich verspürte plötzlich ein dringendes Bedürfnis zur täglichen Büroroutine überzugehen. Mit schlecht gespielter Gelassenheit fragte ich Helmut nach seinem Semesterprogramm. Ihm schien ein Themenwechsel genauso recht zu sein wie mir, denn er antwortete bereitwillig:

„Diesmal mache ich nur Theorie – Methodendiskussion, lese Aufsätze, die ich schon lange einmal diskutieren wollte, ‚Traurige Tropen` und `Missionare im Ruderboot`, wenn dir das was sagt; ganz ohne praktischen Teil", setzte er hinzu.

‚Traurige Tropen', das klingt passend, dachte ich, aber ich verkniff mir einen Kommentar, weil ich mich auf keinen Fall auf ein Gespräch über Fachliteratur einlassen wollte. Ich hatte den Wälzer von Claude Levi-Strauss nicht gelesen und beabsichtigte es auch gar nicht, denn dazu hatte ich keine Zeit, ich musste mich mit banaleren Dingen beschäftigen. Auf meinem Schreibtisch wartete Mäuslers Korrekturstapel, durch den ich mich lustlos Seite für Seite hindurchquälte.

Als ich am späten Nachmittag die Bürotür hinter mir zu machte, regnete es nicht mehr. Die Wolken hatten sich verzogen und am Himmel zeigten sich schon wieder blaue Löcher. Bald würde die Sonne herauskommen und nichts hätte nähergelegen, als schnell noch zum Leierhof zu fahren und Nine zu einem kleinen Afterwork-Ausritt zu überreden. Aber danach stand mir heute nicht der Sinn. Mein Kopf war leer und meine Energie war vollkommen verpufft.

29

Daheim machte ich mir erst einmal eine Tasse Tee. Und, wie immer, wenn ich es mir auf dem Sofa bequem gemacht und John Denvers „Greatest Hits", mit meinem Lieblingssong `Colorado Rocky Mountains High` eingeschoben hatte, fing das Telefon zu dudeln an. Wir hatten uns eine neue Telefonanlage einrichten lassen – das schrille Klingeln, das uns bisher aufgeschreckt hatte, war jetzt von einer harmlosen Erkennungsmelodie abgelöst worden. Erfahrungsgemäß war es wieder einer von diesen Werbeanrufen von der Telekom oder von einem Wirtschaftsinstitut. Sie machten bestimmt eine Umfrage und wollten wissen, wie sich die aktuelle Wirtschaftskrise auf meine Psyche auswirke. Wie diese Leute ahnten, wann ich Feierabend hatte, war mir ein Rätsel – ich hatte doch keine festen Arbeitszeiten und war ziemlich unregelmäßig zu Hause. Gerson wurde nicht von solchen Anrufen belästigt, wenigstens behauptete er es. Unwirsch bellte ich mein „Hallo" in den Apparat, bereit sofort wieder aufzulegen. Doch statt der gezierten Dame von der Telekom hörte ich eine Männerstimme. Ich erkannte Massimo nicht sofort, weil wir noch nie miteinander telefoniert hatten. Erst als er den Leierhof und sein Pferd Magalo erwähnte, wusste ich, mit wem ich es zu tun hatte. Seine Melancholie vom Vortag war verflogen. Er hielt sich nicht lange mit Höflichkeiten auf, sondern kam sofort zur Sache. Ich mochte die Art wie er sprach, sachlich, aufbauend und kein bisschen überheblich. Massimo bot mir einen Job an! Er wolle für seine Firma eine PR Abteilung aufbauen. Und dafür wollte er mich gewinnen. Gute Ideen seien ihm das wichtigste – die Konkurrenz sei stark und es würde mit harten Bandagen gekämpft.

Während ich mit Massimo sprach, quäkte eine mir wohlbekannte innere Stimme: Wie um Himmels Willen ist er nur auf dich gekommen?

Sie quäkte noch lauter, als ich Massimo sagen hörte, er brauche eine Person, die mit Menschen umgehen könne, die Lust habe, Neues zu entdecken, die schreiben könne. Und sie fing an höhnisch zu lachen, als Massimo sagte, er habe das Gefühl, dass ich alle diese Voraussetzungen auf das Beste erfülle.

Woher wollte Massimo das alles wissen – ich hatte doch gar nicht mit ihm über diese Dinge gesprochen – war er etwa ein Hellseher? Sofort gab mir meine innere Stimme eine Antwort. Sie belehrte mich darüber, dass es so etwas im wirklichen Leben gar nicht gebe. Ob ich etwa schon jemals ein Job-Angebot erhalten hätte? Nein, natürlich nicht, ich hatte immer massenhaft Bewerbungen verschickt und die Stelle bei Prof. Mäusler verdankte ich einem Tipp von Sven. Die Mäusler war unter Zugzwang gestanden, sie hatte schnell einen Posten besetzen müssen, sonst wären ihre Drittmittel-Gelder verfallen.

„Was für einen Betrieb hast du denn?", fragte ich, als ich mich wieder gefangen hatte und es mir endlich gelungen war, den Subtext zum Schweigen zu bringen.

"Ein Tourismusunternehmen: *Schöner Reisen, Ferien der besonderen Art*. Zielgruppe: Junggebliebene Erwachsene, die die üblichen All-Inklusive-Pauschalreisen in den Süden satt haben."

Gerade noch rechtzeitig verbot ich der Plaudertasche den Mund, denn ich konnte mir selbst ausmalen, wie sie Massimos Antwort kommentiert hätte: „Ha,ha,ha, ho,ho,ho", hätte sie gelacht, aber überraschenderweise schwieg sie jetzt. Sogar dann noch, als Massimo mir ein tolles Gehalt in Aussicht stellte, das weit über dem Angestelltentarif an der Uni lag. Natürlich hatte die Sache einen Haken. Ich würde Überstunden machen müssen, so lange bis die Abteilung liefe. Jetzt blieb die Stimme stumm, goss weder Hohn und Spott über mir aus, noch hob sie warnend den Zeigefinger. Das Angebot klingt gar nicht schlecht, dachte ich und bat Massimo um Bedenkzeit.

„Ich rechne mit deine Zusage!", sagte er.

Als ich den Hörer in die Basisstation zurückgestellt und mir eine frische Tasse Tee aufgebrüht hatte, wurde mir bewusst, wie lustlos ich meine derzeitige Arbeit verrichtete. Es hatte einfach keinen Sinn, dass ich mich mit Prof. Mäusler immer wieder anlegte. Und dazu hatte ich auch gar keine Lust mehr. Ich konnte tun, was ich wollte, sie würde immer etwas daran auszusetzen haben, ich würde es ihr nie recht machen können. Und außerdem bot mir diese Stelle keinerlei Perspektive. Irgendwann würde die Mäusler pensioniert werden und damit wäre auch meine Stelle beendet, wenn sie mich nicht schon früher rausgeworfen hätte. Vielleicht sollte ich wirklich Massimos Angebot annehmen? Wenn nur nicht die Überstunden gewesen wären! Ich hatte ja schon jetzt kaum Zeit für Nine und bei dem neuen Job würde es nicht besser. Ich hatte weder Pflegemädchen noch Reitlehrer und konnte sie unmöglich jemandem Fremden in die Hand geben. Am schlimmsten war, dass ich sogar mein Vertrauen zu Liberty verloren hatte, denn was ich kürzlich auf dem Leierhof über sie gehört hatte, hatte mich zutiefst erschüttert.

Liberty hatte einem Kind, nur weil es einen kleinen Hund am Halsband hinter sich herzerrte, mit der Reitpeitsche eins übergezogen. Angeblich hatte sie nur aufgehört, weil die Mutter des Kindes eingegriffen und ihr mit einer Anzeige gedroht hatte. Das hieß doch nichts anderes, als dass Libertys Tierliebe auf Kosten von Menschen ging! Ich erinnerte mich an Carmen, die behauptete, Liberty gehe über Leichen, wenn es sein müsse. Aber in demselben Moment fühlte ich mich wie ertappt – ich hatte für bare Münze genommen, was mir x-beliebige Dritte über meine Freundin erzählt hatten! Und schlimmer noch, ich hatte Carmen vertraut, der ich doch vor kurzem unterstellt hatte, dass sie nicht einmal vor einem Mord aus den niedrigsten Motiven, Neid und Eifersucht, zurückscheuen würde?

30

Gerade als ich beschloss, Liberty wegen der Gerüchte zur Rede zu stellen, hörte ich schon wieder das Telefon. Diesmal war ich froh über eine Unterbrechung, ich nahm sofort ab. Es war Sven. Seine Stimme klang anders als sonst – viel weicher und fröhlicher – irgendetwas schien ihn sehr zu bewegen.

Kaum hatte er mich begrüßt, sagte er: „Arev ist da!"

„Wer soll das bloß sein?", dachte ich, doch dann schämte ich mich fast – Sven klang so glücklich, dass es keinen Zweifel gab.

„Unser Kind ist da", sagte er, weil er mein Zögern gespürt hatte.

„Arev", sagte ich – ist das ein Mädchenname?"

„Natürlich nicht! Wir haben einen Sohn."

„Aber – ?" Ich sprach nicht weiter, denn es war mir klar, dass ich jetzt keinen Fehler machen durfte.

„Ja", sagte Sven, „wir waren auf ein Mädchen eingestellt – Arev gefällt dir hoffentlich genauso gut!"

Endlich hatte ich verstanden – sie hatten meinen Namen einfach rückwärts buchstabiert – und wie gut er klang! Fremd und abenteuerlich, nach Sonne auf der Haut, Wüste und Sand. In meiner Vorstellung sah ich den Kleinen auf einem Araberpferdchen durch die Steppe jagen. Wie im Fluge riss er beide Arme hoch und jauchzte vor Vergnügen.

„Vera – bist du noch da?"

„Aber ja! Entschuldige, ich habe nur ..." Aber jede Erklärung hätte zu weit geführt. Ich beglückwünschte Sven und versprach, mir den Kleinen bald anzusehen.

„Ich mache jetzt ziemliche viele Kurierfahrten – meine Projektstelle ist ausgelaufen, es ist kein Geld für eine Verlängerung da, aber mit dem Fahrradfahren verdiene ich beinah genauso viel wie an der Uni. Und ich komme in der Gegend herum – neulich war ich bei einem neuen Reiterhof. Ich hatte ein bisschen Zeit und habe einer jungen Frau beim Training zugeschaut. Bald werde ich Arev in den Babyjogger setzen können und dann will ich mit ihm dort hinaus laufen. Wir haben viel Zeit für Arev", sagte er fröhlich. „Und irgendein fester Job wird sich bestimmt bald finden lassen."

Auch dieses Telefongespräch stürzte mich in ein Wechselbad der Gefühle. Ich bewunderte Sven um seine Zuversicht; obwohl er arbeitslos war, machte er sich keine Sorgen, wie er seinen kleinen Sohn ernähren würde. Ich freute mich mit ihm und ich dachte an Gerson und mich. Wir waren dabei, unsere beruflichen Karrieren auszubauen, Gerson hatte seine Leica und ich hatte Nine. Und jetzt Massimos Angebot.

Ich konnte mich einfach nicht entscheiden. Ich saß in einer Zwickmühle.

Diese Zwangslage beschäftigte mich sogar in meinen Träumen. Einmal saß ich in einem anfahrenden Zug und mein Koffer stand noch auf dem Bahnsteig. Ohne Gepäck konnte ich auf keinen Fall reisen, also versuchte ich fieberhaft die Wagontür zu öffnen, um in letzter Sekunde abzuspringen. Doch die Tür bewegte sich keinen Zentimeter. Ich klopfte gegen die Scheibe, gestikulierte wild mit beiden Händen um den Schaffner auf dem Bahnsteig auf mich aufmerksam zu machen, aber er sah mich nicht. Es blieb nur noch eins, ich musste die Notbremse ziehen. Ich streckte meine Hand aus, umklammerte den roten Griff, da wachte ich schweißgebadet auf.

Am nächsten Morgen erzählte ich Gerson von meinen nächtlichen Reisen. Aber er lachte nur: „Du packst eben immer zu viel ein", sagte er. „Warum eigentlich?"

31

Über Träume zu reden war das Eine, Lehren aus ihnen zu ziehen, das Andere. Aber welche denn? Mein Leben verlief doch in geordneten Bahnen – ich hatte einen Job, verdiente gut, lebte mit meinem Freund zusammen in einer schönen Wohnung und in der Freizeit machte ich mit meinem Pferd schöne Ausritte.

Aber ich hätte die Geschichte auch anders herum erzählen können – zum Beispiel so: Meine Arbeit langweilte mich, wenn ich an meine Chefin dachte, sträubten sich mir alle Nackenhaare. Ich hatte kein Privatleben mehr und es war nur noch eine Frage der Zeit, wann mich mein Freund sitzen lassen würde. Aber am schlimmsten war, dass mein Pferd immer unrittiger und eigenwilliger wurde und ich nicht wusste, warum eigentlich. Wenn ich die anderen Schwierigkeiten gerade noch hätte verkraften können, dann ließ mich mein Problem mit Nine beinah verzweifeln. Ich hatte sogar insgeheim schon einmal daran gedacht, Nine zu verkaufen. Die hohen Tierarztrechnungen, die Arbeit und die viele Zeit, die sie mich kostete - vielleicht hatte Gerson Recht - es war eine unnötige Plackerei und bei meinen Problemen handelte es sich um selbstgemachte Sorgen, die ich mir freiwillig auflud.

Aber manchmal brauchten die Dinge einfach Zeit – manches entwickelte sich doch, ohne dass wir ständig daran arbeiteten?

Geduld, war es das, was mir fehlte? Es klang wie eine Versprechung von einer meiner zahlreichen inneren Stimmen, warte einfach ab, dann wendet sich alles zum Guten. Dieser Gedanke durchzuckte mich wie eine Eingebung und die Versuchung war groß, einfach nachzugeben. Aber das konnte ich nicht. Etwas in mir war stärker, vielleicht war es meine Angst, die mich immer wieder von neuem ergriff, wenn ich an die Mistagabelattacke dachte. Zu allem anderen kam ja auch noch Margas Fall – er würde sich bestimmt nicht durch Abwarten klären lassen, und Nines Zustand würde sich durch Nichtstun genauso wenig bessern. Auf einmal wurde mir bewusst, dass ich trotz meiner Selbstverpflichtung, Marga nicht im Stich zu lassen, keinen Schritt weitergekommen war und immer noch im Dunkeln herumtappte, wie eine Krimischreiberin, die in ihrem Plot steckengeblieben war.

Mit Liberty konnte ich über meine Probleme und Skrupel nicht sprechen. Wenn wir auf Marga zu sprechen kamen, zeigte sie mir ganz offen ihre Abneigung.

„Man soll ja über Tote nichts Schlechtes sagen, aber ich bin froh, dass sie nicht mehr da ist!", sagte sie. Und sie reagierte noch emotionaler, als ich sie auf Carmens plötzliches Verschwinden ansprach.

„Da fragst du noch – oh mein Gott – bist du naiv!", fuhr sie mich an. „Sie sind bestimmt ins Ausland – nach Tschechien vielleicht, da boomt die Reiterei und sie brauchen Profis. Oder in die neuen Länder? Weit weg jedenfalls!" Und mit der ihr eigenen Art für Übertreibung setzte sie grinsend hinzu und fiel dabei in ihre Muttersprache:

„They are young, they are in love and they kill! Du brauchst keinen Gedanken mehr an sie zu verschwenden."

Es schien mir, als wolle mich Liberty mit aller Macht davon abbringen, an Carmen und Roberto auch nur zu denken, geschweige denn, Kontakt mit ihnen aufzunehmen.

„Glaubst du wirklich, dass sie dir ihre Geheimnisse verraten?", sagte sie. „Die beiden sind abgehauen, weil es ihnen hier zu heiß wurde, an deiner Stelle wäre ich ein bisschen vorsichtiger – lass die Vergangenheit ruhen, kümmere dich um deinen eigenen Kram – dein Pferd zum Beispiel."

Obwohl ich zugeben musste, dass Liberty vielleicht etwas Wahres gesagt haben könnte, überwog mein Groll ihr gegenüber. Ich fühlte mich von ihr nicht ernstgenommen. Sie behandelte mich wie ein kleines Kind, dem man sagen musste, was es tun sollte. Und genau das regte mich maßlos auf. Aber vielleicht wollte ich mir nur nicht eingestehen, wie sehr es mich wurmte, dass Carmen mich mit meinem schwierigen Pferd einfach hatte sitzen lassen.

Doch dann geschah etwas Unerwartetes. Kurz nachdem mir Sven die Geburt seines Sohnes angekündigt hatte, meldete er sich noch einmal bei mir.

„Ich soll dich von einer guten alten Bekannten grüßen!", sagte er. Ich wartete gespannt auf den Namen, aber ich bekam keine Antwort.

„Rate doch mal", sagte er.

Eigentlich kam ich mir zu alt vor für solche Spielchen, aber weil ich ihm den Spaß nicht verderben wollte, ging ich in Gedanken alle unsere gemeinsamen Freunde durch, doch ich konnte mich beim besten Willen an niemanden erinnern, der in Berlin lebte. Ganz zum Schluss fiel mir noch unsere Freundin Anne-Kathrin ein, die als Consultant bei McKinsey arbeitete und die Einzige aus unserem Jahrgang war, die richtig viel Geld verdiente.

„Anne?", sagte Sven.. "Die erinnert sich bestimmt nicht mehr an uns – kalt! Du darfst noch mal!"

Da riss mir der Geduldsfaden: „Sven, jetzt reicht es mir, mach bitte keine Scherze mit mir und spann mich nicht auf die Folter – raus mit der Sprache, wer ist es?" Am anderen Ende der Leitung wurde es auffällig still und das war bestimmt mein Fehler. Ich hatte in demselben energischen Ton mit Sven geredet, den ich gegenüber Nine anschlug, wenn sie sich taub stellte und mich einfach ignorierte. Doch überraschenderweise hatte dieser Ton auch bei Sven Erfolg.

„Carmen lässt dich grüßen!", sagte er.

„Ich glaub es nicht!"

„Doch", sagte Sven, „ich habe ihr neulich beim Reiten zugeschaut – erinnerst du dich?"

Natürlich erinnerte ich mich – sie musste ihn ziemlich beeindruckt haben. Darüber hatte ich mich gewundert, denn Sven hatte sich noch nie für die Reiterei interessiert – auch jetzt wahrscheinlich nicht. Es war Carmen, die es ihm angetan hatte, er war tatsächlich noch einmal bei ihr vorbeigefahren und hatte sie in ein Gespräch verwickelt.

„Wie seid ihr denn auf mich gekommen?", fragte ich, denn ich konnte mir überhaupt nicht vorstellen, warum Sven mit einer wildfremden Reiterin in Berlin über eine alte Studienfreundin hätte reden sollen.

„Das war ganz einfach – ich habe an ihrem Dialekt gehört, dass Carmen aus Süddeutschland kommt. Das hat sie anscheinend so gefreut, dass sie anfing, mir von Heidelberg zu erzählen, von ihrem Job im Starcafé und ihrem Studium. Und dass sie alles kurzentschlossen an den Nagel gehängt hat. Der Liebe und der Pferde wegen. Dann ergab ein Wort das andere und in Nullkommanichts waren wir bei dir, Vera."

Diese Geschichte klang zu schön, um wahr zu sein. Wie ich es fertig brachte, mit Sven über Belanglosigkeiten weiter zu plaudern, ohne ein Sterbenswörtchen von meinen Zweifeln zu verraten, weiß ich nicht. Jedenfalls glaubte ich Carmen kein Wort und wunderte mich nur, dass Sven auf diese falsche Schlange hereingefallen war.

Aber Gerson erstaunte mich noch mehr. Normalerweise unterzog er alles, was er von Dritten hörte, einer kritischen Prüfung, und ruhte nicht eher, bis er alle Seiten beleuchtet hatte. Doch bei Carmen machte er eine Ausnahme.

„Weißt du was, Vera", sagte er, „ich werde Carmen einfach mal besuchen. Übermorgen muss ich zur Redaktionssitzung nach Berlin, da mache ich einen Abstecher hinaus ins Grüne. Vielleicht kann ich ein paar Photos schießen."

Ich schaute ihn verblüfft an. „Wie kommst du denn auf diese Idee?"

„Was Sven sagt, klingt doch völlig harmlos. Überleg mal – wenn die beiden wirklich als Bonny and Clyde durch die Lande zögen, wie ihnen Liberty unterstellt, hätte Carmen dir dann einen Gruß ausrichten lassen?"

Ich zuckte die Achseln, aber ich war überhaupt nicht begeistert von seinem Plan.

„Das Ganze kann auch eine Finte sein, Carmen und Roberto rechnen bestimmt damit, dass ich versuchen werde mit ihnen Kontakt aufzunehmen. Vielleicht wollten sie mich in eine Falle locken."

„Genau aus diesem Grund habe ich nicht vorgeschlagen, dass du zu ihnen fährst," sagte Gerson.

„Und du – begibst du dich etwa nicht in Gefahr?"

Gerson lächelte. „Ich, wieso?", murmelte er abwesend.

Offensichtlich dachte er an andere Gefahren, als ich sie mir vorstellte.

„Vielleicht hast du Recht", sagte er vollkommen ernst. „Was hältst du davon, wenn ich Viko bitte, mitzukommen?"

Gerson also auch! Carmens Anziehungskraft auf Männer hatte offenbar Fernwirkung. Ich wunderte mich über mich selbst, dass ich so ruhig blieb – ich war kein bisschen eifersüchtig – oder vielleicht doch? Dass Gerson scharf auf Carmen sein könnte, kam mir ziemlich abwegig vor, obwohl ich langsam anfing, doch ein bisschen an Gersons Treue zu zweifeln. Den ganzen Sommer über hatte er diese Guilia im Kopf gehabt, aber jetzt war sie abgereist. Buona Notte Napoli, Guila war weg für immer.

Und wie sah es bei Sven aus? Er war verliebt und Vater eines kleinen Kindes! Und doch hatte er geklungen wie ein verschossener Backfisch, wenigstens hatte ich so etwas herausgehört.

Aber während meines Gespräches mit Gerson hatte sich in meinem Kopf langsam eine andere Idee geformt. Ganz gegen meinen Willen, um ehrlich zu sein. Was wäre, wenn alle meine bisherigen Verdächtigungen falsch waren? Wir hatten doch nur Vermutungen und keinerlei Beweise in der Hand. Was, wenn Carmen sich erst nach Margas Tod so richtig in Roberto verknallt hätte – oder, und das kam der Sache vielleicht noch näher – Roberto sich erst nach Margas Tod auf Carmen eingelassen hätte?

Jetzt war ich mit Gersons Plan einverstanden. Sollte er nach Berlin fahren. Seine Reise würde mir Zeit geben, mich in Ruhe mit meinen neuen Ideen zu beschäftigen. Ich musste Margas Fall von einer anderen Seite aus betrachten. Und diese andere Seite hieß Benno Lundt.

32

Es war nicht einfach, mit Benno eine Verabredung zu treffen. Einmal hieß es, er sei auf Geschäftsreise, das nächste Mal war er in einer wichtigen Besprechung, und das dritte Mal brachte er seinen kleinen Sohn in die Kinderkrippe. Aber ich blieb hartnäckig und irgendwann bekam ich ihn doch ans Telefon. Obwohl wir uns gegenseitig versichert hatten, in Kontakt zu bleiben, verhielt er sich seltsam zugeknöpft. Er wollte auf keinen Fall, dass ich ihn besuche. Er habe alle Hände voll zu tun, er sei gerade dabei, das Haus zu renovieren, er habe einen Käufer gefunden und wolle Heidelberg mit Anita und Sascha noch in diesem Monat verlassen. Und außerdem habe er mir nichts Neues zu erzählen. Marga hätte bestimmt nicht gewollt, dass man ihr auf Schritt und Tritt nachforsche und ich solle sie endlich in Ruhe lassen.

Ich versprach, ihn nicht lange aufzuhalten, schlug das Starcafé als Treffpunkt vor, und Benno sagte widerwillig zu, wie mir schien. Wir verabredeten uns für den nächsten Vormittag um 11 Uhr.

Eigentlich hatte ich vorgehabt, gleich morgens ins Institut zu fahren, ein paar Seiten Korrektur zu lesen, dann eine Pause zu machen, um mich mit Benno zu treffen. Aber mit dem zeitigen Arbeitsbeginn wurde es nichts. Statt mich in den Verkehrsstrom auf der Brückenstraße einzufädeln und streng geradeausblickend meinen Weg zwischen den rechts und links überholenden Radfahrern zu verfolgen, drehte ich in die andere Richtung ab. Ich hatte die Richtungsänderung nicht geplant, ich folgte nur einem Impuls, oder so etwas wie einer inneren Stimme. Aber es war nicht die nervige vom MP3 Spieler, sondern eine andere, die sich nur selten meldete. Diese Stimme wollte immer gleich beachtet werden und weil sie meistens ziemlich leise war, bemerkte ich sie oft überhaupt nicht. Heute aber radelte ich am Werderplatz vorbei, einem kleinen Park, wo sich um diese Zeit schon die Hundebesitzer trafen und ihre Lieblinge auf demselben Rasen Gassi führten, wo später die kleinen Kinder spielen würden.

Nach zwei, drei Minuten Fahrt stellte ich mein Fahrrad vor dem schmiedeeisernen Tor des Neuenheimer Friedhofs ab. Mir war eingefallen, dass ich Margas Grab noch nicht gesehen hatte. Mein Entschluss war so spontan, dass ich nicht einmal einen Blumenstrauß mitgebracht hatte. Marga würde es mir verzeihen, dachte ich, während ich den von alten Kastanien bestandenen Kiesweg hinunter ging. Die meisten Ruhestätten waren sorgfältig gepflegt, frisch eingesetzte Astern kündeten vom nahenden Herbst, auf neuen Gräbern türmten sich welke Blumensträuße, Gestecke, Kränze mit Spruchbändern und letzten Grüssen. Wie würde Margas Grab aussehen? Plötzlich erfasste mich eine Welle von Trauer, meine Augen wurden feucht, als ich mich daran erinnerte, dass Marga mit etwas hatte übergeben wollen, und ich vielleicht nie herausbekommen würde, was es war.

Die neueren Gräber lagen am Friedhofszaun, hier gab es keine Bäume und die Sonnenstrahlen fielen ungehindert auf den Boden. Einen Augenblick lang blieb ich stehen und schaute mich um. Seit Margas Beerdigung waren gut vier Monate vergangen, ich musste also nach einer abgeräumten Grabstätte suchen. Endlich fand ich das einfache Holzkreuz mit Margas Namen und ihrem Geburts- und Sterbedatum. Das Grab sah schrecklich aus

– es lag noch so da, wie nach der Beisetzung, nur dass die verdorrten Blumensträuße und Kränze zu faulen anfingen. Es schien, als ob sich niemand um die Grabstätte kümmerte, Benno hatte offensichtlich nicht einmal einen Friedhofsgärtner beauftragt. Ich blieb eine Weile vor dem Kreuz stehen und spürte wie sich eine große Leere in mir ausbreitete. Ich fühlte mich unsagbar traurig.

Dann hatte ich so etwas wie ein Déja-vu – wieder war es mir, als sähe ich Marga ohne Sattel auf einem Pferd den Weg entlang galoppieren, wie damals in den Ferien. Aber diesmal war es nur eine Halluzination, die nur einen Bruchteil einer Sekunde dauerte. Da hörte ich Schritte auf dem Kiesweg dicht hinter mir, drehte mich um und unterdrückte einen Schrei:

„Marga!"

Sie sah ihr täuschend ähnlich – der blonde Pferdeschwanz, die frische Gesichtsfarbe, – aber sie war eine Fremde.

„Ich wollte Sie nicht erschrecken."

Eine Sekunde lang zweifelte ich an meiner Zurechnungsfähigkeit, doch dann wusste ich: „Ich habe Sie schon einmal gesehen!"

„Sie sind eine Freundin meiner verstorbenen Schwester? Ich bin Margas Zwillingsschwester."

Ich war so perplex, dass ich vergessen hatte, mich vorzustellen. Ich gab ihr die Hand und sprach ihr mein Beileid aus. Mit Tränen in den Augen deutete sie mit dem Kopf zum Grabe hin: „Ich habe nichts anderes erwartet – von Benno und ..." Sie brach mitten im Satz ab. Weil sie mir leid tat, lud ich sie zu einer Tasse Kaffee ein. Jetzt musste ich schon das zweite Mal an diesem Morgen meine Pläne ändern.

33

Als ich eine Stunde später auf der Ziegelhäuser Landstraße in Richtung Alte Brücke fuhr, blieben nur noch wenige Minuten bis zu meiner Verabredung mit Benno. Ohne die Altstadt und das Schloss auf der anderen Seite des Flusses auch nur eines Blickes zu würdigen, radelte ich neckaraufwärts. Die Strecke eignete sich heute Morgen gut zum Nachdenken, alle Verkehrsteilnehmer schienen das Auto mit ihrem Fahrrad vertauscht zu haben, ein paar Rennräder sausten an mir vorbei, mit denen brauchte ich nicht mitzuhalten. Für eine Minute lang hüllte mich der Linienbus nach Ziegelhausen in eine schwarze Dieselwolke. Ich hielt den Atem an, hörte auf, in die Pedale zu treten und wartete, bis der frische Neckartäler Wind den Gestank verteilt hatte.

Ob es ein Zufall war, dass Iris so kurz vor meinem Treffen mit Benno aufgetaucht war? Ich war noch immer ganz gefangen von ihr, es fiel mir schwer, meine Eindrücke zu ordnen. Auf den ersten Blick hatte sie mich sehr an Marga erinnert, ihre aufrechte Haltung, die blonden, in einem Pferdeschwanz zusammengebundenen Haare, sie hatte Margas Augenfarbe und trug denselben grellen Lippenstift. Doch die Ähnlichkeit war nicht nur äußerlich. Iris erschien mir wie die Verkörperung von Margas innerstem Wesen, ihrem Potential, das sie in ihrem Leben nicht hatte verwirklichen können. Als Iris vor mir stand, war es mir, als habe Margas Kraft und ihre Schönheit einen neuen Körper gefunden, einen Körper voller Liebe, der nicht davor zurückschreckte, seine Zartheit und seine Verletzlichkeit zu offenbaren. Das Gespräch mit ihr, das länger dauerte, als ich geplant hatte, war mir viel zu kurz vorgekommen, aber es war lang genug gewesen, um jede einzelne ihrer Saiten in mir zum Klingen zu bringen. Ich ahnte, dass ihre Persönlichkeit über noch größere Schätze verfügte, die zu erkennen ich jetzt noch nicht fähig war.

Wir waren, als ich mich als Margas Freundin vorgestellt hatte, ohne Umstände zum „Du" übergegangen und es hatte sich überhaupt kein Gefühl der Fremdheit eingestellt.

„Warum hast du mich eigentlich nicht in den Sommerferien besucht?", hatte sie mich gefragt. Ihre Frage überraschte mich, doch dann stellte es sich heraus, dass wir zwei Wochen lang ohne voneinander zu wissen, Seite an Seite gewohnt hatten. Iris gab sich als die Pächterin des Nachbarhofes unserer Ferienpension zu erkennen. War es nicht merkwürdig, dass mich Gerson immer wieder auf den alten Hof aufmerksam gemacht hatte, ohne zu wissen, was sich dahinter verbarg? Auf diesem Hof trainierte sie ihre Pferde und arbeitete an dem Konzept einer neuen Reitweise.

„Dann war es also keine Halluzination!" Ich schüttelte ungläubig den Kopf. „Du warst es, die auf dem Schimmel saß, ohne Sattel, im Galopp – leicht wie eine Feder!"

Iris nickte lächelnd. „Ich wusste, dass du mich gesehen hast", sagte sie.

Die andere Überraschung war, dass Edda, die alte Dame, die mir ihre Lebensgeschichte erzählt hatte, mit Iris befreundet war. Die beiden Frauen verband die Liebe zu den Pferden und eine besondere Auffassung vom Umgang mit ihnen, die weit über die gängigen Reitlehren hinausging.

„Was meinst du damit?", hatte ich sie gefragt.

Am liebsten hätte ich ihr von meinen Schwierigkeiten mit Nine-Days-Wonder erzählt, von meiner Unfähigkeit sie zu verstehen und meinen Überlegungen, die Stute zu verkaufen. Aber irgendetwas hielt mich zurück. Iris versprach, mir ein anderes Mal ihr Konzept vorzustellen. Heute war dazu keine Zeit, denn sie sei mit Edda verabredet.

„Mit Edda?", dachte ich – aber das ist doch nicht möglich?

„Ganz einfach", sagte Iris. „Sie wohnt in Ziegelhausen und ich habe mich für ein paar Tage bei ihr einquartiert."

Iris war nach Heidelberg gekommen, weil sie mit Benno ein paar Dinge zu regeln hatte.

„Ich wollte nicht mit Anita unter einem Dach wohnen", sagte sie. „Das hätte ich nicht ausgehalten."

Anita war eine Freundin der Lundts. Sie hatte in derselben Bank wie Benno gearbeitet und in ihrer Kindheit Ponys geritten. Marga hatte sie einige Male mit auf den Leierhof genommen, damals lebte Windspell noch. Anita hat ihr manchmal geholfen, das Pferd zu bewegen und zu pflegen. Nach Windspells Tod zog sich Marga ziemlich abrupt von ihr zurück und erwähnte Anita kaum noch. Iris kannte Anita flüchtig und hatte sich davor gefürchtet, sie auf Margas Beerdigung zu treffen, doch zum Glück sei sie nicht erschienen. Vielleicht hatte sie den Kindern nicht begegnen wollen, vermutete Iris.

An der alten Brücke stieg ich ab und schob mein Rad über das holprige Kopfsteinpflaster bergauf. So ließ es sich besser nachdenken und ich konnte den japanischen Touristen ausweichen, die sich mitten auf der Straße vor der Kulisse des Schlosses fotografierten. In diesem Augenblick hörte ich die Glocke der Heilig-Geist-Kirche 11 Uhr schlagen – zum Starcafé würde ich, selbst wenn ich verbotenermaßen durch die Fußgängerzone radelte, mindestens noch fünf Minuten brauchen, oder länger, je nachdem, wie viele Touristengruppen unterwegs waren. Ob Benno auf mich wartete? Eigentlich hätte ich nichts lieber getan, als weiter meinen Gedanken an Iris nachzuhängen. Doch daraus wurde nichts. Als ich mein Fahrrad an der Laterne vor dem Lokal ankettete, sah ich ihn am Fenster sitzen. Ich winkte ihm von draußen und erfand alle möglichen Aden und Entschuldigungen für meine Verspätung, die den Namen Iris vollkommen aussparten. Als ich das Café betrat, stand Benno auf und kam mir entgegen.

„Ich habe nicht viel Zeit", sagte er. „Am besten Sie sagen gleich, was Sie von mir wollen."

Ich zog mir einen Hocker heran.

„In dem Umschlag, den Sie mir von Marga gegeben haben, war ein Photo von Iris."

„Ach wirklich?" Benno schien erleichtert – offenbar hatte er eine andere Antwort erwartet.

„Und das Video?", fragte er.

Das Video hatte ich völlig vergessen – ich hatte es mir bisher noch nicht angesehen, weil ich Angst hatte, Marga darin zu begegnen. Dafür schien mir der Zeitpunkt noch nicht gekommen, aber darüber wollte ich nicht mit Benno sprechen. Irgendetwas hielt mich davon ab, meine Trauer Benno gegenüber offen zu zeigen.

„Es war ein Video von Iris", log ich, „über ihren Hof in Frankreich". Benno schaute auf seine Armbanduhr, offenbar hatte er alles erfahren, was er wissen wollte, ich musste mich beeilen, wenn ich noch etwas über Anita von ihm erfahren wollte.

„Reitet Ihre Freundin eigentlich auch?"

„Anita? Als Kind vielleicht – jetzt nicht mehr, sie hat keine Zeit. Bis vor kurzem hat sie ja noch gearbeitet – und dann kam Sascha."

„Welchen Beruf hat Anita eigentlich ausgeübt?"

Benno sagte, sie sei seine Mitarbeiterin in der Bank gewesen, als dann das Kind kam, habe sie nur noch halbtags gearbeitet.

„Und jetzt hat sie ganz aufgehört?"

Benno schwieg.

„Hat Marga eigentlich Bescheid gewusst über Ihre Beziehung zu Anita – ich meine, Sie haben doch erzählt, dass Sie sehr offen zueinander waren?"

„Ich finde, das geht zu weit – lassen Sie bitte meine Freundin aus dem Spiel – was gehen Sie eigentlich meine Beziehungen an?"

Benno stand erregt auf. „Nein", setzte er hinzu, „sie haben sich nicht gekannt." Er suchte ein paar Münzen aus seinem Portemonnaie und warf sie auf den Tisch.

„Das war unser letztes Gespräch, Frau Roth, bitte rufen Sie mich nicht mehr an." Benno drehte sich um und verlies das Lokal. Doch vor der Tür blieb er stehen, es sah so aus, als ob ihm noch etwas eingefallen sei, dann kam er noch einmal herein. „Frau Roth, ich warne Sie, hören Sie endlich mit dem Detektivspielen auf, wenn Sie noch weiterhin Spaß mit ihrem Pferd haben wollen."

Unsere Unterredung hatte keine Viertelstunde gedauert.

Nachdenklich schob ich mein Fahrrad die Grabengasse hinauf zum Institut. Wie immer war die Straße sehr belebt, an der Bushaltestelle vor der Bäckerei versperrten die Wartenden den Gehweg und ich musste auf die Straße ausweichen. Der ganze Uniplatz war verkehrsberuhigt, aber das galt nicht für Radfahrer. Sie sausten in waghalsigen Schlangenlinien an den Fußgängern vorbei, es hatte sich zu einer Art gefährlichem Spiel entwickelt, ohne zu klingeln und zu bremsen durch Menschenansammlungen zu rasen. Ich hatte bisher Glück gehabt – einem Zusammenstoß war ich immer entgangen – auch wenn es manchmal nur um Haaresbreite war. Doch ich war jedes Mal froh, wenn ich ohne Zwischenfall das Institut erreichte.

Die Stille, die mich in dem weiten hohen Eingangsflur umfing, hatte nach dem pulsierenden Leben auf dem Platz fast etwas Bedrückendes. Ich musste an Benno denken – wie hatte er sich seit meinem ersten Besuch verändert! Damals hatte er beinah freundschaftlich mit mir gesprochen und mir bereitwillig Auskunft über Margas Verhältnis zu Roberto gegeben und nicht einmal ihre Vorbehalte gegenüber Liberty verheimlicht. Und jetzt drohte er mir mit meinem Pferd. Das war widerlich, was konnte ein Tier für die Verstrickungen der Menschen? Eine solche Gemeinheit hätte ich Benno nicht zugetraut. Obwohl ich seine Drohung nicht ernst genommen hatte, überfiel mich plötzlich eine Gänsehaut. Sollte es jetzt auch Nine an den Kragen gehen? Windspell, Karlchen, Taxos und am Ende Nine? Mir wurde schwindelig als ich daran dachte, dass seine Stimmung umschlug, als die Sprache auf Anita gekommen war.

34

Immer noch in Gedanken öffnete ich die Tür zu unserem Büro. Helmut saß nicht an seinem Platz, die Korrekturfahnen lagen so wie ich sie zurückgelassen hatte auf meinem Schreibtisch. Ich rückte mir meinen Stuhl zurecht und begann mit der Arbeit. Zu meiner Beruhigung fand ich nur wenige Druckfehler, der Stapel auf der linken Seite hatte deutlich abgenommen, und der andere wuchs mit jedem Blatt, das ich darauf legte. Jetzt, da das Ende meiner Fronarbeit abzusehen war, verlor sie mehr und mehr ihre Schrecken. Man musste sich nur darauf einlassen, nicht nach dem Inhalt schielen, dann bekam das Korrekturlesen fast etwas Beschauliches. Ja, ich hatte sogar das Gefühl, zur Ruhe zu kommen, mein Kopf wurde leer – vielleicht war es dieses Gefühl, das Liberty brauchte, wenn sie mit Pferden sprach?

Nach einer Stunde Arbeit hatte ich das beruhigende Gefühl, heute noch mit dem ersten Korrekturdurchgang fertig zu werden, da klingelte das Telefon. Der vorsintflutliche Apparat mit seinem Hörer, seiner Schnur und diesem durchdringenden Klingeln stand auf Helmuts Schreibtisch. Ich lief um den Tisch herum und nahm den Hörer ab.

„Prof. Mäusler". Auf alles war ich gefasst, nur nicht auf einen Anruf von meiner Chefin.

„Hoffentlich störe ich Sie nicht!" , sagte sie in einem zuckersüßen Ton, aber in Ruhe lassen wollte sie mich gewiss nicht. Wie immer, wenn ich unangenehm überrascht wurde, antwortete ich so ruhig, dass man mich für unbeteiligt hätte halten können:

„Oh, nein, Sie stören nicht, im Gegenteil – ich bin gerade beim Korrekturlesen." Eine leichte Ironie hatte ich mir nicht verkneifen können, obwohl ich nach der Lektüre ihrer Autobiografie hätte wissen müssen, dass Mäusler eine wahre Meisterin im Heraushören von Zwischentönen war.

„Wie lange brauchen Sie noch für die paar Bögen? Die Fahnen müssen zum Verlag zurück und zwar schnell, die Buchmesse haben wir schon verpasst, das Werk soll zu Weihnachten erscheinen. Es liegt nur an Ihnen, ob es klappt."

Ich schluckte. Sie fragt mich nicht einmal, wie weit ich gekommen bin, dachte ich. Gerade als ich den Mund aufmachen wollte, unterbrach sie mich: „Ich werde Herrn Weissbrod bitten, einzuspringen." Für eine Hundertstelsekunde wusste ich nicht, von wem sie sprach, aber dann war mir klar – sie meinte Helmut.

„Nicht nötig", sagte ich frostig. Und dann packte mich eine eiskalte Wut.

„Frau Prof. Mäusler, es ist Mittagszeit und ich habe jetzt eine Verabredung, ich schlage vor, wir sprechen in der nächsten Woche über den Stand meiner Arbeit." Ich staunte über mich selbst. Aber noch mehr überraschte mich, dass ich die Chefin sagen hörte: „Gut, dann treffen wir uns am Montag um 10 Uhr im Büro."

Nach diesem Gespräch gab es für mich nur eines, ich würde solange im Institut bleiben, bis ich den Stapel auf der linken Seite zum Verschwinden gebracht hätte. Den auf der Rechten würde ich, ohne ihn noch eines Blickes zu würdigen, in einen Umschlag packen und ihn nie mehr wieder öffnen. Jetzt oder nie, dachte ich. Nach zwei Stunden konzentrierter Arbeiten war ich mit allem fertig.

35

Es war als ob eine drückende Last von mir gefallen sei, deren Gewicht ich erst jetzt, da sie gewichen war, richtig wahrnahm. Mein Entschluss stand fest: Ich würde kündigen. Nie mehr würde ich mich über diese Chefin ärgern und klein beigeben. Nie mehr würde ich die Zähne zusammen beißen und ich würde Helmuts Spruch: `Life aint't picnic`, mit dem er so oft versucht hatte, mich bei der Stange zu halten, ein für alle mal vergessen. Die Zeit der Sklavenarbeit war vorbei. Zum ersten Mal seit meiner Anstellung freute ich mich auf den Montagmorgen.

Ich beeilte mich, nach Hause zu kommen. Heute Abend wollte ich mir Margas Video ansehen. Weil mir ein bisschen mulmig war, mich alleine vor das Fernsehgerät zu setzen, rief ich Iris an. Sie freute sich über meine Einladung, weil sie genauso gespannt auf das Video war wie ich und versprach, in einer guten Stunde bei mir zu sein.

Als ich mit meinen Ankomm'-Tee auf dem Sofa saß, wartete ich nur darauf, dass das Telefon klingeln würde, mit den üblichen Werbeanrufen. Doch alles blieb ruhig. Iris würde frühestens in einer halben Stunde vor der Tür stehen und auf einmal konnte ich es kaum erwarten, den Film anzuschauen. Ich beschloss ohne sie anzufangen, wenn sie käme, könnte ich ja noch einmal zurückspulen.

Die Amateuraufnahmen verblüfften mich. Es war kein Film über Iris und auf den ersten Blick auch nicht über Marga, aber der Ort der Handlung war mir bestens bekannt – es war der Leierhof. Ich sah eine junge, zierliche Frau mit einem schmalen, blassen Gesicht und blonden Korkenzieherlocken, sie ließ ein Pferd grasen, das ich eindeutig als Windspell identifizierte. Neben dem Pferd saß eine riesige graugesprenkelte Dogge – Karlchen. Ein großer, kräftiger Mann mit schwarzen Bartstoppeln, dunkler Gesichtfarbe und einer schwarzen Baseballmütze auf dem Kopf tätschelte dem Pferd den Hals. Er wechselte ein paar Worte mit der jungen Frau. Sie lachten und die Frau versuchte übermütig, dem Mann die Mütze zu stehlen. Schließlich riss er sie sich vom Kopf und setzte sie ihr auf die Locken. Und dann erschien Marga, nicht in Reitkleidung, sondern in engen dreiviertellangen Jeans, die bloßen Füße steckten in sündhaft teuren Todds, auf den Lippen das grellrote Lippengloss. Sie sagte etwas zu der Frau, die ihr lachend das Pferd übergab. Das Video verwirrte mich, ich konnte mir beim besten Willen nicht vorstellen, warum mir Marga ausgerechnet diese Bilder hatte zukommen lassen. Das Einzige, was mir wie ein Warnzeichen auffiel, war die Buchsbaumhecke im Hintergrund.

Genau in diesem Augenblick hörte ich das Telefon. Ob sich Iris verspätet hatte? Ich stand auf, um zur Basisstation in den Flur zu gehen, und plötzlich war es mir, als ob sich in meinem Kopf etwas freischaltete, die Unbekannte auf dem Video konnte nur Anita sein, es war dieselbe Person wie auf Gersons Photos. Dass Benno mir nicht die Wahrheit gesagt hatte, wusste ich von Iris, das hier war der Beweis. Anita war nicht irgendeine flüchtige Bekannte gewesen, Marga hatte sie im Gegenteil so gut gekannt, dass sie ihr sogar Windspell überlassen hatte. Das Video konnte nur von Benno aufgenommen worden sein.

Ich drückte die grüne Taste und hielt mir den Hörer ans Ohr. Weil ich mich ganz auf Iris' Stimme eingestellt hatte, überraschte mich die unbekannte Frauenstimme. Metallisch und ohne jede Modulation forderte sie mich auf, schnell auf den Leierhof zu kommen. In der ersten Schrecksekunde fuhr mir Bennos Drohung durch den Kopf – ‚Wenn Ihnen Ihr Pferd lieb ist, dann' und mir stockte der Atem. Aber dann hörte ich, wie die Stimme sagte, Nine habe sich auf der Koppel ein Hufeisen abgerissen, der Schmied sei schon auf dem Hof. Ich müsse die Hufe aufhalten, sonst könne er nicht beschlagen. „Ich brauche zwanzig Minuten", sagte ich erleichtert, obwohl ich mich wunderte, dass um diese Zeit überhaupt noch ein Schmied auf dem Hof war. Was für ein glücklicher Zufall, dachte ich, und zog mir schnell meine Stallschuhe mit den Stahlkappen an. Sie waren ein Geschenk von Gerson, der nach allem was geschehen war, plötzlich angefangen hatte, an meine Sicherheit zu denken.

Dann schrieb ich Iris noch schnell eine SMS – ich müsse noch einmal auf den Leierhof, sei aber bald wieder zurück. Und weil mir die Videobilder immer noch im Kopf herumgingen, tippte ich ‚Anita!' unter die Nachricht, in der Hoffnung, dass Iris mich verstehen würde.

Als ich auf dem Leierhof ankam, brach die Dämmerung an. Der Hof lag wie verlassen da. Womöglich gab es eine neue Regel, die besagte, dass das Betreten der Anlage nach 20 Uhr verboten sei, und ich wusste nichts davon, weil ich normalerweise morgens oder nachmittags zum Reiten kam. Ich parkte vor dem Hoftor und sah die Umrisse des Kombis, der nicht wie gewöhnlich vor dem Reiterstübchen stand. Dort befand sich ein überdachter Anbindeplatz, wo die Pferde auch bei Regenwetter beschlagen werden konnten. Der Kastenwagen mit der mobilen Schmiede, dem „Feuer", stand heute mitten im Hof. Das Ortskennzeichen kannte ich nicht – es musste sich um einen Fremden handeln, der zum ersten Mal hier war. Jetzt war ich wirklich froh, beim Beschlagen dabei zu sein. Ob sich Nine von jemand Unbekannten die Hufe hätte aufhalten lassen, wagte ich zu bezweifeln. Merkwürdig kam mir vor, dass das Auto überhaupt keine Aufschrift, keinen Namen und kein Logo hatte. Es roch auch nicht nach verbranntem Horn, ein Geruch, der zum Beschlagen gehörte, wie die Spreu zum Weizen. Wo war der Schmied eigentlich? Ich ging um den Wagen herum zur Fahrertür, als plötzlich eine große, schwarze Gestalt vor mir auftauchte, mich packte, in einen Schraubgriff nahm und mir etwas Weiches in den Mund drückte, um mich am Schreien zu hindern. Doch selbst wenn ich hätte schreien können, hätte mich keiner gehört. Ich trat wie wild um mich, versuchte mich aus dem Griff zu lösen und ich hörte den Mann in einer fremden Sprache fluchen. Plötzlich wurden um uns herum die Pferde unruhig, der ungewohnte Lärm hatte sie aus ihrem Dämmerschlaf geweckt, ich hörte aufgeregtes Wiehern, sie scharrten und stampften mit den Hufen, rannten hektisch auf den Paddock hinaus und wieder in die Box zurück. Das Hufgetrappel spornte mich zu Höchstleistungen an, jetzt war ich froh, dass ich die Schuhe mit den Stahlkappen angezogen hatte. Mit aller Kraft holte ich aus und traf den Kerl an seiner empfindlichsten Stelle. Er ließ mit einem Schmerzenschrei von mir ab und hielt sich mit beiden Händen seine Eier. Irgendwo ging ein Licht an. Da ergriff ihn Panik, er sprang ins Auto und raste ohne Scheinwerfer Richtung Ausfahrt. Ich riss mir den Knebel aus dem Mund, meine Knie knickten ein und ich ging luftschnappend zu Boden. Ich hatte Angst zu ersticken und mein Brustkorb brannte wie Feuer.

Jemand leuchtete mir mit einer Taschenlampe ins Gesicht.

„Vera – Gottseidank – das war knapp!" Neben mir kniete eine Frau, sie legte den Arm um mich und redete beruhigend auf mich ein.

„Iris?", stammelte ich, „wie kommst du hierher?"

Meine Stimme hörte sich an wie gewöhnlich, ich erkannte sie ohne Weiteres als meine eigene, als die echte, nicht die innere vom Endlosband. Die war endlich einmal still, das empfand ich als beruhigend.

„Erzähl ich dir später." Sie half mir auf und führte mich zu der Bank unter dem Nussbaum. Ich ließ mich fallen, für einen Augenblick wurde mir schwarz vor den Augen. Iris setzte mir eine Petflasche an die Lippen. Das Wasser tat mir gut. Meine Glieder schmerzten, ich zitterte am ganzen Körper und ich fühlte eine unbändige Wut. Sie haben mich in einen feigen Hinterhalt gelockt und ich bin darauf hereingefallen, dachte ich und mir traten die Tränen in die Augen. Ich schluchzte auf.

„Hast du irgendjemand erkannt?", fragte Iris, aber als sie sah, dass ich weinte, sagte sie: „Komm - ich fahr dich heim, dann können wir in Ruhe überlegen, was wir tun sollen."

Ich saß in eine Decke eingepackt auf dem Sofa, mit aufgekrempelten Ärmeln und kühlenden Retterspitzumschlägen auf den Bizeps. Der eiserne Griff des Ganoven hatte dicke Blutergüsse auf meinen Oberarmen hinterlassen. Wir tranken Pfefferminztee mit Honig, das sei gut für meinen Hals, sagte Iris. Langsam kam ich wieder zu mir, ich fühlte, wie ich ruhiger wurde und wieder klarer denken konnte. Iris fragte noch einmal, ob ich den Kerl erkannt hatte, aber mich interessierte etwas anderes.

„Iris, warum bist du so schnell auf den Leierhof gekommen?"

„Du hast mir eine Nachricht geschickt, oder etwa nicht?" Das stimmte, aber ich hatte sie zu mir eingeladen – vielleicht hatte mein Kurzzeitgedächtnis gelitten, ein Schlag auf den Kopf kann Ausfälle nach sich ziehen – ich machte mir ernsthafte Sorgen und überlegte, ob ich nicht doch lieber in die Ambulanz gehen sollte – aber hatte mich der Kerl überhaupt auf den Kopf geschlagen?

„Vera?"

„Ja – aber?"

„Du hast doch unter die SMS ‚Anita' geschrieben?"

„Ja", sagte ich, aber jetzt verstand ich überhaupt nichts mehr.

„Das kam mir komisch vor. Anita und der Leierhof? Also habe ich lieber gleich mal nachgesehen."

„Damit habe ich doch das Video gemeint! Es war ein Mann – mich hat ein Mann überfallen." Ich beschrieb ihr den Täter, so gut ich konnte: „Es war ein großer, kräftiger Typ, furchteinflößend – ich habe ihn fluchen hören, aber nichts verstanden, auf russisch, glaube ich."

„Er scheint nicht viel Erfahrung mit Kidnapping zu haben", sagte Iris. „Wenn ich ihn mir so vorstelle, dann muss ich an Iwan denken – arbeitet er eigentlich noch auf dem Hof?"

Iwan? Sie hatte recht – der Kerl erinnerte auch mich an Iwan! Stockend begann ich zu erzählen. „Mit Karlchen hat im Frühjahr die Serie der Grausamkeiten angefangen, dann hat Marga das Ding gefunden, kurz darauf wurde sie abgeworfen und ich niedergeschlagen, nach den Ferien verschwanden Iwan, Roberto und dann auch noch Carmen und jetzt bin ich zum zweiten Mal Opfer eines Anschlages geworden."

„Davon hat Marga nichts erzählt. Sie hat immer nur über eine Tierschützerin gesprochen", sagte Iris. „Sie fühlte sich von ihr gemobbt, Marga meinte, die Frau wolle sie am Training hindern, sie vom Hof vertreiben. Marga hatte Angst vor ihr."

Iris sprach aus, woran ich oft im Stillen gedacht hatte, was ich mir nicht eingestehen wollte:

„Liberty?" Ich dachte an das verklebte Fell unter Taxos Sattel – wenn Liberty wirklich den Sattel manipuliert hätte, dann wäre das fahrlässige Tötung gewesen, Totschlag oder sogar Mord.

Als habe Iris meine dunklen Gedanken erraten, sagte sie:

„Ich kenne diese Frau nicht, vielleicht hat sie meiner Schwester nur einen Denkzettel verpassen wollen und einen Abwurf oder ein paar blaue Flecke in Kauf genommen? "

„Marga ist tot – und wenn Liberty irgendetwas getan hat, diesen Unfall herbeizuführen, dann hat sie sich schuldig gemacht", sagte ich leise.

„Du solltest sie zur Rede stellen – ich meine, ihr seid doch Freundinnen?"

Ich nickte.

„Aber zuerst müssen wir die Polizei verständigen", sagte Iris.

„Du willst Liberty also anzeigen?"

„Nein, es geht um dich – um den Hinterhalt, in den du gelockt worden bist."

„Ich habe diesen Iwan nicht mit Sicherheit erkannt. Und auf einen bloßen Verdacht hin können wir keinen Namen nennen!"

„Immerhin wissen wir, wie er aussieht, dass er möglicherweise Russe ist und noch eins – ich habe mir das Autokennzeichen gemerkt!"

36

"Wann genau sind Sie Freitagsabend auf den Hof gekommen?" Melitta Peynibels Reaktion auf meinen Bericht machte sie mir nicht sympathischer, obwohl ich ihr zugute halten musste, dass sie die eindrucksvollen blauen Flecke unter meinem Hemd nicht sehen konnte. Als sie erfuhr, dass es schon dunkel war, herrschte sie mich an, dass ich zu dieser Zeit überhaupt nichts mehr auf der Anlage zu suchen gehabt hätte:

"Wir haben unsere Regeln, damit sie befolgt werden. Sie wissen selbst, wie sensibel Pferde auf allen ungewohnten Lärm reagieren! Und überhaupt – wie kommen Sie dazu, die Polizei zu verständigen – ohne meine Zustimmung? Ich habe schon genug Ärger."

So wie die Peynibel mit mir sprach, hätte sie auch Prof. Mäusler heißen können. Und genau wie meine baldige Exchefin beendete die Reitlehrerin unser Gespräch, indem sie mich einfach stehen ließ. Doch während ich meiner Chefin spätestens übermorgen den Dienst quittieren würde, würde ich mich mit der Peynibel wahrscheinlich noch länger herumärgern müssen.

Es war ein schöner Herbstmorgen und ich ging ein paar Schritte Richtung Koppeln. Die braunen Schollen der umgepflügten Stoppeläcker dampften und glänzten in der Morgensonne, die Nussbäume warfen ihre Blätter ab, geräuschvoll fielen die Walnüsse auf die Straße. Aus einer Schar großer schwarzer Saatkrähen im Geäst lösten sich einzelne und stürzten kreischend auf die unter dem Baum liegenden Nüsse. Mit ihrer Beute im Schnabel stiegen die Vögel wieder auf und kreisten über der Straße. Dann plötzlich stürzten sie aus luftiger Höhe auf die Straße zu und ließen kurz vor der Landung die harten Schalen auf den Asphalt krachen. Es waren Geräusche so scharf wie Schüsse, die bei vielen Pferden den Fluchtinstinkt regten. Wenn mehrere Vögel gleichzeitig dieser Beschäftigung nachgingen und nicht die Straße, sondern das Hallendach als Nussknacker benutzten, hatte man den Eindruck, im Trommelfeuer zu stehen.

Als ich am Parkplatz vorbeikam sah ich eine Frau, die gerade die Hecktür ihres Landrovers öffnete. Sie hielt so etwas wie eine Trense oder ein paar Zügel in der Hand und sie schien sehr in Eile zu sein. Hastig warf sie die Zügel in den Kofferraum, öffnete die Fahrertür, steckte den Zündschlüssel ins Schloss und setzte mit Vollgas zurück. Es wunderte mich, dass sie mich keines Blickes gewürdigt hatte, normalerweise grüßte man sich auf dem Leierhof, auch wenn man noch so sehr in Eile war, und sogar, wenn man sich nicht so gut kannte. Als der Wagen an mir vorbeifuhr, durchfuhr es mich wie ein Blitz – es war Anita. Sie hatte irgendetwas abgeholt und es war offensichtlich, dass sie von niemandem gesehen werden wollte.

Ich war so in Gedanken, dass ich Liberty erst bemerkte, als sie mich ansprach.

„Vera, hast du ein paar Minuten Zeit? Ich muss mit dir reden."

„Hat es Zeit bis nach dem Reiten?"

„Bitte – es ist wichtig! "

Ich betrachtete die Krähen. Eine sehr großer Vogel hopste mit einem bis zum Anschlag aufgesperrten Schnabel, in dem er eine Walnuss eingeklemmt hatte, auf der Telefonleitung herum. Als einige seiner Artgenossen sich für ihn zu interessieren begannen, flatterte er mit großen Flügelschlägen in den gegenüberliegenden Acker. Liberty, beide Hände in den Parkataschen vergraben, beobachtete die Vögel und schwieg. Sie schien zu frösteln.

„Liberty - was wolltest du mir sagen?"

Sie straffte ihren Oberkörper, als ob sie sich einen inneren Ruck geben wolle und drehte ihren Kopf zu mir.

„Bist du mir böse?", fragte sie ein bisschen zu laut. „Wir haben uns schon so lange nicht mehr gesehen."

Sie blieb stehen, bückte sich und hob eine Biene auf, die vollkommen leblos am Wegsrand lag. Sie hauchte sie solange an, bis sich das Tier zu bewegen anfing, dann träufelte sie etwas Apfelsaft aus ihrer Thermosflasche auf die Hand und setzte das Insekt vorsichtig am Wegesrand wieder ab.

„Hat dir die Peynibel etwa die Geschichte mit dem Pony erzählt? Und deshalb redest du nicht mehr mit mir?"

Ich schüttelte den Kopf.

„Ich soll einen Reißnagel unter Jackos Sattel gelegt haben, damit er buckelt. Einen Reißnagel! Die Peynibel sagt, dass ich das Mädchen, die ihn reitet, nicht leiden kann, weil es ihren kleinen Hund angeschrieen hätte. Das ist Bullshit, Vera!"

„Und Marga?", fragte ich.

Liberty kämpfte mit einem Klos m Hals: „Ja, Marga! Sie geht dir nicht aus dem Kopf. Und mir auch nicht. Ich habe ein schlechtes Gewissen – ich habe ihr so viel Böses gewünscht - manchmal werden Wünsche wahr, besonders die schlechten. Vera – glaubst du auch, dass ich an ihrem Tod schuld bin?"

Ein Schwarm Krähen löste sich vom Nussbaum, drehte eine Schleife vor dem blauen Himmel, der sich für einen Augenblick verfinsterte, dann stürzten sich die schreienden Vögel wie auf ein Kommando auf den Acker. Die braune Erde wurde schwarz.

Liberty verstummte, aber vielleicht hörte ich sie nur nicht wegen des Geschreis der Vögel.

„Beantworte mir eine Frage, Liberty – hast du Taxos Sattel manipuliert?"

Liberty schien entsetzt: „Wie kommst du denn auf so was?"

Ich erzählte ihr von dem verklebten Fell und von Taxos Reaktion, als ich die Stelle berührt hatte. Doch plötzlich schien alle Verzagtheit aus Libertys Stimme gewichen. Sie fasste mich an der Schulter und sagte: „So etwas hätte ich niemals getan – das hätte doch Taxos in Gefahr gebracht!"

In diesem Moment wusste ich, dass Liberty aufrichtig war. Niemals hätte sie sich an einem Pferd vergriffen, um einen Menschen zu bestrafen. Mensch und Tier standen für Liberty auf einer Stufe. Einen Satz wie: „Es ist doch nur ein Tier", hatte ich von ihr noch nie gehört. Edda und Liberty waren die Einzigen, die ich kannte, die alle Lebewesen, ob Mensch oder Tier, als ihre Schwestern und Brüder ansahen.

Mit Gekrächze und ohrenbetäubendem Geschrei flatterten die Krähen auf, drehten ihre Kreise in der Luft und verdüsterten für eine Sekunde lang die Sonne. Dann teilte sich der Schwarm und der Himmel sah wieder aus wie mit blauer Farbe angemalt, die es im himmlischen Supermarkt in großen Eimern im Sonderangebot gegeben hatte.

37

Ich erschien pünktlich wie immer. Mit dem Glockenschlag der Jesuitenkirche klopfte ich an ihre Bürotür. Sie saß hinter ihrem Schreibtisch, einen überquellenden Aschenbecher vor sich, umnebelt von einer Qualmwolke. Das strenge Rauchverbot, das seit kurzem überall in der Uni eingeführt worden war, galt natürlich auch für Prof. Mäusler, doch sie brauchte etwas länger, bis sie sich an die neuen Sitten und Gebräuche gewöhnt hatte. Helmut war Nichtraucher, aber er ertrug alle Extravaganzen unserer Chefin ohne mit der Wimper zu zucken. Der Rauch mache ihm nichts aus, sagte er, seine Chefin rauche ja nur Mentholzigaretten. Doch warum stank seine Kleidung immer nach abgestandenem Zigarettenqualm und kein bisschen nach Pfefferminze?

Helmut stand mit gekrümmten Rücken neben ihr, riss Briefumschläge auf, faltete die Schreiben auseinander und legte sie der Chefin vor.

Ich deutete ihre fahrige Handbewegung als Aufforderung, mich zu setzen. Doch auf dem einzigen freien Stuhl in ihrem Büro lag ein Stapel alter Zeitungen und obendrauf Helmuts Jacke, also zog ich es vor, stehen zu bleiben.

„Ich habe die Korrekturfahnen durchgesehen," sagte ich, um mich noch einmal verbal bemerkbar zu machen, da sie auf mein freundliches „Guten Morgen" nichts geantwortet hatte. Weil sie immer noch schwieg, sagte ich etwas lauter als vorher: „Damit ist meine Arbeit beendet."

„Frau Roth," sagte Prof. Mäusler ungeduldig, „lassen Sie mir zwei Minuten Zeit, bis ich mit meiner Post fertig bin."

„Was ich zu sagen habe, dauert nur eine Sekunde – ich kündige meine Stelle – sofort."

Im Raum wurde es plötzlich still. Kein geschäftiges Papierrascheln mehr, kein „Ratsch" beim Aufreißen der Umschläge, Helmut fiel der Brieföffner aus der Hand und er starrte mich mit weit aufgerissenen Augen an. Prof Mäusler sagte kein Wort, hatte ich zu leise gesprochen? Oder vielleicht zu schnell?

„Vera!", entfuhr es Helmut, dann reichte er Prof. Mäusler stumm ein Blatt. Sie ergriff es, und ließ es, als litte sie an einer plötzlich auftretenden senilen Greifstörung, sofort wieder auf den Schreibtisch sinken.

„Was haben Sie gesagt – ich habe mich wohl verhört?"

„Nein - ich kündige meine Arbeitsstelle – sofort."

„Aber – Frau Roth, wissen Sie denn, was Sie tun? So eine Stelle werden Sie so schnell nicht mehr finden!"

„Das hoffe ich sogar."

„Wie bitte?" Prof. Mäusler kam offenbar mit meinen Antworten nicht zurecht, die das genaue Gegenteil von dem darstellten, was sie von mir erwartet hatte. Für eine Akademikerin wie sie war jede Stelle an der Universität ein Glücksfall, selbst wenn sie auf der untersten Stufe der Hierachie angesiedelt war. Und meine befand sich sogar auf der zweiten oder dritten. Also sah ich mich gezwungen, ihr meine abweichende Ansicht der Dinge deutlicher darzulegen.

„Frau Prof. Mäusler, so eine Stelle will ich überhaupt nicht mehr finden – nicht einmal suchen werde ich sie."

Die Mäusler verfärbte sich, durch die Rauchschwaden schimmerte ihre Gesichtshaut rot. Allmählich schien sie mich zu verstehen. „Wann wollen Sie gehen?", sagte sie spitz.

„Am liebsten sofort."

„Vor Weihnachten also?", presste sie heraus.

„Aber ja!"

Diesmal gab sie sich keine Blöße, sie riss sich zusammen.

„Gut, Frau Roth, ich werde veranlassen, dass Sie Ihre Papiere bekommen. Nicht sofort natürlich – bis zum nächsten Ersten müssen Sie sich schon gedulden."

Blitzschnell klappte in meinem Kopf ein Kalender auf – es klang schlimmer als es war – bis zum nächsten Ersten waren es nur noch ein paar Tage.

Prof. Mäusler warf mir einen triumphierenden Blick zu: „Mit Arbeitslosengeld werden Sie nicht rechnen können, dass dürfte Ihnen ja wohl klar sein."

„Ich brauche kein Arbeitslosengeld, Frau Prof. Mäusler!"

Meine gewesene Chefin warf ihrem Assistenten einen vielsagenden Blick zu, den er mit einem verlegenen Augenaufschlag erwiderte. Das wollen wir erst mal sehen, oder – die wird sich schon noch wundern, so ähnlich musste die Sprechblase dazu lauten. Man könnte den Text aber auch auf die Mäusler anwenden, dachte ich, vielleicht würde sie sich ja wundern, oder eben nicht, mir war es einerlei.

Es gelang Prof. Mäusler nur schlecht, ihre Wut hinter einer Fassade sirupartiger Freundlichkeit zu verbergen. „Dann wünsche ich Ihnen alles Gute", sagte sie und wandte sich wieder Helmut zu. „Wo waren wir stehen geblieben?" Ich drehte mich um und verlies das Büro.

„Man sieht sich," sagte Helmut, dann fiel die Tür hinter mir ins Schloss.

Wenig später saß ich im Starcafé auf meinem Lieblingsplatz hinter der Panoramascheibe. Auf der Hauptstraße ging es zu wie auf einem Laufsteg mit Gegenverkehr. Fahrräder wurden geschoben, Studentinnen schraubten sich auf ihren Highheels und mit ihren großen Umhängetaschen über den Schultern Richtung Uniplatz. Inlineskater bahnten sich ihren Weg und nutzten frech die entstehenden Lücken zwischen den Passanten aus. Ein Obdachloser stellte sein Bettelschild auf, ‚Wir haben Hunger', und sein Hund hob das Bein an der Laterne, an der mein Fahrrad angekettet war. Es war wie im Kino in einem langsamen, langweiligen Film, ich saß da und schaute zu, als hätten die Ereignisse keine Bedeutung, sie liefen vor mir ab, wie sie abliefen und das war alles. Es war mir, als läge das Gespräch mit Prof. Mäusler schon Jahre zurück, als könne ich mich nur mit Mühe an die Einzelheiten erinnern, weil sie nicht mehr wichtig waren. Eine große Leichtigkeit ergriff mich, eine beinah himmlische Heiterkeit. Zuhause würde ich als erstes Massimo anrufen und sein Angebot annehmen, wie wunderbar sich alles fügte! Der Capuccino schmeckte bittersüß und verheißungsvoll. Für einen Moment fühlte ich mich eins mit der Welt – da schreckte ich aus meinen Gedanken auf, irgendjemand hatte an die Scheibe geklopft. Es war Helmut. Schon wieder! Er kam herein und rückte einen Hocker ans Fenster, ohne mich um Erlaubnis zu fragen. Wie immer, wenn er ein dringendes Anliegen hatte, deutete er meine Gefühle falsch. Aber immerhin ging er davon aus, dass ich mit solchen ausgestattet war.

„Wie geht es dir, Vera?", sagte er. „Ich konnte dich doch nicht so gehen lassen!" Er sah besorgt aus, es fehlte nur noch, dass er väterlich den Arm um mich legte.

„Blendend", sagte ich und rückte meine Kaffeetasse von ihm ab, „bis vor einer Sekunde jedenfalls."

„Du nimmst dir immer gleich alles so zu Herzen", sagte er. „Hoffentlich hast du dir's gut überlegt."

„Da kann ich dich beruhigen." Fast hätte ich erzählt, dass ich einen neuen Job in Aussicht hätte, weil ich ihn davon abhalten wollte, sich diese aufgebauschten Sorgen zu machen, aber ich biss mir in letzter Sekunde auf die Lippe und schwieg. Ich hatte Massimo ja überhaupt noch nichts von meiner Entscheidung erzählt – und über ungelegte Eier zu reden, brachte Unglück, dass wusste ich von meiner Großmutter.

„Du willst uns wirklich verlassen?", seufzte er. „Du bist unersetzbar, das weißt du doch, wie sollen wir ohne dich weiterarbeiten?"

„Ja, Helmut, das weiß ich."

„Was weißt du?"

„Na, dass ich unersetzbar bin."

Helmut legte seine Stirn in Falten wie ein junger Boxerhund. Es sah aus, als mache er sich ernsthafte Sorgen um mich, wahrscheinlich hielt er mich für verrückt, oder schlimmeres. Er schwieg eine Weile, als suche er nach den richtigen Worten, um mich vom Ernst der Lage zu überzeugen. Aber was er sagte, klang wieder ganz nach dem treuen Assistenten.

„Prof. Mäusler lässt dir ausrichten, dass du nicht mehr ins Büro zu kommen brauchst." Fast schien es mir, als erwarte Helmut, dass ich mich durch diese Mitteilung beleidigt fühlen würde. Immerhin verstand ich jetzt besser, warum er mir ins Starcafé nachgelaufen war – die Mäusler hatte ihn geschickt, um noch eine kleine Giftspritze auf mich loszuwerden und Helmut hatte sich als Bote missbrauchen lassen.

„Du glaubst gar nicht, was du mir für eine Freude mit dieser Nachricht machst", sagte ich. „Richte ihr bitte meinen innigsten Dank aus!"

Ich meinte es ernst, aber Helmut dachte, ich wolle nur vertuschen, wie getroffen ich sei. Sich in andere hineinzuversetzen, wenn sie nicht Prof. Mäusler hießen, war noch nie seine Stärke gewesen. Schweigend drehte er an seiner Kaffeetasse und starrte auf seine Fingernägel, während ich in der peinlichen Gesprächspause die Schlagzeilen der Tageszeitung studierte, die jemand auf dem Tisch liegengelassen hatte. Das brachte ihn wieder zu sich.

„Siehst du Carmen wieder mal?"

Auf dieses Stichwort hatte ich fast gewartet, auch darüber freute ich mich, weil es mir zeigte, dass Helmut doch noch über ein gewisses seelisches Eigenleben verfügte. Diesen Ball nahm ich gerne auf – ich brauchte mich gar nicht anzustrengen, um Helmut in allen Farben Carmens neue Lebenswelt als Reitlehrerin auszumalen. Ich ließ meiner Phantasie freien Lauf – Liebe, Pferde und Moneten – sie hätten das große Los gezogen und einen wunderbaren Reiterhof gepachtet. Ihr Geschäft ginge gut und Carmen und Roberto seien ein Traumpaar. Was ich erzählte, klang wie ein Roman von Gaby Hauptmann und ich war gespannt, wie sich dieser Roman zu Gersons und Vikos Tatsachenbericht verhalten würde. Je mehr ich erzählte, desto kleinlauter wurde Helmut und er tat mir fast ein bisschen leid.

„Ich habe so etwas geahnt", sagte er. „Gegen so einen Reiter als Nebenbuhler hätte nicht einmal ein Woodoo-Zauber geholfen", sagte er traurig.

„Das kann ich mir vorstellen", sagte ich mit gespieltem Mitleid.

Helmut legte seine Stirn noch mehr in Falten, es musste eine neue Angewohnheit sei, die mit Carmens Verschwinden zu tun hatte. „Ach, Vera, und jetzt lässt du mich allein mit der Chefin!"

Gleich würde er anfangen zu weinen, das wollte ich nicht miterleben. Ich hatte es auf einmal sehr eilig und gab Helmut betont förmlich die Hand: „Man sieht sich, Helmut, bis bald. Nimm's nicht so schwer, du schaffst das schon."

Als ich mein Fahrrad von der Laterne befreite, sah ich Helmut am Fenster sitzen, den Kopf in die rechte Hand gestützt. Rauchschwaden stiegen aus seinen verstrubbelten Haaren auf wie kleine Fragezeichen, dabei war das Starcafé seit kurzem zu einem Nichtraucherlokal geworden. Und ganz im Gegensatz zu den Professoren in den Räumen der Universität, hielt sich hier jeder daran.

Auf der Neckarbrücke pfiff mir ein frischer Wind um die Ohren. Ich musste kräftig in die Pedale treten, um vorwärts zu kommen, aber das machte mir nichts aus. ‚Allen Gewalten zum Trotz sich erhalten', hörte ich meine innere Stimme skandieren und es war mir, als ob sie dabei lachte. Mit ihrer körperlosen Kraft packte sie mein Fahrrad am Sattel und gab uns einen kräftigen Schub.

38

Dummerweise hatte ich mir Massimos Telefonnummer weder gespeichert noch aufgeschrieben und alle Versuche, seinen Namen im Telefonbuch zu finden scheiterten. Vielleicht hatte ich seinen Nachnamen nicht richtig verstanden, er klang ausländisch, irgendwie französisch, wenn ich mich nicht täuschte. Einen kurzen Augenblick lang wurde mir mulmig, was, wenn Massimo schon jemand anderes für die Stelle vorgesehen hätte? Sei`s drum, dachte ich, hat er mir nicht eine gewisse Bedenkzeit eingeräumt? Ich erwischte mich dabei, wie ich auf Antworten meiner sonst so vernehmlich auftretenden inneren Stimmen wartete, aber die laute, selbstsichere, die immer versuchte, mich niederzumachen schwieg so beharrlich, wie die zarte, mit den hilfreichen Tipps. Auf die Idee, dass ich sie gar nicht hören konnte, weil etwas anderes in mir nach vorne drängte, kam ich nicht.

Zuerst einmal rief ich Dr. Abnemer an. Ich musste endlich wissen, warum Nine so störrisch war. Es gelang mir erst nach mehreren Versuchen zu ihm durchzukommen. Einmal war er im OP bei einer Zahnoperation, dann war er auf dem Weg zu einem Notfall und als ich ihn endlich an der Strippe hatte, bot er mir einen Termin in drei Wochen an, oder einen Besuch seiner Assistentin. Noch heute Nachmittag. Ich schaute auf die Uhr. Gerson und Viko würden erst spät abends zurückkommen, ich konnte über meinen unerwarteten Kurzurlaub frei verfügen und sagte zu. Dr. Abnemer versicherte mir, dass ich Dr. Sandra Luh am Firmenwagen, einem roten Kombi, leicht erkennen würde.

Ausgemacht war 15 Uhr. Natürlich war ich schon eine Viertelstunde früher auf dem Leierhof und mistete Nines Box aus. Dann putzte ich Zaum- und Sattelzeug und als um 16 Uhr immer noch kein roter Kombi auf dem Hof erschien, stellte ich Nine in die Führmaschine und plauderte mit Marlen. Vielleicht hatte es ja wieder einen Notfall gegeben? Aber warum rief sie mich dann nicht an, die Epoche der gelben Telefonzellen war doch schon seit einer Ewigkeit vorbei?

Nach ungefähr zwei Stunden war es dann soweit. Klein, blass, schlaffer Händedruck – Dr. Sandra Luh. Sie habe sich völlig verfranst und die falsche Autobahnausfahrt genommen, es gäbe so viele davon in dieser Gegend, sagte sie. „Wie geht es Nine?"

Ich zuckte die Achseln.

„Aber was hat sie denn – weswegen haben Sie uns angerufen?"

„Das ist es ja, ich weiß es nicht!"

„O - kay", sagte sie geziert und schaute mich von der Seite her an, so schräg wie manchmal Nine. Sie zweifelt an meiner Zurechnungsfähigkeit, will es mir aber nicht ins Gesicht sagen, dachte ich.

„Ooo - kay", sagte sie noch einmal, was die Sache auch nicht besser machte. „Zeigen Sie mir die Stute doch mal".

Nine folgte mir mit angelegten Ohren widerstrebend zur kleinen Halle. Die Tierärztin betrachtete sie kritisch von oben bis unten, hob die Hufe auf, tastete ihren Rücken ab, legte das Hörrohr an den Dickdarm und leuchtete mit einer Taschenlampe in Nines Augen.

„Sieht alles sehr gut aus", sagte sie. „Hustet sie?"

„Nein", sagte ich.

„Bitte einmal traben." Ich klickte die Longe in den Halfterring und hob die lange Peitsche. Nine trabte sofort an und ging schwungvoll vorwärts.

„Bitte einmal die andere Hand." Nine zeigte sich auch hier von ihrer besten Seite.

„Wie ist ihre Verdauung?"

„Gut", sagte ich, „und regelmäßig".

Langsam wurde mir klar, dass ich mir die 80 Euro plus anteilige Fahrtkosten, die ich Dr. Luh gleich in die Hand drücken würde, hätte sparen können.

„Sollen wir noch eine Beugeprobe machen?", fragte sie.

„Warum?", sagte ich. „Nine lahmt ja nicht."

„Ja, dann wünsche ich Ihnen weiterhin viel Glück. Das Pferd ist vollkommen gesund und in einem sehr guten Ernährungszustand. Vielleicht", setzte sie hinzu, „ist sie ein bisschen zu dick. Aber mit einem ordentlichen Training sollten Sie das hinkriegen."

„Ich weiß", sagte ich.

„Soll ich Ihnen noch ein Vitaminpräparat und eine Dose Muschelkalk dalassen, beides vorbeugend gegen Sehnen- und Gelenkschäden? Sehr zu empfehlen, von der Mühle Gebert, ein neuentwickeltes Produkt, Pferde verletzen sich ja leicht mal."

„Nein danke", sagte ich kurz angebunden.

Dr. Luh verabschiedete sich mit ihrem schlaffen Händedruck. „Wenn es nicht besser werden sollte, müssten Sie das Pferd einmal zu uns in die Klinik bringen. Eine Woche zur Beobachtung."

„Ja", sagte ich unwirsch und sehnte mich nach dem Geräusch ins Schloss fallender Wagentüren und dem eines anspringenden VW-Motors.

‚Vollständige Gesundheit' hätte die Diagnose heißen müssen, aber Diagnosen gab es nur im Krankheitsfall. Und der lag bei

Nine offensichtlich nicht vor. Aber ich wusste doch, dass irgendetwas los war mit meinem Pferd, auch wenn diese Tierärztin das Gegenteil behauptet hatte. Ich fühlte mich hilflos und alleine. Die Peynibel hatte mir eine Problemlösung angeboten, die mir überhaupt nicht eingeleuchtet hatte. Ob ich Liberty doch noch einmal um Rat fragen sollte?

39

Voller düsterer Gedanken schlenderte ich mit Nine am Führstrick zur Koppel. Es hatte doch alles so gut begonnen, wir schienen das ideale Paar zu sein. Und wie ich mich bemüht hatte, alles richtig zu machen. Edda wäre glücklich gewesen, wenn sie ihrer Amica einen Stall wie den Leierhof hätte bieten können! Nine hatte hier doch paradiesische Lebensbedingungen, warum stellte sie sich nur so an?

Eigentlich hätte ich heute wieder einmal richtig reiten können, etwas „schaffen", wie Marga immer gesagt hatte. Mit dieser Umschreibung hatte sie ein für Mensch und Tier schweißtreibendes Training gemeint. Doch daraus wurde nichts, irgendwie hatte ich heute keine rechte Lust zum Reiten und meine innere Stimme, die leise, die ich plötzlich erstaunlich deutlich hörte, plädierte für einen kleinen Ausritt oder eine Pause auf der Wiese.

„Wieder mal Koppeltag?" Liberty stand hinter mir. Wir trafen uns immer hier draußen, dachte ich, ob das ein Zufall war? Es kam mir so vor, als warte sie nur darauf, bis ich in Richtung Weide abzog, um mir hinterherzulaufen und mir ihre Weisheiten aufzudrängen. Ihr schnippischer Ton verriet mir, dass sie mit unserem Urlaubstag nicht einverstanden war.

„Du musst Dein Pferd gymnastizieren, mit ihr arbeiten." Liberty war wieder ganz die Alte. Überhaupt nicht mehr kleinlaut und kein bisschen zerknirscht. Wahrscheinlich hatte sie mit Nine ein Gespräch unter vier Augen geführt und ihre geheimsten Wünsche erfahren.

„Wenn du es nicht selbst hinbringst, dann hole dir Hilfe. So jedenfalls kann es nicht weitergehen. Ein Pferd wie Nine braucht konsequente Arbeit, und das, was du ihr bietest, reicht nicht einmal für einen Rentner."

„Was schlägst du vor?"

„Das musst du selbst entscheiden."

Liberty bückte sich und riss gelbe Blümchen aus, die aussahen wie Johanniskraut. „Da, da hinten am Zaun, ganze Büschel", sagte sie und fuchtelte mit den Stängeln unter meiner Nase herum.

„Hübsch."

„Von wegen – das ist Jakobskreuzkraut – hochtoxisch!" Jetzt hatte Liberty endlich erreicht, was sie vermutlich die ganze Zeit beabsichtigt hatte – eine Mischung von Schuldgefühlen und Wut ergoss sich durch meine Adern und überfiel meinen Kopf – Liberty hatte mich wieder einmal dabei erwischt, dass ich nicht die erforderliche Sorgfalt hatte walten lassen. Natürlich beließ sie es nicht dabei und belehrte mich über alle möglichen Folgen im Falle weiterer Unachtsamkeiten. Das faulende Fallobst vom Apfelbaum am Zaun, die wuchernden Brombeerranken und Disteln. Und die Fäkalien – in Kürze würde sich meine Koppel in einen großen Misthaufen verwandeln. Ich kam mir vor wie ein Kind bei der Theorieprüfung zum Kleinen Hufeisen, das seine Lektionen nicht gelernt hatte, doch ich versuchte, meine Scham zu unterdrücken. Ich wartete ab, bis sie mit ihrer Belehrung fertig war, dann bedankte ich mich für ihre Hinweise. Mit dieser Antwort hatte sie offenbar nicht gerechnet, denn sie schaute mich an und verstummte.

In diesem Moment vibrierte mein Handy. Iris hatte versprochen, Nine und mir einen Besuch abzustatten, vielleicht wollte sie sich schon für heute Nachmittag ankündigen? Als ich ihre Stimme hörte, hellte sich meine Laune merklich auf, doch was sie mir mitzuteilen hatte, überraschte mich:

„Sie haben ihn gefasst – den Fahrer des Kastenwagens!"

„Du meinst den verkappten Schmied?" Es war, als ob ich aus einem Tiefschlaf erwachte: „Du willst sagen, sie haben Iwan gefangen?"

„Ganz genau, die Polizisten haben den Wagen auf dem Parkplatz einer Autobahnraststätte entdeckt. Der Kerl versuchte abzuhauen, als er die Beamten bemerkte."

„Ist es wirklich Iwan?"

„Ja, aber er leugnete hartnäckig, zur Tatzeit auf dem Leierhof gewesen zu sein."

„Hat er ein Alibi für die Tatzeit?"

„Ich glaube nicht."

Während des Gespräches hatte ich mich ein paar Schritte von Liberty entfernt. Erst jetzt schaute ich mich nach ihr um, aber sie war verschwunden. Nur gut, sie hat meine Fragen nicht mitgehört, also brauche ich sie nicht über den Zusammenhang meines Gespräches mit Iris aufzuklären, dachte ich. Aber trotzdem hatte ich Liberty gegenüber ein schlechtes Gewissen, weil ich ihr nichts über Iris erzählt, sie nicht einmal über den neuesten Stand meiner Nachforschungen im Fall Marga informiert hatte. Was hätte ich ihr auch erzählen sollen, Marga war für Liberty immer noch ein rotes Tuch.

„Wann darf ich euch auf dem Leierhof besuchen?", hörte ich Iris sagen.

„Wann immer du willst." Ich verabschiedete mich schnell, weil ich plötzlich Liberty unter dem Apfelbaum im Gras sitzen sah. Anscheinend hatte sie gewartet, bis ich fertig mit telefonieren war.

„Was gab es denn so Wichtiges?"

Aber statt einer Antwort drängte sich mir die Frage auf:

„Liberty, hast du Marga jemals mit Schlaufzügeln reiten sehen?"

Ihr ‚Nein' kam entschieden: „Das hatte ihr Roberto ausdrücklich verboten."

„Kennst du eigentlich Anita?"

„Meinst du die blonde Russin, eine Freundin von Marga und Benno, also von Benno – hast du dich mal mit ihr unterhalten?"

Erst in dieser Sekunde wurde mir bewusst, dass ich mit Anita noch kein Wort gewechselt hatte. „Nein", sagte ich.

„Ihre Stimme klingt irgendwie metallisch, ganz ohne Modulation – gespenstisch!"

Hatte ich nicht vor kurzem mit jemandem gesprochen, dessen Stimme wie eine Automatenstimme klang? Ich hörte sie deutlich, aber mir fehlte das passende Gesicht dazu.

„Warum interessierst du dich plötzlich für Anita?", fragte Liberty. „Seit Margas Tod ist sie hier doch nicht mehr aufgetaucht. Oder vielleicht doch, warte mal, ich glaube, ich habe sie vor ein paar Tagen hier gesehen, – ja, sie war in Eile, sie hat ein paar Sachen von Marga abgeholt, Benno wollte nicht selbst rauskommen, sagte sie. Und da fällt mir ein, bei den Sachen waren ein paar Schlaufzügel dabei. Was hat Marga nur mit Schlaufzügeln angefangen?"

„Vielleicht hat sie ein anderer gebraucht?"

Liberty sah mich verwundert an. Wie hätte sie mich auch verstehen können, wenn ich selbst nicht richtig wusste, worauf ich hinauswollte. Ich wusste nur eines:

„Ich brauche deine Hilfe, Liberty."

Sie parkte ihren Landrover unten an der Wiese. Ich stieg aus und bat sie auf mich zu warten. „Wenn ich nach einer halben Stunde noch nicht zurück bin, rufe die Polizei." Ich lief den

Schotterweg hinauf und öffnete das Gartentürchen. Das Gras stand ungemäht, braun und nass, kein Kinderspielzeug lag herum. Dann sah ich das Schild der Immobilienfirma. Was, wenn Benno und Anita schon die Koffer gepackt hatten und über alle Berge waren? Ich klingelte an der Eingangstür, Schritte näherten sich, Benno öffnete. Er sah bleich und übernächtigt aus. „Was wollen Sie von mir?", fragte er, ohne mich zu grüßen. „Falls Sie Anita suchen, sind Sie hier fehl am Platz, sie ist verreist mit Sascha, sie musste nach Russland zu ihren Eltern."
Wieder zuhause fühlte ich mich vollkommen erschöpft. Was das ein Wunder? Ich bin mit Gerson unterwegs, wir laufen bergan, hie und da liegt noch Schnee, grau und verharscht, in den Schlaglöchern gefrorene Pfützen, denen wir ausweichen müssen. Der Himmel ist wolkenverhangen, im Tal hängt grauer Nebel. Je höher wir kommen, desto ausladender werden die Schneefelder, aber zwischen den Flecken ist immer noch das niedergedrückte Grün zu sehen. Auch im Wald stehen Grasbüschel auf brauner, papierener Blättermatratze, an den Bäumen hängt dürres Laub, das im Wind raschelt. Von den Hängen stürzen Bäche herab, überall ein Gluckern und Rauschen, das das Vogelgezwitscher übertönt. Oder gibt es hier gar keine Vögel? Es sind ja auch keine Tierspuren zu sehen. Wir gehen bergauf, folgen der Loipe, sie ist gut gekennzeichnet mit einem schwarzen P, P wie Panorama, wir wandern auf der Panoramaloipe, wir sind allein, für Skifahrer liegt zu wenig Schnee und für Wanderungen ist es zu kalt, kein Mensch ist unterwegs. Wir folgen der Skispur, die nach links in den Wald abbiegt. Den breiten Weg, der ins Tal führte, haben wir längst hinter uns gelassen. Der Schnee wird tiefer, ich sinke ein bis zum Knie. Gerson geht scheinbar mühelos, sieht sich nicht um, geht immer schneller. Ich taste nach meinem Handy, ich finde es nicht, ich habe es irgendwo vergessen.

Wir müssen weiter, ruft mir Gerson zu, es ist der Rundweg, ich sehe ihn deutlich. Immer weiter bergauf geht er, auch wenn die Loipe nicht mehr zu sehen ist. Niemand wird uns suchen, wenn wir uns hier verirren, wir haben uns schon verirrt, der Weg wird steiler, linkerhand tut sich eine Schlucht auf. Ein brüchiges Holzgeländer trennt mich vom Abgrund. Ich sehe Spuren, schreit Gerson, er will mich aufmuntern, er scheint zu fliegen, aber an meinen Füssen klebt der alte Schnee wie zäher Brei, mühsam setze ich einen Fuß vor den anderen, die Luft wird mir knapp, meine Brust fühlt sich an wie in einen Schraubstock gespannt. Gerson, wir müssen zurück, schreie ich. Nein, sagt er, ‚ich sehe Schneesschuhsspuren, das ist unsere einzige Chance. Was, wenn die Spuren in die Irre gehen, wenn sie plötzlich aufhören, es sind Abdrücke von Schneeschuhen. Wir haben Wanderschuhe an, meine Zehen sind nass, meine Hände kalt, ich habe Durst und mein Herz hämmert an die Rippen. Wir laufen im Kreis. Ich muss mich entscheiden, jetzt, es muss etwas geschehen. Und plötzlich weiß ich es: Ich bin alleine hier im Wald, niemand wird mir helfen, nur ich kann meinen Weg finden, den Ausweg aus der Wirrnis, es ist meine Entscheidung. Da höre ich Glockengeläut, ich bin am Ziel, es wird so hell plötzlich, ich schlage die Augen auf.

Irgendjemand klingelte Sturm an unserer Haustür. „Meine Güte, das ist wahrscheinlich Gerson, er hat seinen Schlüssel vergessen, er ist aus Berlin zurückgekommen." Ich hatte mich nur eine halbe Stunde lang aufs Sofa legen wollen.

40

Die Reitbahn, die Halle, der Stall und die Koppeln, die Diashow auf Gersons Laptop ließ nichts zu wünschen übrig. Das nächste Bild zeigte Carmen in Reitstiefeln, Roberto hatte den Arm um sie gelegt, Carmen sah glücklich aus. Nach dem dritten oder vierten Bild in dieser Art wurde ich ungeduldig.

Die Photos von Roberto und Carmen riefen in mir unangenehme Erinnerungen wach. Plötzlich spürte ich wieder dieses dumpfe Gefühl im Kopf und mir wurde für den Bruchteil einer Sekunde schwindelig. Noch immer wusste ich nicht, wer mich am Tag vor den Ferien niedergeschlagen hatte. Nur eines wusste ich genau: Roberto war der Erste gewesen, der nach dem Überfall bei mir war.

Ich hielt Gerson mein Glas hin. „Schenk' mir ein, ich brauche noch einen Schluck."

Viko klappte den Laptop zu.

Langsam öffnete Gerson eine Flasche *Ulisses Lima*, die zweite an diesem Abend.

„Kurz nachdem du mit Nine auf den Leierhof gekommen bist, hat Roberto angefangen, mit Pferden zu handeln. Er vermarktete Russenwallache für einen Betrieb im Bayerischen Wald. Er hat ein paar Pferde an eure Einstellerinnen verkauft, schöne, brave Tiere, wie geschaffen für Freizeitreiterinnen. du hast ja mit den Frauen gesprochen, Vera. Doch bald wurde klar, dass die Pferde nicht hielten, was er den Käuferinnen versprochen hatte. Sie hatten Allergien oder Husten, mal eine Hufgelenkentzündung, auch Koliken kamen vor und faule Backenzähne. Der einzige, der davon profitierte, war Dr. Abnemer. Roberto wollte aus dem Geschäft aussteigen, aber seine Partner setzten ihn unter Druck, er solle noch mehr Pferde verkaufen und boten ihm eine höhere Provision. Ihr Landsmann Iwan steckte mit ihnen unter einer Decke. Vera, du erinnerst dich, als wir aus dem Urlaub zurückkamen, war Iwan nicht mehr auf dem Hof."

Verblüfft schaute ich Gerson an. „Dann war diese Anlage an der Tschechischen Grenze der Grund für dein plötzliches Verschwinden im Frühjahr? Du bist also dorthin gefahren, um für deine sogenannte Aktivurlaubreportage zu recherchieren? *Undercover* sozusagen?"

„Ja, genau! Aber leider konnten wir nichts Verdächtiges feststellen. Man sieht es so einer Anlage nicht an, ob sie durch eine Geldwaschanlage gelaufen ist. Und die Pferde machten einen guten Eindruck – auf mich wenigstens, sie sahen alle so aus, wie das Pferd von Massimo."

„Deshalb hast du damals auch nicht viel erzählt, oder?"

„Hm – ich war mir unsicher und wollte keine Gerüchte in die Welt setzen. Nur als du kurz vor unserer Abreise mit einer Schramme auf dem Kopf nach Hause kamst, habe ich angefangen, mir Sorgen zu machen. Ich war drauf und dran, auf den Leierhof zu fahren und mir Roberto vorzuknöpfen, aber dann fand ich es besser, erst einmal zu verschwinden. Du erinnerst dich doch an diesen letzten Tag vor unserer Abreise?"

Natürlich erinnerte ich mich, allein schon der Gedanke daran machte mir Kopfschmerzen.

„An diesem Morgen kam einer der Pferdehändler auf den Hof, um Roberto in die Zange zu nehmen. Der Typ wusste, dass außer Roberto und Iwan um diese Zeit niemand sonst im Stall sein würde. Die Einzige, die so früh aufstand, war Marga, aber sie war tot. Im Stall war es noch ziemlich duster, es ist gut möglich, dass dich der Gangster mit jemandem verwechselt hat. Und als er den Irrtum bemerkte, ist er getürmt," gab Viko zu bedenken.

„Aber es waren zwei", sagte ich, „und ich habe eine Stimme gehört, die ich so schnell nicht wieder vergessen werde."

„Vielleicht hat ihm ja Iwan geholfen? Wie auch immer – nach diesem Vorfall bekam der Pferdepfleger kalte Füße und suchte Hals über Kopf das Weite. Möglich wäre auch, dass er es war, der dich angegriffen hat – keine Ahnung. Roberto hatte ein schlechtes Gewissen wegen Marga, er machte sich Vorwürfe – als ihr Reitlehrer fühlte er sich mitschuldig an ihrem Tod."

„Carmen konnte Marga gut leiden", sagte Viko. „Sie durfte ihre Pferde reiten und manchmal hat sie Marga auch zu Hause besucht."

Ob sie sich wirklich so gut verstanden, wie Viko meinte, wagte ich zu bezweifeln. Ich erinnerte mich deutlich an unser Gespräch im Starcafé, als Carmen alle möglichen Einzelheiten aus Margas Eheleben vor mir ausbreitete, es war nichts anderes als Tratsch, mit einer gehörigen Portion Neid und Eifersucht gemischt.

„Roberto gelang es schließlich, Carmen zu überreden, mit ihm nach Berlin zu ziehen. Seither haben die Russen die beiden in Ruhe gelassen, warum weiß niemand so recht. Carmen vermutet, dass es ihnen um Marga ging. Sie schien Lunte gerochen zu haben und dann hat sie angefangen rumzuschnüffeln. Die Russen wollten sich natürlich nicht in die Karten sehen lassen und haben versucht, Marga abzuschrecken, ihr Angst einzujagen. Die arme Dogge, die sie massakriert haben! Für Roberto war diese blutrünstige Tat ein erstes Warnsignal. Von da an wollte er mit den krummen Geschäften aufhören. Er wusste nur noch nicht wie."

„Manchmal gibt es Sackgassen, in die man ohne eigenes Verschulden hineingerät und die man nicht einfach durch Umdrehen verlassen kann", sagte Viko. „Roberto konnte mit Marga natürlich nicht über seine Verstrickungen reden."

„Wie dem auch sei – nach Margas Tod hat Roberto mit den Russen nicht mehr viel zu tun gehabt und sie sind tatsächlich aus seinem Leben verschwunden. Womöglich ist die ganze Bande aufgeflogen – ich weiß es nicht."

Während unseres Gespräches dachte ich die ganze Zeit darüber nach, wie das, was Gerson und Viko erzählten, zu dem passte, was ich von Iris erfahren hatte und was mir inzwischen auf dem Leierhof zugestoßen war. Vielleicht hatte Marga Roberto helfen wollen, aus dem Geschäft auszusteigen? Als sie sich an mich gewandt hatte, war es bereits zu spät gewesen. Es waren Ereignisse, die in der Vergangenheit lagen, die ich in meinen Gedanken immer wieder neu miteinander verknüpfte. Dieses Gefühl beunruhigte mich, immer wenn ich die Geschichte von einer anderen Perspektive aus betrachtete, änderten sich die Deutungen und Beurteilungen und belasteten den einen oder die andere. Und wenn für eine Hundertstelsekunde so etwas wie eine Erkenntnis aufblitzte, dann schien sie sich jedes Mal, wenn ich sie ergreifen wollte, in Nichts aufzulösen.

Gerade als ich anfangen wollte, von meinen Erlebnissen und Schlussfolgerungen zu berichten, klingelte es an der Tür. „Erwarten wir so spät noch einen Gast? Das kann ja nur Liberty sein!" sagte Gerson. Viko und Marlen zuckten die Achseln, aber für mich war alles klar. Eigentlich hatte ich die ganze Zeit auf niemand anderes gewartet. Schnell stand ich auf.

„Eine Überraschung", sagte ich im Hinausgehen. Mein Gefühl hatte nicht getrogen, vor der Tür stand Iris. Wir umarmten uns wie zwei alte Freundinnen. Arm in Arm gingen wir in die Küche.

Gerson hatte Marga ein paar Mal gesehen, als Iris vor ihm stand, versuchte er seine Verblüffung zu verbergen, aber ich spürte seine innere Anspannung, die auf etwas anderes als bloßes Erstaunen hindeutete.

„Ich will euch Iris vorstellen, Margas Schwester", sagte ich. „Sie kommt genau im richtigen Augenblick!"

Gerson holte ein Glas aus dem Küchenschrank und goss Iris ein. Er hatte immer noch kein Wort zu ihr gesagt, es war als habe er seine Augen auf Fernsicht gestellt und sehe er einfach durch sie hindurch. Aber von seinem *Ulisses Lima* verschüttete er keinen Tropfen. „Kennst du schon die Neuigkeiten über Anita?", fragte ich Iris, obwohl mir klar war, dass die anderen diesen Namen überhaupt noch nicht gehört hatten. Iris, die das allgemeine Erstaunen bemerkte, rettete die Situation. Mit ein, zwei Sätzen klärte sie die Freunde über Bennos Geliebte auf.

„Anita hat Benno verlassen, angeblich ist sie mit dem Kind nach Russland,", fügte ich hinzu.

Iris schien überhaupt nicht überrascht zu sein. „Erwartet bloß nicht, dass ich Mitleid mit dem Kerl habe! Ich konnte Anita noch nie leiden, warum weiß ich nicht, Marga ist mit ihr ja ganz gut ausgekommen. Wenn ich an Anita denke, höre ich sofort ihre Stimme und bekomme eine Gänsehaut."

„Warum denn?", fragte Gerson, der sich plötzlich wieder gefangen hatte.

„Weil sie wie eine Säge klingt."

Etwas blitzte in meinem Kopf auf und diesmal hielt ich es fest. „Es war Anita, die mich in die Falle gelockt hat!" sagte ich.

„In welche Falle denn?"

„Du hast mich die ganze Zeit nicht zu Wort kommen lassen, Gerson. Deine Geschichte war wirklich spannend, aber jetzt solltest du dir meine anhören." Und ich erzählte in groben Zügen mein nächtliches Abenteuer auf dem Leierhof, das mit einem Anruf begann.

Als ich mit meinem Teil des Krimis fertig war, fragte Iris:
„Was ist eigentlich aus Taxos geworden?"

Viko gähnte. Er hatte schon sein drittes Glas *Ulisses Lima* getrunken und sehnte sich ganz offensichtlich nach seinem Bett. „Roberto trainiert ihn und hat schon ein paar Schleifen abgesahnt."

„Also war die Diagnose „Rückenprobleme" falsch?"

„Wieso Diagnose? Sie haben das Pferd gar nicht untersuchen lassen. Aber wenn Taxos krank gewesen wäre, hätte Roberto ihn bestimmt nicht geritten."

„Und Carmen schon gar nicht. Sie hat mit ihm sogar eine S-Dressur gewonnen", sagte Gerson.

Iris kam nicht dazu, einen Kommentar zu Taxos abzugeben, denn wieder wurde sie durch ein Klingeln unterbrochen. Gerson sah zur Uhr, es war kurz vor Mitternacht. „Je später der Abend – jetzt kommt bestimmt unsere Liberty."

Aber er wurde ein zweites Mal enttäuscht. Benno kam die Treppe herauf, schwer atmend und blass, er hatte sich keine Mühe gegeben, sein Äußeres in Form zu bringen, er sah genauso ungepflegt aus, wie heute Nachmittag. Aber irgendetwas schien in der Zwischenzeit vorgefallen zu sein. Wenn er mich heute Nachmittag schroff und unfreundlich abgefertigt und den Eindruck vermittelt hatte, als wäre es ihm am liebsten, wenn ich mich in Luft auflöste, so schien er sich jetzt zu freuen, dass er mich sah. „Frau Roth, Vera, bitte entschuldigen Sie die Störung, ich weiß, es ist spät, aber ich musste Sie unbedingt sprechen. Ich habe mich schlecht benommen, bitte entschuldigen Sie mein Verhalten."

Ich konnte es nicht fassen, dass Benno Lundt zu dieser Nachtzeit nur deshalb vorbeikam, weil er sich bei mir entschuldigen wollte. Ich bat ihn hereinzukommen, das gab mir Zeit, nachzudenken. Ein Gedanke hämmerte an meine Hirnwand:

Warum ist er eigentlich nicht mit seiner Anita abgehauen? Was wollte er hier bei uns? Ich führte ihn in die Küche.

Iris sprang auf: „Was um Himmelswillen machst du hier?"

Benno schwankte, als er Iris erkannte: „Ich habe mich von Anita getrennt", sagte er schnaufend. Gerson schob ihm einen Stuhl hin, er setzte sich und stützte sein Gesicht in die Handflächen. Sein Körper wurde von einem Schluchzen geschüttelt. Schweigend warteten wir, bis er wieder zu sich kam. Er strich sich mit der Hand durch die Haare, dann kramte er in seiner Jeanstasche und zog ein Photo hervor. „Das habe ich in ihrer Stalljacke gefunden."

Das Photo zeigte ein Pferd, vielleicht Taxos, das mit Schlaufzügeln eng ausgebunden in seiner Box stand. Unter dem Photo stand etwas auf russisch. „Genau so", übersetzte Benno, "was soll das bedeuten?"

Iris betrachtete die Aufnahme: „Sie haben Taxos in der Box ausgebunden, dass er sich nicht bewegen konnte. Das Photo stellt sozusagen eine Gebrauchsanweisung dar. Ihr könnt euch vorstellen, dass sich Taxos in eine Rakete verwandelte, sobald sie ihn wieder frei gelassen haben. Angenommen, sie haben die Fesseln über Nacht angelegt ..."

Benno fiel ihr ins Wort: „Und Marga ist morgens geritten."

„Dann brauchen wir uns nicht zu wundern, dass Taxos gebuckelt hat", ergänzte Gerson den Satz. „Das bedeutet, dass Anita mit Iwans Hilfe Margas Pferd so manipuliert hat, dass es gar nicht anders konnte, als sie abzuwerfen."

Benno war aufgesprungen. „Dieser Zusammenhang ist mir erst klar geworden, nachdem Sie, Vera, heute Nachmittag bei mir waren und ich anschließend das Photo gefunden habe. Wir müssen etwas tun", sagte er.

„Geh morgen früh zur Polizei und mache eine Aussage. Du auch, Vera, du musst Anita anzeigen", sagte Iris.

41

Als ich am nächsten Morgen aufwachte, war Gerson schon aufgestanden. Ich hörte ihn in der Küche mit dem Frühstücksgeschirr hantieren und fühlte kein Bedürfnis aufzustehen. Es war ein trüber Herbsttag und es gab nichts zu tun. Ich streckte mich wohlig aus und ließ in Gedanken den gestrigen Abend an mir vorbeiziehen. Wie gut, dass Iris so unverhofft erschienen war, dachte ich. Als wir uns verabschiedeten, hatte sie mir versprochen, heute endlich einmal auf den Leierhof zu kommen. Ich war gespannt, was sie zu Nine sagen würde. Doch plötzlich packte mich eine unangenehme Unruhe, es war mir, als ob ich etwas Wichtiges vergessen hatte, aber ich konnte mich nicht erinnern, was mir entfallen war. Mit Iris hatte es nichts zu tun, auch nicht mit Gerson, zur Polizei würde ich heute Mittag gehen, was war es also? Und dann fiel es mir ein – Massimo! Ich musste Massimo anrufen, nein, erst einmal seine Telefonnummer herausfinden, mich für seine Geduld bedanken und den Job, den er mir angeboten hatte, endlich annehmen. Es war schon neun Uhr, wenn ich jetzt nicht aus den Federn käme, konnte ich den Morgen vergessen. Als ich unter der Dusche stand, hörte ich das Telefon. Gerson nahm ab, ich hörte, wie er mit jemandem sprach, es klang vertraut, er lachte, wahrscheinlich war es ein Kollege oder Viko. Dann schlug die Wohnungstür zu, Gerson hatte das Haus verlassen, ohne sich von mir zu verabschieden. Warum er es heute Morgen so eilig hatte, wusste ich nicht, seine Guilia konnte nicht der Grund dafür sein, die lebte jetzt schon seit Wochen in Napoli.

Das Frühstücksgeschirr war noch nicht abgeräumt, als ich in die Küche kam. Auf meinem Teller fand ich eine Nachricht. Es war eine Telefonnummer. *Massimo anrufen*, stand darunter, das war alles. Genau das hatte ich doch vorgehabt, jetzt brauchte ich mir keine Gedanken mehr wegen der Nummer zu machen und konnte erst einmal in Ruhe frühstücken. Ich freute mich auf Iris, endlich würde ich mit ihr einmal über Nine sprechen können. Ich hatte vor kurzem ein Buch gelesen, das den Umgang der Indianer mit ihren Pferden schilderte. Alles lief darauf hinaus, dass Pferde Herdentiere seien, ihr ganzes Verhalten sei davon bestimmt. Es klang plausibel, aber wenn ich ehrlich war, verstand ich es nicht richtig. Herdentiere liefen doch immer hintereinander her, aber wenn ich an Nine dachte, dann tat sie das genaue Gegenteil. Genaugenommen war ich es, die ihr hinterherlief, war ich vielleicht das Herdentier und Nine –? Ja, was eigentlich? Ich schob mir gerade ein Stück Toast mit Honig in den Mund, als das Telefon klingelte. Noch ganz in Gedanken nahm ich ab, ohne meinen Namen zu nennen.

„Hat sie sich entschieden?"

„Wie bitte?"

„Oh, entschuldige bitte, Vera, Massimo hier – ich dachte, ich spreche mit Gerson. Er hat mir versprochen, dich ein bisschen zu bearbeiten, wegen des Jobs, du weißt schon – nimmst du mein Angebot an?"

„Massimo! Ja, ich habe mich entschieden."

„Na also! Wann kannst du anfangen?"

„Ich nehme den Job nicht an, Massimo."

42

Warum hätte sie sich anders verhalten sollen? Als wir uns dem Koppelzaun näherten, hob Nine, die am Gatter gegrast hatte, den Kopf, schaute zu uns her, drehte sich um und eilte mit langen Schritten davon.

„Das ist Nine."

Iris lachte. „Sie scheint nicht viel von dir zu halten."

Ich zuckte die Achseln. „Das Gefühl habe ich auch, aber was soll ich machen."

„Zwei sind eine Herde", sagte Iris.

Es klang wie ein buddhistisches Koan, so etwas hatte ich schon einmal gehört, eine Art Rätsel, nicht mit Vernunft zu lösen. ‚Höre das Geräusch einer klatschenden Hand.' ‚Zwei sind eine Herde.' Ich war enttäuscht, von Iris hatte ich mir konkrete Hilfe erhofft, Tipps, wie ich mit Nine fertig werden könnte, ja, dass sie Nine vielleicht für ein paar Tage in Beritt nähme, oder mir Reitstunden gäbe.

„Eine Herde? Ich dachte, die fängt bei ungefähr zehn an?"

Iris lachte. „Warte ab, ich zeig es dir."

Sie schlüpfte durch den Zaun und blieb in der Mitte der Koppel stehen. Fröstelnd lehnte ich mich an den Stamm des Apfelbaums und knöpfte meine Jacke zu. Hier auf den Koppeln war es im Herbst ziemlich zugig, es war schon Ende Oktober und es sah nach Regen aus. Ich trat von einem Fuß auf den anderen und dachte daran, dass ich vielleicht die Chance meines Lebens vertan hätte. Ich hatte Massimos Job ausgeschlagen, gerade so, als hätte ich zehn Stellen zur Auswahl gehabt. Hatte ich aber nicht. Aber dann war es, als ob ein innerer Ruck durch mich hindurchfuhr, eine geheimnisvolle Kraft, keine Ahnung woher. Ich schaute auf und sah Nine, wie sie auf einmal auf der Hinterhand kehrt machte und zu Iris lief, die immer noch auf ihrem Platz in der Mitte stand. Na, warte nur, gleich würde Nine stehen bleiben und in eine andere Richtung laufen, das kannte ich doch von ihr. Aber die Stute lief unbeirrt, Schritt für Schritt weiter und blieb kurz vor Iris stehen. Iris streckte ihre Hand aus und tätschelte Nine den Kopf.

„Edda hat es mir beigebracht. Wenn du willst, zeige ich dir, wie ich es mache", sagte Iris. „Aber wir brauchen Zeit dazu."

„Zeit habe ich genug," sagte ich.

„Wirklich?" Iris schien erfreut. „Dann habe ich einen Vorschlag."

43

„Entscheidung gefallen! Fußballstadion kommt!"
Der Artikel nahm die ganze erste Seite des Lokalteils ein.
„Seit wann interessierst du dich für Fußball?"
„Hör' dir das an" sagte Gerson. „Ein finanzkräftiger Sponsor, dessen Name noch nicht genannt werden soll, will ein großes Stadion vor den Toren der Stadt errichten, das alle anderen in den Schatten stellt. Einzige Bedingung: Die Stadt soll das Gelände zur Verfügung stellen. Gestern hat der Gemeinderat dieses Angebot einstimmig angenommen."
„Na, toll!" Ich konnte Gersons Interesse für den Lokalteil heute Morgen nicht ganz nachvollziehen.
„Und wo soll die Arena gebaut werden?"
„Rate mal!"
Jetzt begann mir ein Licht aufzugehen.
„Oh nein – doch nicht etwa draußen auf dem Leierhof?"
„Genau dort!"
„Ich verstehe: Straßen, Autobahnen, Parkplätze, verstopfte Zufahrtswege, Benzingestank und das Geschrei der Fans."
„Der Artikel geht noch weiter", sagte Gerson, „und jetzt wird es erst richtig spannend: ‚Natürlich müssen gewisse Opfer ge-

bracht werden. Ein Reiterhof, der genau auf dem in Aussicht genommenen Bauplatz liegt, soll dem Projekt weichen."

„Auch das noch, das ist das Ende!"

„Ihr könnt beruhigt sein", grinste Gerson, „der Sponsor will euch ein Entschädigung zahlen und die Stadt wird euch helfen, ein neues Gelände zu suchen."

Gerson schlug die Zeitung zusammen und ließ sie auf den Tisch fallen. „Sag mal, Vera, warum regst du dich überhaupt nicht auf? Es geht doch um den Leierhof, um das Zuhause deiner Nine, wo bleibt das große Gefühl?"

Ich ließ mir Zeit zu antworten.

„Ich werde mit Nine für ein Vierteljahr zu Iris auf ihren Hof ‚La Grande Couronelle' gehen. Wir gehen bei ihr in die Lehre, Gerson."

Gerson stand auf, nahm seine Kaffeetasse und stellte sie in den Abwasch.

„Du hast dich in Iris verliebt", sagte er.

44

Es war Bennos Idee. Er kam bei uns vorbei, um uns einzuladen. Iwan hatte gestanden und Anita verpfiffen. Sie hatten Taxos nicht nur mit Schlaufzügeln gefesselt, sondern ihn auch am Tag vor Margas Tod mit einem Metallstift traktiert. Sie waren ihm mit dem Ding den Rücken entlanggefahren. Möglicherweise hatte ich an Margas Todestag die Spuren dieser Folter an Taxos Fell entdeckt. Anita, die einen deutschen Pass hatte, war kurz darauf verhaftet worden. Sie war eine Heiratsschwindlerin, die alles darauf angelegt hatte, in Deutschland Fuß zu fassen. Aber es kam noch schlimmer. Eine DNA-Analyse ergab, dass Sascha gar nicht Bennos Sohn war.

„Und ich habe Anita geglaubt, bis ganz zum Schluss. Marga könnte heute noch leben, wenn ich nicht so vernarrt in diese Russin gewesen wäre."

Wir schwiegen.

Dann sagte Benno: „Ich habe eine Bitte. Kommt morgen Nachmittag auf den Friedhof, Iris wird auch da sein."

Sie kamen alle. Iris und Benno, Gerson und ich, Liberty und Massimo. Carmen und Roberto hatten den Nachtzug genommen. Wir standen vor Margas Grab. Iris und Benno hatten die welken

Blumen und Kränze weggeschafft und schwarzen Torf über das Grab verteilt. Liberty steckte ein buntes Windrad in die Erde, Iris legte einen großen Kiesel mit Margas Namen in die Mitte, Massimo pflanzte Stiefmütterchen. Gerson und ich legten zwei langstielige Rosen neben den Kiesel. Niemand sprach, doch plötzlich fassten wir uns bei der Hand und bildeten einen Kreis. Als wir uns lösten, kam Benno zu mir und umarmte mich. „Danke Vera, danke für alles!"

Als wir aus dem Friedhofstor traten, läuteten die Glocken, warum wusste ich nicht, es war vier Uhr an einem gewöhnlichen Nachmittag.

„Kommst du zurück?"

„Ja, Gerson, wir kommen zurück", sagte ich.

Autorenfoto: Gülay Keskin

Die Autorin
Heide-Marie Lauterer, langjährige Schriftführerin des Heidelberger Reitvereins und Pferdebesitzerin kennt sich aus in den Höhen und Tiefen des Reiterlebens. Sie veröffentlicht Kurzkrimis und ist Mitglied der Autorenvereinigung "Mörderische Schwestern".

Danksagung

Dieser Roman hat mich über lange Jahre begleitet. Dass er jetzt in lesbarer Form vorliegt, verdanke ich meiner Lehrerin und Verlegerin Ulrike Dietmann. Ich habe sie zum richtigen Zeitpunkt kennen lernen dürfen. Ihr gilt mein herzlicher Dank.

Besonders danke ich meiner Freundin Iris Heilmann für ihre Ermutigung in der ersten Schreibphase.

Frau Brigitte Böttcher danke ich dafür, dass sie mir ihre Lebensgeschichte, die eng mit den Trakehnern verbunden ist, in einem langen Gespräch anvertraut hat.

Ich danke allen Menschen und Pferden, die mir mit ihrem Dasein Anregungen zu meiner Geschichte geschenkt haben. Mögen sie mir verzeihen, dass ich beim Schreiben der inneren Logik des Romans und meiner persönlichen Wahrnehmung mehr gefolgt bin, als den Tatsachen, an die sie sich beim Lesen vielleicht erinnert fühlen.

Meine Stute Inez, die der eigenwilligen Nine-Days-Wonder Patin stand, bitte ich an dieser Stelle um Verzeihung für alle meine aus Unwissenheit und Ignoranz geborenen Fehler im Umgang mit ihr.

Nicht zuletzt gilt mein Dank meinen Korrekturleserinnen Anne-Kathrin Meier und Uta Jungcurt, die die Zügel mit dem gespritzten Bleistift vertauschten und dem Druckfehlerteufel auf den Fersen waren.

Bücher, die authentisch sind und Spirit haben
Besuchen Sie die Webseite: www.spiritbooks.de

Die Bücher des Verlags erhalten Sie in allen Buchhandlungen und bei zahlreichen Online-Anbietern wie amazon.de. Sie können die Bücher auch beim Verlag direkt bestellen: www.spiritbooks.de oder ulrikedietmann@gmx.de. Wenn Sie direkt beim Verlag bestellen unterstützen Sie den Verlag und die Autoren.

Signierte Bücher erhalten Sie bei den Autoren oder bei ulrikedietmann@gmx.de

Die Vision des Verlags:

Vertrauen in das Gespür von Leserinnen und Lesern

Bedingungslos authentische Bücher

Autorinnen und Autoren als Persönlichkeiten, die etwas Unverwechselbares zu erzählen haben.

spiritbooks

"Meine Pferde, meine Heiler"
Lesen Sie die bewegende Autobiografie der Grand-Prix-Reiterin Shelley Rosenberg mit einem Vorwort von Linda Kohanov.
www.spiritbooks.de

Lesen Sie einen spannenden, unterhaltsamen Roman, der das alte Wissen der Druiden und Barden heraufbeschwört. Steigen Sie tief hinab in unsere Vergangenheit:
Reinhold Fink: "Zeitenschnur"
www.spiritbooks.de